动物战争

[法]尼古拉·马修 著
孟玉秋 译

上海译文出版社

献给维洛尼卡

一九六一

那个秋天，杀戮在光天化日之下进行。心安理得。

奥兰[①]城中心到处是口号涂鸦。发黄的墙上不时出现那三个大写字母[②]，给想留下的人以希望，想看到他们离开的人则感到恐惧。仿佛战争的号角。

空气中总是弥漫着烧焦的木头的味道。女孩子们不再手挽手，招摇而又惊魂未定地走在上升的街坡上。脚踏船鞋、深棕色皮肤的美男子们收起了笑容，在咖啡馆露天座看着报纸，一副固执的表情。

欧洲人聚居的街区，人们夜不能寐。并非因为炎热。忧心忡忡的父亲们枕下放着战前的左轮手枪。甚至祖母们也不安地发着狠，随时准备杀人或被杀。

奥兰已经成了一个邪恶的塔式蛋糕，庄严的建筑之下纵横着狭窄的街巷，恐惧和仇恨默默流淌，好像春天回水的河流。

夜幕降临之际，人们在广场逗留，聚集在无花果树下打牌或喝着茴香酒聊天。不过人人心里都清楚，这种日子没几天了。男人们失去了往日的节奏。他们声音低沉，手势更有节制。他们疲惫地拭着后颈的汗，手帕都是灼热的。东西再也洗不白了。床单，衬衫，衬裙都总是脏脏的。原先蛋壳一样的天空成了一只铁盆。这个夏天，海滩上的少女们也不再感觉到那种略略反胃、将人周身环绕的兴奋，那欲望曾让母亲们担忧。

十月尚在悠长流逝。皮埃尔·迪吕伊和路易·斯卡涅驾着一辆西姆卡韦德特行驶在人流如织的大道。皮埃尔驾车。凉风从开着的车窗灌进，吹得他们的衬衫啪啪作响。俩人都系着领带，斯卡涅戴着墨镜。他们从办公室出来，去执行任务。

就在前一天，有人在本地人居民区的下水道里放了爆炸物。没人知道谁干的。为组织工作的人很多，他们相互之间往往并不认识。下午五点来钟，一声爆炸，五人殒命。本地人的村子震得直晃，早已习以为常了。十二岁的艾哈迈德给人擦皮鞋，自从局面动荡以来，生意就不好。母亲偏谬地认为他无所事事、一无所用，这让他发笑，他觉得没那么严重，很快就能恢复以前的平静。

终于，艾哈迈德不会知道事情的结局了。因为前一天，下午五点钟的时候，下水道井盖迸出的金属碎片击穿了他的胸膛，留下拳头大小的窟窿。

---

① Oran，又称瓦赫兰，阿尔及利亚第二大城市。

② OAS，organisation armée secrète，法国在二十世纪六十年代通过武力反对阿尔及利亚独立的军事化地下组织。

皮埃尔·迪吕伊是奥兰人，和艾哈迈德一样。他是个好人，做事自有他的道理。当别人跟他讲起小艾哈迈德的时候，他想到的是小弗朗西娜。每人都搬出己方的牺牲者，为自己的罪行辩护。

夺去小擦鞋匠生命的炸弹不是皮埃尔放的，不过他完全做得出来，不会感到丝毫的良心不安。

“好了，二位知晓了吧！”

法布雷加医生的热情让皮埃尔不悦。每天早上七点整，他和斯卡涅开始工作之前都先到医生的诊所。这里有种奢华的宁静，墙上挂着十八世纪的人体解剖图。医生坐在办公桌后的旧皮椅上，上面已经被他油光的头压出一个明显的印子。三个人讨论行动方案，打探警察的计划、军队的动作。接收当天的指令。

医生就住在楼上，每天这个点儿像婴儿般活泼红润。和往常一样，他喷了不少古龙水。人们背地里叫他“可可”，他太像个轻佻的女人了。

法布雷加医生从小就梦想当头儿。他一直出类拔萃。拉丁文总考第一，十七岁获取高中毕业文凭，之后求学巴黎。在学校里，其他孩子一直不太拿他当回事。可是他闯出来了，娶了个船主的女儿。甚至还参政。帮了些忙，捞了些油水，替人消灾。现在他成了头目。

这天早上他一副煞有介事的模样接待两个人。皮埃尔不喜欢医生摆谱。

“奥兰在我们控制之中，至少是城区。巴黎那帮人会明白的。不过我们得杀鸡儆猴。要比敌人做得更甚：他们优柔寡断，下不了决心。今年夏天，我们费了好大劲儿劝人们不要去度假。他们应该明白。日常事务必须停止。”

确实，七月份学校一放假，黑脚[1]们就逃离了眼前的灾难，像往常一样前往西班牙，或者回法国了。必须给他们点颜色看看。皮埃尔参与了警示行动。他记得有个药剂师，正往奔驰车后备厢装行李，当街中枪倒地。穿着百慕大短裤，胳膊底下夹着抄网，被射杀示众。苦涩的回忆，皮埃尔不愿多去回想。

“我们得让人看看摇摆不定的后果。组织已选定了目标。跟两边都有接触，可能会告密的人。这周我们专门对付门房。下周轮到邮递员和报务员。然后是医生。”

提到同行，法布雷加医生神经质地笑了一下。皮埃尔一点没笑。法布雷加医生暗暗地羡慕他。当然了，皮埃尔不像法布雷加，没有人脉和文凭，也不善应酬，可是人们都听他的，赞赏他的冷静，在这充满算计和斤斤计较的年代，他表现出一种有节制的超脱。他还打过仗，这点法布雷加医生也比不了。

办公桌后，身躯肥硕的医生似乎抑制住一个念头，表情扭曲了一下，把行动目标告诉他们。

“喏。几乎可以肯定他们为阿尔及利亚民族解放阵线卖力。

---

① Pieds noirs，生活在阿尔及利亚的法裔居民。

他们夫妇看守的楼里住的主要是政府公务员。他们给进出人员登记，收集情报。警惕性很高。你们傍晚去，两个都干掉。下手要快，利落点。”

美好的傍晚，皮埃尔和斯卡涅开着偷来的车来到圣欧仁区。他们此行的目标是比拉维夫妇，二十七岁的拉提法和二十三岁的卡梅尔。办事认真的门房，看管着一座摩尔风格的水泥建筑。

皮埃尔很放松。几个月以来，行动成了他唯一的消遣。其他时间他郁郁寡欢。为自家的未来，国家的未来。他有多久连三个小时的整觉也睡不着了？在港务监督长办公室整日看着成行的数字让他感到眼花。不时胸闷到不得不去卫生间洗把脸，松掉领带，喘口气。至少行动的时候一切是清晰的。仿佛直路一条，他只要朝目标行进即可。他的头脑变得犀利。通常，在行动之前他会抽空回趟家，刮胡子，换衬衫，头发在水龙头冲一下梳理整齐。他喜欢充满细节和确定性的时刻，他终于能把控现实。他变得比机器还危险，功能全开，高效到没有人味。

身边的斯卡涅汗流浃背，饥肠辘辘。他不自在，只想早点完事。他在海关工作，对组织来说意义重大的一个位置。之前，他的工作安稳舒适，时不时可以顺手牵羊一箱威士忌或一些奶酪。现在呢，他得时刻留意从埃及或苏联来的武器不要落到敌人手里，确保己方的装备安全抵港。局势动荡以来他已经胖了十二公斤。他怀念过去有点小特权的惬意公务员生活。按部就班的行政日常让位于历史的纠缠，对此他无法释怀。

到达之后皮埃尔找不到地方停车。街区整洁，道路两旁的棕榈有四米高，轿车都规矩地停在路边。空气中是盐和硝石混杂着青草的味道。奥兰在入夜的门槛徘徊。耐心而又沉重的夜晚似乎在通过土地呼出一股股气息。依然有鸟儿欢唱。

最后两个人把车横着停了。从后备厢取出头天给他们的自动手枪，“阿斯特拉猎鹰”。德式毛瑟枪的仿版，据说比原版更胜一筹。这是西班牙国民警卫队的装备，那边的朋友给他们紧急运来两箱。皮埃尔和斯卡涅同时拉动枪栓，一颗子弹上了膛，二人相视一笑，像拿到新玩具的孩子一样开心。

天热，他们挽着袖子，提着武器，故作轻松。说到底，有什么好怕的？组织在奥兰还是有势力的。只要组织让人们无视宵禁，大街上就到处都是散步的男女老少。卖冰淇淋的便狂赚一晚。

他们三步跨过了街。斯卡涅用万能钥匙打开铁栅门。内院像废弃了一样。花坛里几株毫无生气的仙人掌苟延残喘。花匠尤瑟夫已经不来了。釉陶的小喷泉久已干涸。角落里躺着一个乌龟壳。寂静让斯卡涅有点不知所措，不由望向皮埃尔。后者则抬头望天。斯卡涅刚刚瞥见一个在三楼晾衣服的女人的身影，她就缩回房间去了。没人愿意知道。

比拉维夫妇住在一楼。只有一个入口。斯卡涅还是用万能钥匙，两个人进了公房。两间的套房，天花板很低，光线阴暗，静悄悄的。他们关上门立刻往里走，枪口笔直对着前方。斯卡涅喘着粗气，动作冒冒失失，皮埃尔让他控制一下。越往前走，晚饭的味道越明显，听得到碗碟的声响。比拉维太太在做晚餐。

两个人来到客厅。很干净，家具不多。一个架子上有几本破页的书，落满灰尘，因为翻弄变得软塌塌的。一个铜盘子上有台半导体收音机。卡梅尔·比拉维坐在桌边，手里拿根铅笔，报纸在眼前摊开。烟灰缸里燃着一支烟，烟雾在静止的空气中向上盘升。他抬起头，皮埃尔胳膊一伸，枪响了，门房的额头一下磕在桌上。枪声在四面墙间回旋，两个闯入者耳鸣了片刻才恢复。可能有碗碟碎片飞溅。也可能是错觉。皮埃尔端着枪的手示意斯卡涅走在前面。厨房里，拉提法正等着。她紧攥着一把刀，刀刃指向来人。她没有哭泣。没有思考。嘴巴紧闭。心里祈祷着。其实她本来已经几乎没有宗教信仰了，辩证法比《古兰经》更让她信服。斯卡涅瞄准她，犹豫着。

“赶快。”皮埃尔催道。

煤气灶上，鸡蛋在装满水的锅子里煮着，碰到铁皮发出持续的撞击声。突然从里面房间传来婴儿的哭叫。拉提法的祈祷没起作用。

皮埃尔骂了一句，旋即往女人嘴里开了一枪。

她像撒了气一样轰然倒地，没有任何声响。或者也可能有衣服的窸窣声。两个人注视着她。被打烂的嘴里涌出大量的血，碎牙的残片横飞过房间。最不可思议的是她的眼睛，黑的，很美，圆睁着。有那么一两秒，死前的忧虑闪现其中。

皮埃尔立刻找到唯一的卧室，眼光迅速扫了一遍。院子里的微弱光线从百叶窗透进来，照在席地而铺的垫子上。一个柜子上放着洗漱用品。儿童椅的椅背上搭着两条旧浴巾。装着栏杆的小床上站着一个婴儿，大概两岁的模样，或者更小，已是孤儿的孩子扯着嗓子哭喊。小脸圆圆的，睁大眼睛，泪珠从长长的黑睫毛上滚落。皮埃尔走上前，孩子哭得更狠了，叫着妈妈。

被吵得心烦意乱的皮埃尔再次抬臂举枪。尚在发烫的枪管离棕色的小脑袋只有几厘米。比手球还小的脑袋。这个类比逗乐了他，他对自己说其实没什么难的。

然而，他感到背后有人，颈部立即被冷冰冰的东西顶上了。

“敢开枪我就崩了你。”

斯卡涅到底还是会心软。说出的话，颤抖的声音，抖动的手，都是证明。

皮埃尔放下胳膊。婴儿安静了两秒，显然不知房间里的气氛为何变化。两个人趁机撤离。身后，孩子再度哭叫起来。

院子里，晾在外面的衣物在夜风中啪啪作响。清凉的风从港口吹过来，带着碘和汽油的味道。听到枪声的邻居闭门不出。几分钟后，他们会打电话叫警察，并且发誓他们什么都没看见。斯卡涅走在前面，皮埃尔想给他背后来一枪。他的心怦怦直跳，眼前闪过奇怪的画面。他对这种感觉并不陌生。每次都会出现。先前在战场上，他所在的小分队从一小撮筋疲力尽地撤退的德国士兵手中夺取了孚日山谷的一座小村庄。在那里，他第一次感受到那种突然冒出的能量，让人痛苦，嘴里充满一种说不出的味道，有点像咬着一个银叉子。他们把敌人全部就地解决了，与其说出于残忍，不如说出于害怕。其实对方只是孩子，十七八岁，刚刚应征入伍，被扔进战争机器的童子军，就像被撒进篝火的一把火柴。皮埃尔看到最后一名士兵失禁。历史就是这么可笑。不过战争不可笑。战争让他认识自己。这奇怪的、充满口腔的金属的味道。

他们很快来到街上，斯卡涅冲上车，握住方向盘，打到一挡，正想发动，看到皮埃尔就站在身边，驾驶侧，等待着。

“我开。”

“别胡闹。我们够幸运的了。”

“跟你说了让开！”

斯卡涅服从了，把沉重的下身从操纵杆上平移过去，一屁股坐到副驾驶位上。

“你简直胡来。那个孩子算怎么回事？”

“闭嘴。我不想再谈。”

皮埃尔没有朝他看。启动之前他把手枪放在座位底下。斯卡涅照做。车子开向港口。空气宜人，皮埃尔开得很快，只用一只手，左胳膊肘搭在车窗上。他解开领带，要了一支烟。

“要把枪处理掉。”斯卡涅说。

“我刚才说什么？闭嘴。”

太阳正往下沉，斯卡涅把车窗玻璃摇上去。他有点冷，很想小便。墨镜也丢了。他宁愿现在跟老婆孩子在一起。今天晚上他们要吃香肠。莫妮克肯定怪他回家迟。他则会吹着口哨一笑置之，脱掉衬衫、腰带、裤子，穿着贴身内衣吃饭，肩上搭着毛巾。他突然觉得很渴。这走的什么路线？

"你确认一下，我们没被跟踪吧……"

"别让我再说一遍。"皮埃尔转过头来，嘴唇抿得像一道疤痕。

西姆卡在街上久久地绕圈。光线迅速从路两边建筑的门面褪去，这是每晚海边惯常的景象。皮埃尔连抽了三支烟，依旧一言不发。风吹在他脸上，像吹过紧闭的门。"仿佛出离了肉身"，这种状态确实是存在的。

"到了。"他说着，终于减速。

一辆可口可乐的送货车停在流星咖啡厅门口。几个年轻人在喝开胃酒。都敞着领子，伸着腿，头向后仰靠。其中两个身着军装。他们做出一副放松的、百无聊赖的样子，以为这样能吸引女孩子。

皮埃尔把车停在送货车旁边，从座位底下拿起枪下了车。斯卡涅差点喊出声。

就在此时，送货员从咖啡馆走出来，到车上搬另一箱汽水。四十多岁的阿拉伯人，前额皱纹很深。穿着蓝布长裤，腰间系一根麻绳。无袖运动衫下露出瘦骨嶙峋、毛发很重的肩膀。眼神相当疲惫。当他看到皮埃尔手上的枪时，额上的褶子更深了，喉结快速上下滑动。他张了张嘴，露出闪亮的牙齿和几乎发黑的牙龈。他似乎要说什么，但没来得及。皮埃尔朝他额头开了一枪，就像在屠宰场。送货员倒地。露天座里没人说话。因为习以为常，因为恐惧，再说不过是又死了个阿拉伯人。皮埃尔已经回到车里。斯卡涅终于闭上嘴，两个人不紧不慢地离去，一路严守交规。他们身后，咖啡馆老板让常客帮忙卸剩下的货。总算有个来自蒙塔日的刚入伍的年轻人，起身拨了警局的电话。他的手颤得太厉害，拨了三次才把号码拨对。

第一部分

上帝是好的，不过魔鬼也不坏。

费尔南多·佩索阿

《惶然录》

马特尔

马特尔从来不是个好儿子。记忆所及，他一直缺钱。

孩提时代没少挨父亲的打，因为不管是新年还是生日，给他的钱他总是当天花光，想都不想。你以为自己是美国佬吗？他父亲总说。你要明白，给你挣钱不容易，有多辛苦。

这些道理后来马特尔在军队、在工厂学到了。可他做派依旧，不为未来打算地挥霍一空。穿不着的昂贵衣服，请客喝酒，有一次干脆买了辆车，就为了在阿比让城里兜一圈。

母亲生他时已是高龄，一直宠着他，结果没给他带来什么好处。尤其是父亲企图平衡一下而对他加倍严厉。小马特尔从学校回家，身上青一块紫一块，衣服破洞，母亲总帮他掩盖过去。砸碎的窗玻璃，糟糕的成绩册，都瞒着，几乎天天编瞎话，不让父亲觉察。他要是知道儿子把邻居小孩打了或者把史地老师的车胎扎了会有什么反应？有一次，为了让儿子免于麻烦，她甚至对校长谎称自己的丈夫已经去世。

马特尔的女人缘一直不错。他有双迷人的眼睛，知道在恰当的时候表现得温柔、无情，或讨喜。只要他想，女人愿意为他花钱。不过既然他不介意破费，她们也乐得笑纳。是他把女人宠坏了。

他想起自己第一个女朋友，中学里一个叫洛朗丝的女孩。她喜欢《茶歇》——维罗尼卡·雅诺主演的连续剧——和印度支那。当她父亲“突遭失业”——这是那时的说法——她好几天没去上学。那年头失业还不多，被看作不光彩的事情。现在早就不同了。马特尔和洛朗丝在一起时间不长，根本没上过床。但她是马特尔第一个倾心交谈的女孩，他们畅谈未来、社会、工作、家庭。平时总是匆匆忙忙的他，在离她家不远的一个酒吧安坐，啜着柠檬汽水和她聊天。他现在还能记起那种一起严肃思考的感受。洛朗丝很喜欢他，当他为了另一个女孩把她甩了的时候她哭得很伤心。想想可笑，他舍弃了洛朗丝，却连另一个女孩的名字都没记住。

马特尔少年时期的胡作非为不是一点半点。好在他在真正走上犯罪道路之前刹住了脚，加上逃离父亲的动机，于是选择了提前应征入伍。在军队里，他的各种冲动反倒派上了用场。军队训练了他，又把他打发掉。他后来经历了其他波折。有时甚至也能赚上一笔。当然，什么也没剩下。父亲去世时，他已回到孚日山区，生活恢复了老样子，再度被母亲的溺爱包围。

现在轮到老太太没事找事。马特尔搬回来住了，为了更好地照顾她。她一天要问二十遍猫喂了没有。一天要帮她找二十次手提包、假牙、电视遥控器、胃药。至于药吃没吃，从来弄不清楚。

就这样，不肖子在工厂找了个活儿，照顾母亲，帮她洗漱，白天送她去看护所，她脾气不好的时候他就默不作声。

有一天她骂他混蛋，反把他逗乐了。

后来她骂上瘾了。脏话连篇不是她的风格。他不再觉得可笑。

一个周日的下午，母子俩一起看动物纪录片，发生了可怕的事情。母亲像往常一样提着杂七杂八的问题，马特尔耐心地回些无关痛痒的现成话，像应付小孩子一样。然后慢慢地，一股粪便的臭气在小客厅里散开来。马特尔慌了，他跑去厨房躲起来，打开柜子、水龙头，嘴里说着："还有时间，还不至于，妈妈……"可是最后，他不得不正视现实，脱掉母亲的衣服，清除她苍老的身体上粘着的粪便。无处可遁了。

从那时起，母亲生命的逝去以各种形式展现，有的可笑，有的可怕，总是出乎意料。比如，有一次早餐的时候，她告诉他自己讨厌吮吸男人那玩意儿，可生活中有时候不情愿也不得不做。就这样，马特尔获知了许多他做梦也猜不到的事情。母亲也有自己的身体，有形形色色使用身体的方式，这个发现令他不快。

他联系了本地最好的养老院，将母亲送了进去。护理人员非常和蔼可亲，卫生用品每天都清洗两遍，虽然这和是不是最好的养老院没关系。

为此马特尔每月收到 12576. 15 欧元的账单。说到底，他不是个坏儿子。他为母亲选了最好的。马特尔每月工资 1612. 13 欧元。他是维罗希亚工厂的一名工人。

丽塔

丽塔没吃早饭，她总是太过匆忙。尽管路上有薄冰，她已经驾车行驶在省道上，道路两边是荒凉的牧场。下过雨之后，是霜降，整个乡下裹上了一层薄冰。不管住在独栋小屋、农场、别墅，还是高层社会保障房，老年人都能感觉到寒意袭身。他们都知道，在孚日山区，冬天——就像俗话说的——没完没了。到了一定年纪，熬不熬得过去就说不准了。

山上，建筑工人暂时失业。学校也因大雪暂时封闭了。它们像海盗鬼影船，空旷而嘈杂。管道在寒风中呜呜作响，厚厚的积雪压在操场顶棚上。

可是丽塔呼出一阵阵热气。她甚至摇下了车窗。有时她会突然热起来，不耐烦，说不上想要什么，皮肤下面涌动着不自在感。她集中精力开车，肌肉紧绷，她很着急，又不知在急着赶什么。她想起三天前和杜弗洛的对话，也许和现在的坏心情不无干系。

“所以呢？我刚看了你的电邮。我一点也不明白。你过去检查了吗？”

“事情有点复杂。”杜弗洛说。

“出什么事了？”

“科利尼翁，那个肉店老板，不太配合。”

“他妨碍你工作？”

“没有，不是的。”

“那你叨叨什么？他威胁你了还是怎么着？”

“那倒也没有。您看，头儿，主要是他的态度问题。”

“什么？他想让你害怕？”

“这么说吧，检查的条件不齐备。”

“信的事你说了？”

“没有。我想再等一等可能时机更合适。”

“你的邮件说得不清不楚，杜弗洛。你的说法让我一头雾水。按照我现在的理解，我们还在原地。”

“给您汇报的时候我还很激动。”

“好，我周一去会会你说的科利尼翁。反正我正好去那边。不过你也得有点担当才行，我不会总跟在你后面帮忙。”

“别跟我说这些了，头儿。”

“得了，就这样吧，再见，周末愉快。”

“您也是。”

一段时间以来，工作变得棘手了。危机让一切变得有理由。

省长、法官、老板，甚至员工代表，大家都承认，工作岗位如此稀缺，不允许挑肥拣瘦了。工薪阶层也不得不接受这一现实。劳工法不再像是保护伞，更像枷锁，像鞋里的石子一样，妨碍生产力的释放。所有人似乎都赞同这说法，需要振作起来，尽力而为。德国人做出了榜样，勒紧裤腰带度日。还有中国人，好几亿，增长率惊人，他们就不抱怨没有假期，没有奖金，没有休息，没有加班费。

丽塔是劳动保障监察员。有传言说她跟全国总工会串通一气。不管怎样，她上大学的时候读过马克思，东一点西一点，不系统，不过已经足够让她相信经济因素解释一切。当年的朋友都转向了。她这代人唯一完成的革命，就是如今每到周末从城里的公寓来到乡间的别墅。丽塔本来也可以把自己打扮得花枝招展，成为其中一员。她无意摆出清高的姿态，对金钱也没有暧昧的憎恶。不过她的问题是总忍不住愤怒。这把年纪了，她还是不停给人找麻烦。

最近一次发怒就在不久之前。上周五杜弗洛发来邮件的时候，她正好在劳资调解法庭。十几名当地造纸厂工人讨要拖欠了好几年的加班费。调解庭拒绝了工人的要求，理由是工厂正在经历财政困难。当时丽塔就骂他们扯淡。您说什么，克莱贝尔女士，对方说。什么财政困难？工厂由控股公司管理，这家公司上一财年拿到了超过六十五万欧元的股息。是啊，可是从那以后，您知道，市场，危机，工作……

类似的情形将会不断上演。她得克制自己，不提高声调。但上帝，车里怎么热成这样……

丽塔发觉时速快过百了，赶紧慢下来。车祸不会替她向时代悲剧复仇。

她打开收音机，惯常的法国音乐台。正播放一支感伤的老歌，在上升的电梯里一见钟情。她看到后视镜中的自己，不假思索地企图用食指抚平眼角的鱼尾纹。衰老也是问题之一，不过在她看来不是最不得了的。早上八点半就想来杯啤酒更让她烦恼。

受到音乐的感染，她望着窗外的景色。笼罩原野的雾气有如东方舞者般慵懒。深色的冷杉枝条指向低沉的白色天空。很美。让人想给自己脑袋来一枪。不过确实美。萨博 900 穿行其间，划出优美的弧线，没有尽头。

这是位于布吕耶尔、科尔雪和圣迪耶之间的一个小地方。只有一条街，房子都在两边。丽塔对这一带很熟。她就住这儿，而且最近她在附近一家工厂待了不少时间，落实一项就业保障计划。她已经见过当地议员和工厂管理层。谈得不怎么样，只有企业委员会主席那个人还可以。她想到这儿，觉得还挺愉悦的，和计划度假的感觉有点类似。她还没再和那个主席联系，她在犹豫。

她把萨博车停在离路边远点的地方，关上车门，打了个冷战。这个纬度寒冷更甚，而她从不戴手套和围巾。村子里百叶窗紧闭，屋外天竺葵花盆已空，人们生活得倒是热火朝天。发动机的轰鸣不时打破宁静，又渐渐远去。村教堂的钟楼每逢整点敲响，偶尔有一个白发苍苍的身影匆匆过街。格朗蒙日修车铺上面，米其林轮胎人形象的广告牌在东风中嘎吱作响。另外的门面上，一个老旧的仙山露苦艾酒广告牌正慢慢经受着岁月的侵蚀。

她吸了口气，走向教堂对面的咖啡馆。邮局咖啡馆空无一人，柜台后一个瘦瘦的年轻人翻弄着杂志。虽然明令禁烟，但他依然抽着一支。开门的铃声响起，他冷漠地从阅读中抬起头。

丽塔胳膊肘支在吧台上，台子上散落着两个苏斯牌烟灰缸和一个盛着煮鸡蛋的盘子。酒吧角落里有一台电动弹子机和一个坏掉了的桌式足球台。虽然天还早，吊顶上垂下的灯却已点亮。

"公共场所不是禁烟了吗？"

年轻人咧嘴笑了笑，在柜台下面把烟掐了。

"晚了，你把我的瘾勾上来了。"

他仍微笑着，不知如何回答。他倒希望自己能说句俏皮话出来。他认得这个女的，她来喝过东西。虽然穿着旧靴子和没型的风衣，她还是有些料的。当然，不是说选得上法国小姐，现在不行，二十年前也不可能，不过她的确有过人之处。

"您要什么？"

"一包温斯顿，"监察员叹口气，两个月的烟白戒了，"再来一包百万富翁。"

年轻人照办。

"七块二。"

"每次重新抽上，情况更糟。"

"高卢人便宜点儿。"

“这点我像我母亲。”

年轻人又笑起来。似乎为了安全感，他无意识地拿脚碰了碰地上的小箱子，里面装着他刚买的台球杆。庄一派瑞斯牌，五百多欧元。杆身是乌木的，尖端是梣木。他时不时拿出来装好，在手中把玩。太完美了，让他有些不知所措，仿佛这么好的东西不会真的属于自己。买回来之后他一直带在身边，上班带去，下班带回。

他叫乔纳丹。上周六，他在杰拉梅打进了一个八球比赛的决赛。当然，最后输了，实在糟糕，第一名的奖品可是辆雅马哈轻骑，肯定能在来玩桌式足球的少年中找到买家。他攒钱买车有段时间了，目标是一辆二手西雅特莱昂，在他看来只有这样才能摆脱多年的单身狗生涯。他的朋友们都开好车，丰田牛魔王跑车、高尔夫 GT、改装的标致 106，这些车在南锡四车道公路上能轻松跑出二百二十公里的时速。他们当中有人在附近的维罗希亚汽车配件厂工作。他也想在工厂做工。有活儿的时候工资不低。朋友们都有不错的车，有女朋友。差不多都有。他们善意地笑话他。腼腆的人总成为大伙儿的笑料，不过大家有分寸。乔纳丹是个好小伙。丽塔也是这么想的。她这是第三或者第四次拐到邮局咖啡馆来歇脚了，已经熟悉了柜台后年轻人一贯的微笑，手上过大的戒指，有些局促的小胡子。

“能否告诉我科利尼翁肉店怎么走?”

“沿街往上大概五十米，右手边，”年轻人说，“很好找。”

出门之前，她迟疑了一下。有点口渴。

“您还要什么吗?”年轻人问。

她摇摇头走了出去。乔纳丹看她走远，回去接着看杂志。不靠谱的新闻里尽是条件式的句子，配着裸女图片。

马特尔

“你好。”

“你好。”马特尔边说边在伸过来的手腕上轻捶了一下。伸手的女孩子化着浓妆，穿着靴子和超短裙。

不超过十六岁的女孩子朝他傻笑。她可能嗑药了。他们这个年纪的多少都这么干。这女孩既不是最漂亮的，也不是最难看的。她穿着苏格兰格纹吊带，胸部几乎没有隆起。马特尔也冲她笑了笑，顺势在她肩膀上推了一把，因为差不多打扮的年轻人在她身后排队等着进去。大厅里，第一拨人发出喧闹，不过没有不和谐的声音。通常第一批容易出岔子。从两个星期之前，马特尔就在琢磨这个圣特罗佩流浪汉乐队是不是平生第一次弹吉他。

“好酷的纹身。”一个小个子金发女孩说道，她在牛仔裤外面穿着短裙。这么晚了，墨镜还架在脸上。

“你也很酷。”马特尔拍拍她裸露的肩膀。

她笑了，不过她男朋友好像不太爽。他是个大块头，留着胡子，身穿摩托党乐队[①]的T恤衫。

自从临时工布鲁斯在厂子里拦下他，劝他接下这份零工，马特尔好像返老还童了。好多年了他都穿长袖遮住前臂。现在，他又穿起弗莱德·派瑞的紧身T恤衫，任人赞叹他的纹身，感觉不赖。那是时代印记鲜明的二十年代的图案，已经褪色。长久以来他几乎忘了其存在。背上也有，靠近两边肋骨，是他最不想示人的。年轻时他什么都没落下。遍布的纹身就是证明。

临时工布鲁斯——当地人叫他"小迪吕伊"——站在入口的另一侧。也在检查入场观众。在墙上射下的强光之中，他的肌肉如齿轮般滚动，仿佛皮肤下面一条条粗缆，打着结，缠在一起，要破皮而出。布鲁斯本人似乎也惊叹于自己强健的身体，总找机会炫耀，仿佛随时要连根拔起一棵树或者赤手空拳打翻一头大象。如果允许的话，他恨不得光着膀子上班。他发现马特尔注视着自己，便给对方使了个眼色。

这种给土包子演唱会看场子的活儿马特尔受够了。报酬少得可怜，顶多一百五十欧，可是并不好干。在入口处把人筛选放进之后，还要保证场子里面不出乱子。本地少年老鼠般无孔不入，见什么偷什么，最后总有五到十个混混打起来，就是无聊非要找茬，而漂亮的辛迪娅，打架的由头，完全地置身事外。

不过，最危险的人物还是布鲁斯。有一次，因为一罐打翻的啤酒这蠢货差点把人一只眼打瞎。类固醇和蠢事随时都能引爆

① Motorhead，英国重金属乐队，组建于1975年。

他。所以马特尔第一个要留意的就是他。他不想布鲁斯出事。不管怎么说，多亏了这小子他才每月勉强够开销。

大部分观众都进场之后，布鲁斯就守着主要入口。他盯着进出的人，抓住没票企图混进去的，拦住出来吐完了想再回去的。马特尔利用自己的身高在大厅里瞭望。他转几圈，接着往往在吧台坐下，等着结束。乐队不好也不坏，声音大，充满活力，灯光做着效果。年过四十的他对这种娱乐已经免疫了。因为不许抽烟，他嘴里咬着火柴棒，数着曲目，每一首他都希望是最后一首。

时间总是过得很慢。

“来杯啤酒吗?”

一个黑眼珠的女孩子，鼻子凹凸不平，领口很低。马特尔上下打量着她，接受了邀请。然后她开始努力伸腿撩他，音乐声震耳欲聋，马特尔戴了耳塞保护耳膜。女孩子很有办法。她紧贴着，哇啦哇啦说个不停，贬低一切。照她说的，这个世界一钱不值，除了她自己，还有马特尔，如果他同意上她的话。不远处，女孩的两个朋友瞧着他们，乐不可支。挺可笑，但并不让人反感。

舞台上，来自布雷斯特的硬核摇滚乐队“狂怒者”表演正酣。他们的演奏技巧很差，歌曲无甚新意，不外乎心爱的女孩，滑头的政客，畅饮的派对，夭亡的朋友。可是他们四个加起来也不到一百岁，一听便知。演唱会临近结束，观众越来越兴奋。乐队有首流行曲，《坏警察》，是一定要唱的，每到换歌的时候底下就有人大叫这首歌的名字。

马特尔从吧台看到抽大麻和抽烟的人散布在角落。有一天，出于好玩，他数了数大厅里的禁烟牌子，总共二十八块。黑眼珠女孩现在搂着他的腰。他没问她多大。还是不知道的好。

此时，主唱骑着一辆标致 103 SP 摩托车上了台，头戴军帽，警棍拿得像麦克风。他踩下油门，尾气充满大厅。观众像接到信号一样失控了。“你赶走了白天，你赶走了黑夜，你丢了枪，你丢了老婆，坏警察。”马特尔听着，贝斯的声音让人真想自残。他没来得及细想下去，有人拉他的袖子。

“嗳，老兄，我付钱给你就是让你啥都不干吗?”

“什么?”马特尔说。他连自己的声音都听不见。

“厕所里吐得都要淹了，你怎么解释?”

“年轻人喝多了吧。”

“你开玩笑呢? 去看看，把这帮崽子给我轰出去。操，每次一个熊样。”

“冷静点，蒂埃里，”马特尔说，“别这么对我说话行吗。”

“我也不知道怎么就对你发起火来了。”

“没事，放松，我去转一圈看看。”

他冲黑眼珠女孩做了个手势，朝厕所走去。

这件事情上，蒂埃里是个难搞的人。神经兮兮，穿着船鞋、牛仔衣。他组织演唱会，参政，当选了市议员，是派对红人。马特尔中学就认识他了。当年蒂埃里可不敢这么跟他讲话。每次付他钱的时候——现金，都是新票子——蒂埃里都要拍拍他的肩膀。不幸的是，马特尔只能接受他的钱。

马特尔在女厕所发现两个女孩，浑身是汗，已经神志不清。其中一个金发的，头发里都是呕吐物，胸罩也不见了。另一个挺好看，穿着拉尔夫·劳伦马球衫。她显然来错地方了。马特尔轻轻叫醒她，建议她赶快离开。他摇了摇另一个，没反应。只能过会儿再来处理。

男厕所里，五六个年轻人正兴致勃勃抽着大麻，高谈阔论。他们看到马特尔进来，不为所动，眼睛也不抬一下。

“你好伙计。”

“我数到一。”马特尔说。

“酷，伙计。”

“好。”

“乖乖走开。”

“别动气。”

他们走了出去，大麻烟卷藏在手心里。看他们漠然弓着腰鱼贯而出，那情形让人想到骆驼商队。

接着，马特尔把厕所单间检查了一遍，拿脚踢开门，肮脏的景象让他连连后退。他叹了口气，返回去找那个胸罩不见了的金发女孩。到了外面，她脸上恢复了血色，不停地眨眼。马特尔已经用纸巾和水替她清理了头发。

“好点了？”

“什么？”女孩说着，拿手挡住胸部。

“会好的。”

散场了，人群慢慢走向出口。夜的宁静开始降临，潮湿，呛人。马特尔在停车场一角看到了布鲁斯。他正在同两个穿着厚运动衫的男子纠缠，对方显然不是演唱会观众。马特尔走过去，两个人便离开了。

“怎么回事?”

“不错的一晚。”布鲁斯说。

“他们想干什么?”

“和其他人没什么两样。”

“那……没事了?”

“好得很，”布鲁斯说着拍拍牛仔裤的口袋，“我没数，不过看着约莫两万法郎。”

“没数是什么意思?”

“没算总数呗。”

“有时候你把我当傻帽儿。我不跟你说了么，随时数着。”

“没事的，放心。”布鲁斯说。

“走，收拾去，”马特尔说，“我在里面等你，一块儿喝杯啤酒。一会儿见。”

马特尔和布鲁斯坐在吧台，等着工人把舞台拆除。工人们来回走着，一言不发，嘴里叼着烟。他们打扮都一样，黑色 T 恤衫，头戴安全帽，裤子摇摇欲坠。马特尔看着他们，布鲁斯则毫不在意。这时蒂埃里走来，手里的大杯子装着威士忌可乐和一摞冰块，拿吸管吸着。

“伙计们，”他说，“你们让我失望。”

因为马特尔挡在中间，布鲁斯坐到吧台上向后仰着，以便看得更清楚。这个姿势让他伸直的胳膊看上去像斜拉桥的铁索。

“要我说，你们不怎么顶事，伙计们。”

“你说什么，蒂埃里？”

“去厕所看看。还有停车场。起码五十个混混还在吸大麻，胡闹。而你们已经喝上免费的啤酒了。”

马特尔深吸一口气，眼睛盯着前方，正巧墙上有张海报，萨科齐引领着一队幽灵一般的士兵，跟在三辆开路摩托车后面。其中一个摩托车兵穿着高跟皮靴和长筒网袜。马特尔看了一眼表。差不多十一点半了，第二天他还要上早班。因此他必须赶快拿到报酬离开。

“有话快说，蒂埃里，我们累坏了。”

“对，快说，”布鲁斯也帮腔，“我们累死了。”

“我想我们开始就有点误会。你们来是干活儿的，伙计们。干多少活儿我给多少报酬。”

马特尔的账户上欠着差不多八千块。银行每周都给他打电话，把他当傻瓜一样对他说话。他的钱包里有张农业信贷银行的信用卡。他的生活越来越像一场不带氧气瓶的潜水。而这期间，蒂埃里·莫里纳，在船鞋里站得笔直，想的是怎么省钱。

“你们自己听听。”蒂埃里说，食指指向天空。

“听什么？”布鲁斯点着一支烟，“我什么也没听见。”

仔细听，确实有喇叭声、叫喊声、口哨声隐隐传来。可是马特尔不认为厕所和停车场属于他的管辖范围。

“这可不行，伙计们。”蒂埃里煞有介事地说。

马特尔努力保持镇定。看着萨科齐和幽灵士兵。不能动气。他手心一阵阵发痒。他一直担心有人把自己激得忍无可忍。

蒂埃里又吸了一大口威士忌可乐，然后搅动冰块。

“对不住了伙计们，我得扣你们钱。”

马特尔稍微侧了侧头。

“你什么?”

“你们活儿没干利落。不好意思了伙计们。”

外面的声音大起来。

“听听这烂摊子。”

“我想你把我们和清洁工混为一谈了，蒂埃里。我们只管放人进去，保证安全。别的没了。”

在他身后，布鲁斯不住地点头。

“我也没办法。你们一人扣五十。下次注意。”

他递过两个信封。马特尔数了数自己的，八十块。

“你要我是吧，蒂埃里?”

“我只能这样。这叫管理。下次你们做到位的话，我给你们奖金。”

布鲁斯已经站起身，正要揪住对方的领子，忽然一声巨响。离他们很近，就在门后面。声音越来越大，奇奇怪怪，笑声，金属的碰撞声，好像还有动物的叫声。似乎有人在吆喝。又是动物的叫声。

“到底怎么回事？”蒂埃里有点慌，走过去一看究竟。

“这个混蛋。”布鲁斯看他走开，说道。

马特尔想起以前读中学的时候，蒂埃里没少抽大麻。他心脏有毛病，经常不上体育课。他父母在埃皮纳勒的山上有所大房子，周末蒂埃里经常举办派对。他和那个有点儿胖的漂亮女孩处了很长时间，她叫什么来着？现在他拿自己当个人物了。他不过监制了一两张唱片，在地方电台主持了一个摇滚乐节目。他认识卢森堡电视九台的人，南锡爵士脉动音乐节的时候，可以看到他在市中心广场跟大人物们喝酒。也许他事业有成。他挺有钱，似乎和库奇·丁格勒乐队①是朋友。尤其是，他刚刚把他们羞辱了一通。

“怎么办？”

“我需要钱。”马特尔没再多说。

“对，正好。”

布鲁斯从口袋里拿出一叠皱巴巴的票子，数了起来。

马特尔看着他，自己同时也数了起来。心算的事情不能完全信任布鲁斯。他们被外面传来的喊声打断了。蒂埃里失去理智一样大喊大叫，听起来像演员杰拉尔·朱尼欧在停车场失心疯。然后还有叫声，动物的叫声。撕心裂肺。

“这是什么？”马特尔说。

“蒂埃里发臆症。”

“不知道。听着像牲口。”

---

① Cookie Dingler，法国乐队，组建于1974年。

布鲁斯把钱递给他。

“给，一千六。没我想得多。”

“跟你说了随时数着。那帮家伙把你骗了。”

“不可能。”

布鲁斯在演唱会入口贩卖大麻、摇头丸、可卡因。马特尔不想知道他从哪儿搞到的货，卖多少，任何把自己牵扯进去的信息。他只拿现金。布鲁斯把他拉进演唱会的差事时，说现在他们是合伙人了。从那之后布鲁斯每次分他一半。马特尔也不太明白为什么。作为交换，他允许布鲁斯形影不离地跟着自己。在工厂，布鲁斯总围着他打转，现在要找马特尔办事必须得通过布鲁斯了。这让布鲁斯显得很重要。马特尔毕竟是企业委员会主席。话虽如此，还是搞不清布鲁斯到底有什么长远的企图，或者只是纯粹脑子不好使。

门猛地开了，蒂埃里跑进来，头发蓬乱。牛仔上衣不见了，裤子溅满泥点。

“老天爷，快过来！”

“怎么了，出什么事了？”布鲁斯问。

“快来，快点儿，老天爷！”

“有事儿就怪了。”马特尔说着，走到吧台后面又拿了一罐啤酒。

“对，肯定没什么大不了的。”布鲁斯加上一句，举杯向马特尔示意。

“伙计们，我保证。”蒂埃里恳求道。

“那帮小流氓找你找麻烦了，蒂埃里？”

“一人二百，马上。”蒂埃里喃喃地说。

他想把手伸进里面的口袋，接着意识到上衣不在了。

“明天给，二百五。你们得去看看，伙计们。我保证。”

门后传来越来越大的呻吟声，听上去让人心碎。每次有人在停车场摁喇叭，或者踩响改装车的油门，叫声就更甚。很大的膨胀的声音，让人起鸡皮疙瘩。

马特尔感到惊奇，走向门口。

“问题是我们没法信任你了，蒂埃里。”

“不好意思了，蒂埃里。”布鲁斯说着，举杯祝他健康。

“伙计们，别闹了。明天一人三百五，正经起来好不好。”

马特尔走到门前，抬脚踢开。

“妈的。”他朝地上吐了一口痰。

一头奶牛卡在为疏导人群而围起来的铁栏杆里了。它得有五百斤重，挣扎着，使尽全身力气叫唤；头朝下倒地，角在栏杆缝里卡死了，满眼惊惧。越挣扎越被困牢。它的鬐甲有个深深的口子在流血，蹄子上也都是血。不知是它的血，还是把它困在那儿的人的。

“得叫消防员。”马特尔说。

“不行，我麻烦够多了。你们给我处理掉。我付钱。说话算数。”

“你的话我可不敢信了，蒂埃里。”

马特尔语气平和，尽量不看对方，以防控制不了情绪。手发痒。

他走向前，奶牛更用力地挣扎，更加受伤。停车场上喇叭声继续回响。

“你弄后面，布鲁斯，还有，把那帮白痴给我打发了。”

“太好了，”蒂埃里长出一口气，拂着满是汗的额头，“你看，你们是可以干好的。”

“为这句话你得再出一万块。”

“好好好，行了，我们不是小孩子过家家。”

马特尔转过身，揪住蒂埃里的后颈，用低得几乎听不到的声音说：“给我们五万块，蒂埃里。每人。现在就去拿来。”

马特尔个子很高。蒂埃里不喜欢他嘴里的气味、呼气的声响，还有这种仿佛跟一枚即将爆炸的定时炸弹讲话的感觉。他挣脱开，奔向逃生门：“没问题。我马上回来。”

马特尔看他迈着短腿离去。他感到手臂和肩膀充满了力量。妈的，他差点把那个王八蛋拧散架。

马特尔和布鲁斯等所有人都离开，搬运工、服务员、最后一批摁喇叭刺激可怜奶牛的观众。现在，奶牛不动了，遍体鳞伤，哼唧着，圆睁着眼睛哀伤地看着两个人。

“你觉得它在想什么?”布鲁斯问。

地上和栏杆溅得血迹斑斑。奶牛筋疲力尽了，宽大的舌头，冒着气，足足有十五厘米，伸到眼前，眼睛盯着马特尔和布鲁斯。喘声嘶哑，断断续续。喉咙似乎被血块堵住了。

“我想它快死了。”

“它喘不过气。”马特尔说。

“他不会给我们五万块的。”

“我们终归得处理。人都走了？”

“我想是。”布鲁斯说。

“了结吧。反正它没法活着出去了。”

外面的田地里，别的牲口哞哞叫了几声。奶牛最后挣扎了一下，企图挣脱。

“他妈的。”马特尔说，喉咙发紧。

布鲁斯走上前，抚摩着奶牛的头。他哼唱着，跟它说着安慰的话。他的手放到它背上。黑暗中马特尔看不清他在干什么。奶牛的喘息渐渐弱下去，嘶嘶送气，快没气了。这时马特尔看到布鲁斯把一支 Colt. 45 手枪架在奶牛眼睛旁边。他几乎可以肯定它闭上了眼。

“妈的！”马特尔吐着口水说。

枪响了，奶牛脑壳被打碎，身子似乎长出一口气一下松弛了，发出金属的声音。栏杆被震得倒在解脱了的牲口身上。

布鲁斯转过身，枪还在手上，对自己很满意。

“我们可以把它拖走了。”

“然后把它烧了。”马特尔摇摇头，“天哪，你竟然用枪。要是警察来了，你麻烦就大了，老弟。”

“你这么想吗？”

“把弹壳捡回来。赶快。我提醒你，还有活儿要干。”

布鲁斯老大不乐意地往地上一趴开始找。

丽塔

“您需要什么?”肉店老板问道，门口的铃铛还在叮咚作响。

在他身后，砌着白瓷砖的墙上挂满了一串串各式香肠。冷柜里货品应有尽有。这么偏僻的地方竟有这样的店，丽塔颇为吃惊。门面的橱窗里甚至有一只阉鸡和两只珍珠鸡，摆在杉树和干冰做的布景前面，显然是几周前过节的时候布置的，还没撤下。

肉店老板等待着，腰系白围裙，在一块干净的抹布上揩着手。他脸上没皱纹，看不出年龄。嘴巴略歪，显得好像人在微笑。丽塔没说话。这是交锋开始时常用的招数，往往很有效果。

从铺子里间发出金属掉在地上的声音。二人都惊得一哆嗦。老板假装若无其事，不过他奇特的微笑消失了，手平摊在柜台上。

“您讲。”

雅克·科利尼翁最近过得不是那么舒坦。每年节日一过，玛丽-让娜就去疗养。她已经两天没消息了。他还没敢给酒店打电话。肯定是手机的问题，她总忘带充电器，糊里糊涂的。可他还是不喜欢她这样，音讯全无。

“您说吧，我不是很有空。”

丽塔把名片递上来。肉店老板看过，马上从柜台后绕出来送客。最好赶快完事儿，看他的表情就知道。

“您的同事来过。我跟他说清楚了。”

“哦？还顺利吧？”

“我还要工作。不好意思。”

楼上再度响起东西掉落的声音。老板的表情僵了一下。

“听我说，您可不可以另找时间。我妻子不在，我忙不过来。”

他说着，把门打开，等着丽塔出去。寒冷的空气灌进店里，铃铛被吹得摇动起来。

“下次您来之前打个电话。我妻子会接待您，这些事由她出面。”

“我看了您提交的社保材料，您妻子在店里兼职？”

“怎么了？”

这下，他的目光里闪现出一丝好奇。

“您收到过好几封信件。都没打开看吗？”

老板耸了耸肩，不顾穿堂风，把门开得更大了。丽塔后退几步避开风口，用赞许的表情打量着店铺。

“您的店真不错。我敢肯定不少人愿意大老远跑过来。”

老板的手被吹得开始发僵。他只得把店门关上。

"您什么意思?"

"您一年营业额多少，四十万？四十五万?"

这个数字让老板感到有趣，脸上又现出那种奇特的歪嘴微笑。他旋即收起笑容。

"我不偷不抢。做自己的本分。如此而已。"

他自认无可指责。要是人人都这么肯干多好。起码玛丽-让娜知道自己该做什么。眼前这个女人一走他就给她打电话。

"不过，在我看来，您这生意需要人手。我想象不出您一个人应付得了这些工作。"

"我可以向您保证我一分税也没少交。"

"这不是我关心的。您看，您这种做小生意的，很多时候配偶的工作没有上报。这样可以省出钱来，度个假什么的。"

现在，肉店老板没那么急着打发她走了。

"唯一的问题是，您妻子总有退休的那天。到时候她只能领到一半的退休金。因为她一直按兼职在申报。"

"这是我们自己的事情。"

"对您只有好处，当然。您少给她交社保，您的妻子也不会找您麻烦。因为离了您她就得睡大街了……仔细想想，跟奴隶没区别。"

"得了吧。"老板低吼着抓住丽塔的胳膊，把她向门口拽去。

劳动保障监察员没有反抗。她继续用平静的口吻说："还有学徒呢?"

"好了，我听够了。您跟我妻子谈去。我做不了什么。"

“我现在就可以给您妻子打电话。毕竟她有她的权益要维护。完全正当的需要。”

“您话里有话，有意思了。您到底想怎么样？”

“和您一样，科利尼翁先生，我只想做好我的本职工作。”

老板犹豫了片刻，把门上的小牌子翻向另一面朝外，并要求五分钟的时间整理一下。

“没问题。”丽塔说。

老板上了楼，丽塔听到楼上一阵忙乱。

他下来以后，丽塔听到上面继续响动，脚步声，离得更远，然后很快消失了。

“好了，开始吧。不过我跟您说，得抓紧时间。”

检查由丽塔主导，有点像购物。她头上套了个布软帽，不时提问，快速查看设备，翻阅订货记录本。总的来说，科利尼翁肉店是规矩的。冷库温度够低，电子设备运转正常。老板很乐意展示店里的装备，不是最新的，但都是质量过硬、耐用的德国货。过程中丽塔夸赞了他好几次，科利尼翁放松多了。表格快填完的时候，她说不介意喝上一杯。

肉店老板看了看时间。退休金减半的事情让他心里惴惴。他只想为玛丽-让娜好，不知道自己做得对不对。这个铺子难道不是属于他们俩的嘛。夫妻共同财产。可他还是禁不住感到不自在。不久前，玛丽-让娜要求开个自己名字的银行账户，还要求涨工资。当然，他拒绝了。他觉得很无稽。

工作间里，丽塔在小桌边坐下，科利尼翁平时在这里吃早点。她看着他在冰箱里翻找。屋里气味很好闻，窗户上蒙了雾气，外面的景象一片模糊，只看得见黑乎乎的近处的小山，延展的冷杉林。

“您喝什么？”

“来个啤酒。”

“才十点一刻。”

“是的。”

“好吧。”

肉店老板打开一罐啤酒。他自己喝可乐。然后他端到桌上一些意式色拉米香肠和醋渍小黄瓜。丽塔看着他忙活，短短的手指，指甲有咬过的痕迹。动作灵活，简洁有效。她倒满一杯，喝了两大口。最好的时机来了。

“怎么样？”肉店老板语带讽刺地问。

“好得很。”丽塔承认。

“白忙活。您让我半天没做成买卖。”

“我不是随便来的，科利尼翁。”

他等待着，双手交叉在桌上。他还在想玛丽-让娜。不快的感觉挥之不去，像从地窖走上来时缠上脸的蜘蛛网。

“如果只是我自己，我是不会专门跑来见您的，”她接着说，“我的同事也不会。”她顿了一下，“您知道，有时我们是接到举报才行动的。”

肉店老板耸耸肩。人性如此。

“学徒干的?”

对方没有回答。他鼻子抽动了一下。不过不是因为这个。

“您有个学徒对吧?”

“我申报了。”

“他在哪儿?”

“现在不在。”

“他的学校联系了我们。”

“我也做过学徒。我知道怎么做。”

“我懂。”

丽塔从容喝完啤酒。老板起身，胳膊抱在胸前，等着她决定离去。

“我刚才听到他在上面。我知道他在。”

“我想您最好离开。”

“您拿这孩子当牲口使。有时他晚上都回不了家。他父亲也找过我们了。事关没申报的工作，科利尼翁先生。您还得让我再待会儿。”

“您喝酒了。请您马上离开。”

“我们收到了指控。”丽塔说，口气几乎和蔼可亲。

老板朝她走了两步，大手放在桌上，一字一句地说：“我要求您从我这儿出去，女士。”

丽塔能闻到对方身上清洁剂的味道。他脸上的皮肤没有一丝皱纹。像鱼皮，她暗自想。科利尼翁接着说：“您跟我的律师谈。我不需要在我自己家忍受这个。”

他的嘴唇像炭笔描过似的，现在仿佛被雨水打蔫了。

“是您妻子给我们写信告的您。她要求跟您算清。她要离开。”

“您胡说什么?”

“她不在这儿干了，给您寄了信件。您看看吧，一看便知。”

就像游戏里垒起的罐子突然塌了。肉店老板的眼神飘忽起来，满屋四顾不知该往哪儿看。

“对不起。”丽塔叹了口气。

他的眼睛躲闪着她。他握着拳头，关节发白。

“我要您现在离开。我还有工作。”

“我得把学徒带走，科利尼翁先生。不会有事的。”

回店里之前他又看了看时间。他耽搁太久了。

艾伦穿着一件杀手乐队[①]的 T 恤衫，比他的身材大两号。脚上是黑色马丁靴。丽塔在顶楼找到了他，那儿给他腾出一小块地方，塞了张小行军床，一盏台灯，一个凳子。几本摇滚杂志。走之前他把杂志装进背包。

“我的游戏机手柄还在科利尼翁那儿。”

“什么?”

“我的任天堂。他收走了，说我玩得太晚。”

“别担心，我们下次要回来。”

---

① Slayer，美国激流金属乐队，组建于 1982 年。

“那老家伙怎么样？”

“会没事的。”丽塔说着拉他朝门口走去。

他们从后门出去，避开正门。砧板正有节奏地响着。发动汽车之前丽塔甚至给警察局打了个电话。肉店老板一副要倒下的样子，最好有人过来看看。

他们已经开出去一会儿了，少年坐立不安。

“怎么了？”

“接下来会发生什么？”

“给你另找个老板。更酷一点儿的肉店老板。”

“哦，好吧。”

然后少年问能否换个电台听。

“这么难听，您不想听点儿别的吗？”

“我挺喜欢戈德曼。”

“我们去哪儿？”

“到了就知道了。”

萨博车行进在山路边上，仿佛悬在山谷中间。在这样的风景中，音乐显得格外辽远。风景上下一览无余，脚下便是深渊，森林耸立着，将阴影投在路上，让人心悸。

“哦，我讨厌大自然。”少年说。

丽塔微微一笑，把音量调大。她点燃一支温斯顿，少年趁机也要了一支。

他们好一会儿没说话，然后丽塔的手机嘀嘀响了起来。一条留言。是上次那个裁员工厂的企业委员会主席。现在路况好多了，两边是牧场、大房子、锯木厂、半废弃的农场。那人想和她见面。他想她。留言非常简短、直接。丽塔摇摇头。少年专心致志地咬着手指甲，眼睛盯着路面。

突然，丽塔余光瞥见一个运动中的物体。她以为是动物，赶紧松开油门。

左边，有人从林子里出来。一个年轻女人，也可能是个女孩。很难讲。她拼命奔跑着，不时扭头往回看，跌跌撞撞，每一步都几乎要摔倒。很显然，她不是在慢跑健身。整个人惊惶失措的样子。尤其是，狂奔在这荒郊野地里，她全身只着一条内裤。

丽塔蒙了。她继续减速，按喇叭。车里的少年这时也看到了浑身是泥的女子，他一边大叫着天哪，一边不忘咬着指甲。女孩冲他们挥舞手臂。远远就能看到她两眼瞪得很大。丽塔猛踩刹车，轮子停下了，萨博车后身侧滑，整个车子转起来。丽塔冷静地反打方向盘，手伸出去护在少年的胸前，以防他飞出去。车子一下调了个头，直接飞向路边的沟里。丽塔加速，企图重新控制，可是太晚了。整个打滑的过程她听到少年一直在飙脏话。巨大的震荡使他失声，后挡风玻璃碎片横飞。一切发生得很快。车卡在沟里不动了。丽塔满身大汗，拔下车钥匙。四周一片寂静。一根排气管里冒出烟来。旷野像经历了一场雷击。令人难以置信。

“你怎么样？”

“还好。”

“别动。待在那儿。”

虽然关节疼痛，皮埃尔·迪吕伊还是跟住了跑过林子的女孩。他加快脚步，抄最近的路，就像从前穿越敌军防线，或者奥兰迷宫般的街道。他站在高处，从望远镜里看着穿卡其色风衣的女人从出事的汽车里钻出来。不常见的车型，棱角分明，外国牌子。

一从沟里爬上来，穿风衣的女人就朝女孩跑去，把她裹在衣服里，摩擦她，抱紧她。虽然隔得远，皮埃尔·迪吕伊还是听到那裸身女孩的啜泣声。

老人不知道自己做得对不对。七十多岁了，犯得着把自己扯进去吗？这个女孩懂什么？她知道什么？当他发现她被关在农场外的旅行挂车里，他甚至没觉得奇怪。后来他开始琢磨，想着该怎么办。一段时间以来，他想做点好事。

现在，事情要闹大了。这使他感到有趣。至少目前如此。

他从望远镜里看车牌。2031 RK 88。

走着瞧吧。

他费力地走回农场。他希望风衣女人能照顾那女孩。他自己都奇怪怎么会有这种想法。

农场

所有人都管那地方叫“农场”。可是从来没在那里见过牲畜，也没什么庄稼。花园只有一丁点儿大，杂草丛生。说实话更像个垃圾场、废品回收站。到处是瓦砾，房子处在正中间。

可是这里从来都叫“农场”，对所有人来说。

房子很老了，正南朝向。三层，外加阁楼。屋里是穿堂风，地板嘎吱作响，外墙凹凸不平，有两个烟囱。经历过这些年头，房子有好几次都差点塌掉。可是每次都挺过来了，修补扩建。就像治愈了骨折的大腿，变得更皮实了。不过总体外观毕竟不像健康人，而是依稀一副残疾人的形象。

起初这只是个猎人小屋。一帮出身富裕的家伙曾长期聚在这里找乐子，在林子里撒野胡闹，到处搞破坏。一开始，纱厂生意好，房子得以维护。后来由于严冬、丧事、年轻一辈的不在意，渐渐荒废了。周围的农场主便来偷石头木料。不知不觉，杂树也长了起来。

一九三〇年代中期，从朗贝维莱来的一家人住进了此地。隆贝尔一家衣衫褴褛，但颇有算计。他们卖兔子皮，磨刀，推着车到处转悠，车里都是破烂，几个钱就卖。尤其是他们酿一种黄香李酒，整个地区因为这种该死的酒斗殴事件不断。

在这家人的经营下农场渐渐恢复了元气。可是隆贝尔家的男人找不到老婆，他们只得离开，女孩子则留下嫁了当地人，农场也被遗弃。

二战期间，它隐蔽的位置引起了注意。人们在这里存放物资，让波兰和罗马尼亚逃难过来的人躲在这里。解放之后，房子再度被遗忘。

然后，某天早上，皮埃尔·迪吕伊和妻女来到此地。他们浑身脏兮兮的，疲惫不堪。他们驾着标致 203 开了一千多公里。车后部的巨大噪音让丽丽安娜一路无法入睡。离开土伦的时候他们带了两个行李箱，路上买了些冬天的衣服，为了保暖，更多是为了给自己打气。已经入秋了，他们可是去北方。皮埃尔买了件厚呢短大衣，让娜选了一件渔貂皮大衣，据说穿不坏。丽丽安娜在车里也非要穿着新外套，直到热得满脸通红，几乎神志不清。她的胡言乱语引起父母的争吵，耽搁了不少时间。

迪吕伊一家在路上奔波了四个月，不停地投宿旅馆。喝的是速溶咖啡，吃的是没有味道的速冻食品，走路贴着墙根。丽丽安娜没有学上。皮埃尔像只关在笼里转圈的狮子，一根接一根抽烟，狂躁易怒。他们过着漂泊无着的生活，寄宿学校的学生白日梦里向往的那种。但迪吕伊一家对浪迹天涯毫无兴趣，如地狱般煎熬。

这天早上，让娜·迪吕伊一下车立刻后悔没穿长筒袜。

“好冷。”她说，风直往裙子底下钻。

“会好的。”皮埃尔抚着她的肩膀说。

一路上夫妻俩没少恶语相向。有时让娜恨死他了。都是因为皮埃尔，因为他的固执，他们才颠沛流离，居无定所。他从不问家人的意见。她有多长时间完全失去对局面的掌握了？她父亲从市政府出来，被打死了，像牲口一样。迎面一枪。她连尸首都没见着。灰毯子下有个人形，脚上穿着周日才穿的皮鞋。然后她在最不合适的时候怀孕了。最后他们还是不得不离开阿尔及利亚，虽然皮埃尔曾反复许诺不会。没有一样是她的选择，没有一样是她想要的结果。有时候她觉得自己在过的是另外一个人的生活，听命于偶然的命运，她尽可能耐下性子，等待从前的幸福回归，长得没有尽头的夏日，美丽的平顶白房子。

让娜累了，不到四十就老了，她几乎是本能地诅咒这座林子里的孤房。

几个星期之前，在土伦，邻居来敲门。他身材高大，长着一张自行车手的脸，穿着大圆领 T 恤衫和拖鞋。

“有你们电话。”门刚开了一条缝他就急匆匆地说。

没有另外的寒暄，他随即转身离去。在他自己的两室公寓里，妻子正给孩子喂奶。

皮埃尔以前把纳达尔的号码给了少数几个亲戚朋友，以防不测。只能说纳达尔一家不是那么热心帮忙。当众人纷纷离开阿尔及利亚，他们也只能顺从。纳达尔一家，还有整个阿尔及利亚，都似乎在向他们说明，好日子到头了。

皮埃尔顾不得面子，乖乖跟到纳达尔家，拿起墙上的听筒。纳达尔夫妇就在一旁听着。这毕竟是他们的家。皮埃尔堵住另一只耳朵，闭上眼睛，好听得清楚些。

“喂?”

“我是法布雷加。我们得见个面。”

“什么事?”

“有事商量。你必须来。”

“来哪儿?”

“当然是阿里坎特。”

“不可能。”

“怎么？你害怕中暑吗?”

法布雷加自己笑了起来。医生不愧是个乐天派。两分钟的讨论之后，他同意过来，因为皮埃尔不放心。下周三晚饭。要小心行事。法布雷加保证一个人前来。

走的时候，皮埃尔不住道谢。嗯嗯，自行车手模样的邻居敷衍着。

回到家，皮埃尔不禁思忖法布雷加的用意。他是朋友，最老的朋友之一。可是从今以后这能说明什么呢？四月份起，组织就开始了清算。就在上个星期，帕斯卡・雷米拉从佩皮尼昂一家咖啡馆出来的时候中枪身亡。乔·桑切斯被告发，在巴黎第四区一番追捕之后落入警察之手。平民堵住了他的去路。“法国的阿尔及利亚”完了。为了干掉加斯帕·达索布洛，他们派了四个人，拿着 MAT49 式冲锋枪。为誓言而战的时代结束了，现在人人被怀疑，被暗算。组织的层级被打乱，随着不时有人离开或被捕，联络网被打散。组织被掐住了脖子，重组成一个个小团体，思想准则被恐怖侵蚀。有人为了让自己的上司取代别人而背叛。昔日的战友互相揭发起来滔滔不绝。曾经的正人君子成了疯狂的行刑者。又一轮的血流成河，一如既往，却毫无意义。

皮埃尔曾想不顾一切地留下，不能让母亲的坟墓落入法拉加[①]之手。他在奥兰出生，他想在奥兰死去，和父亲、祖父一样。可是现在大势已去，再折腾也没用了。奥兰港成为一片火海，喷吐出巨大的黑色烟柱，街道上，人们把带不走的家具付之一炬。港口搭起大片的临时露营地，人们在里面等着搭乘开往马赛的轮船。不得不卷铺盖离开。

皮埃尔终于下决心出发，可是有人不同意。有些死硬分子甚至想炸毁一两艘船来阻止人们离开。一百万人，破了产，落了魄，在收拾跑路。阿尔及利亚就像一个病人，医生在它床前期待着大出血。皮埃尔离开了。

约好的那天，他在家做准备接待法布雷加。他打发让娜买了

---

① Fallaga，阿尔及利亚及突尼斯反抗法国殖民统治、争取国家独立的游击队。

一只带盖的大汤碗。在厨房的橱柜上，他铺了一条桌布，摆了一篮水果，还有这个南瓜形状的珐琅汤碗。碗里藏着他的 PA. 35 手枪和备用弹夹，以防万一。

客人一如既往地热情。志得意满，大腹便便，在哪儿都从容不迫。说话大嗓门，把孩子举过头顶，对每个人都不吝赞美之词。为了说些讨喜的俏皮话，他编了些在铁路上遇到麻烦的故事。大家笑了一番。法布雷加医生来的时候大汗淋漓，骆驼毛大衣夹在腋下。身体一动就飘过古龙水的味道，这是他的特色。

皮埃尔给了他一个拥抱。这不是他的风格，法布雷加马上就明白了。他笑起来，脱掉外衣，像选美小姐一样转个身，让对方看清楚自己没带武器。

晚餐很愉快，虽然丽丽安娜闹了点小麻烦。皮埃尔试图管教，不过没用。他们离开奥兰之后她就一惯任性。

让娜做了面裹辣味香肠和甜椒沙拉。然后是干酪肉丸焗面。还有早上专门去集市买的椰枣。医生吃个不停，每吃一大口都要来一番溢美之词。两瓶博若莱葡萄酒差点没撑到甜点。他们边吃边聊，谁谁怎么样了。对于不知第二天会如何的人，强行的乐观几乎是一种礼节。百叶窗外，土伦居民区的气息透进来，海水的味道，碳氢化合物的蒸汽，女人尖细的说话声。喝咖啡的时候，让娜哄女儿睡下，到厨房去洗碗。虽然有水流声，她还是听到医生的纯金打火机特有的声音。雪茄的味道在房间里弥漫开。她担心地把耳朵贴在门上，手里捏着橡胶手套。

“你们不能这样过下去，”医生说，“这儿没什么好待的。那边需要你。”

“我不能要求让娜这么做。”

“情况变了。西班牙有人支持我们。”

“说得倒好。他们只想引渡我们。”

“不是的。那只是为了平息舆论。我们有可以信任的朋友。佛朗哥的侄子支持我们，”法布雷加用煞有介事的口气接着说，“我们回不去了。完了，老兄。”

“再看吧。”

“起码考虑一下你们的安全。”

“是吗？我有什么好怕的？”皮埃尔不悦地说。

“一切。警察，不甘心的游击队员，探子，解放阵线，所有那些人。”

“那又怎么样。我们不走。我是法国人。这一点至少没人能剥夺。”

一阵难熬的沉默。让娜以为他们发现自己在偷听。不过法布雷加清了清嗓子，用轻松的口气说：“好吧。不过你们得藏好。事情会慢慢平息的。”

“就凭我们干的事？不会。”

“会的，你看着好了。戴高乐是个政客，不是原则第一的人。那帮人不明白这点。他会平息时局的。就像战后对待附敌分子一样。”

“奇特的类比。”

“你以为呢？只有胜利的事业才是正义的事业。”

“你也是个政客。”

“嘿!”

椅子挪动了一下，橱柜门发出响声。皮埃尔拿出烧酒。

“祝你健康。”

“祝你健康。”

“你别说，”医生把空杯子往桌上一放，发出响声，“我认为我们可以玩一记漂亮的政治手腕。你们也能就此解脱。”

皮埃尔任他说下去。

“你拿着钱。一部分。我让其他人以为你卷款跑路了。”

“戈莱尔才是会计吧。”

“哦，戈莱尔！我见他了，我们说好了。”

“你把钱搞到了?”

“不是全部。一部分。”

“多少?”

“多少不重要。反正有人想象我独吞了几百万。金条!”

医生又笑起来。

“不过现在这些钱是麻烦。老有人打我的主意。如果钱不在我这儿了，我们可以少些自相残杀。再说大家伙儿都信任你。”

“我可从没这么觉得。”

“就是这样。你一走，我们就能制造出一种视错觉，一个幻象，我就说把钱放在一个妥当的地方了，你懂的。这样就不怕他们烦我了。”

“我们开始是战士，结束的时候成了土匪。”

二人沉默了片刻。皮埃尔又把酒满上。

“时机一到，”医生继续说，“我会把钱和新的证件给你。你们往东边走。我姐姐在孚日省那边有幢房子。地方绝对安全，在林子里。她丈夫是当地人，她建议我去躲一阵子。再说，你对那里也熟悉的。”

“二战的时候我去过。让娜不会喜欢的。太冷了。”

“你怎么想的，多美啊。空气又好。你女儿不是过敏嘛，对她好。到时候你们就有家了，再不用搬来搬去。你们可以安安静静地生活，周围的人也不会来打扰。时间会让一切淡去。”

“你觉得会吗？”皮埃尔语带讽刺。

医生放声大笑。他是个无可救药的抽象派，总是热衷看上去希望不大的计策，三四条线同时行动。这特点让很多人觉得他是一流的战略家。皮埃尔不这么认为。他只知道他会在世界另一头有幢房子，和一小笔本钱，重新开始他的人生。他无法拒绝。他听凭安排。

“你确定？”让娜带着惧怕望着眼前的房子，它既摇摇欲坠，又似乎坚不可摧。

丽丽安娜已经筋疲力尽，汗津津的，挂在妈妈胳膊上，前言不搭后语地说着孩子话。

皮埃尔没理会，点上一支过滤嘴吉卜赛舞女香烟向门口走去。他原本期望确实不高，可这地方简直废墟一样！东风吹得他前臂上的汗毛都竖了起来。

他们的新生活就要在此开始。

皮埃尔下定决心。潮气使大门和门框粘在一起，法布雷加的姐姐给的钥匙根本没用。皮埃尔肩膀一顶，把门撞开。迎面扑来的氨水味和灌木味把他呛住。他点燃一根烟，对抗臭气，给自己鼓劲儿。

厨房里的烟囱大得能站进去一个人，几把椅子还能坐，炉灶裂了缝，橱柜敞着，还有个碗橱。桌上有十几个空啤酒罐、一个珐琅釉面的钢制咖啡壶。他把壶提起来，里面满满一壶，显然是尿，冰冷的，不知多少年了。他的牙咬住香烟过滤嘴。

他转了一圈。一楼有四个房间，包括浴室。地板满是香烟灼烧的痕迹。墙上吊着破烂的挂毯。房间的门全不见了，墙上满是污言秽语、椰椰派①流行乐歌词、反戴高乐的口号。

上楼要借助车库里的梯子。房间里，破破烂烂的床垫覆满烟头。皮埃尔可以想象出，当地年轻人跑来和未婚妻胡搞，完事之后下楼到厨房往餐具里尿尿。

至少房顶还是基本完好的。

下来的时候他听到几声喷嚏。让娜着凉了。她一向怕冷。

打喷嚏一个月以后，让娜开始咳嗽。她从不穿丈夫给她买的渔貂皮大衣。一天夜里，妻子死后，皮埃尔·迪吕伊下到地窖，把 7.65 毫米自动手枪的枪管伸进嘴里。可是最终他意识到放弃

---

① Yéyé，一九六〇年代用法语演唱美国流行歌曲的年轻歌手，在青年人中十分风靡。

生命比他想象的要难。

从那以后他过着简单的生活，照顾女儿，虽然做不好。也不指望什么。一九六八年，他被赦免，恢复了本名，但依然离群索居。他不再理会政治，不再参与任何事。他只是赚钱，没有激情，也没有不安。

马特尔

临睡前，马特尔又算了一下账。情况很糟，已超过警戒线。明天一切都完了，坐牢也说不定。他设想对工友们发表讲话，解释情况。也许他应该求助于科菲迪信贷。或者去抢劫一个小超市。不过这个点儿都关门了。这次他算是完了。

再说，他表姐刚来喝过咖啡。他已经好几年没见过她了。表姐是劳工阶级那种类型的美人，十六岁貌美如花，二十岁就干枯，余下的人生不断染头发，吸着玻璃杯盛的咖啡，家人在旁边叫喊。四十岁她已经在熬生活，单身母亲，成天沉迷于电视和拼字游戏。开始她不好意思向马特尔求助。毕竟她也是有尊严的。不过现在，她母亲不行了，脑子坏了，和马特尔的母亲一个毛病。也要送看护中心，费用高昂。马特尔跟她解释自己境况也好不到哪里去。危机刚刚降临。工厂里有时一个星期好几天没活儿干。表姐当然知道，她看电视新闻。她一边严肃地表达着观点，一边往咖啡里加糖。可是直到马特尔给了她一个信封才肯离去。

没多少钱，但坏习惯就是这么养成的。

马特尔从床上起身来到小客厅。房子卖了之后他和母亲就搬到了这里，挺好的，不贵，还有电梯。是他的主意，公寓也是他选的。现在他一个人住了，不过他几乎没动什么。装饰着高脚盘的油布还在，还有桌布和镂空的窗帘。他把天鹅绒沙发处理掉了，但是保留了扶手椅和配套的脚凳。每次带人回家，尤其是女人，他都得跟人解释这些家具。不过反正一段时间以来也没什么人到这儿来了。布鲁斯去斯特拉斯堡找女人的时候曾要求把她们带到这儿来，马特尔表现得很正经，没同意。事实上，以他的经济状况，根本负担不起这种事了。

他点上一支烟，扫了一眼空荡荡的停车场，看了看 DVD 机上的时间显示。已经两点了，上午还要去上班。晚上是睡不安稳了。他打开电视，漫无目的地换着台，在茶几上蹭着脚指甲。他多想有个人能说说自己的事情。

很快，他就要还钱了。

工会运动本不是马特尔的志向。直到入伍之前，他从不参与什么活动。在部队上，他也只是听从安排。在维罗希亚工厂，他尽力而为，然后就卷入了代表选举的事情。他的第一个四年任期是在震惊中度过的，慢慢才适应了自己的角色。

他还记得第一次参加企业委员会会议的情形。他手拿文件，怯怯的，向管理层致意。那些大人物，在车间从来看不到他们。他向他们问好，脸都要红起来。梅耶夫人，人力资源总监，走到每个人跟前握手，态度热情，令人愉悦的微笑随时出现，又旋即消失。有经验的工友与这一切保持距离，大声议论着，故意高声笑，做出粗野的举止。

会议才开始，老居南就开始直截了当地发泄愤怒，所有他知道的事情都翻出来批判。在他看来，人力资源部没资格主持企业委员会。应该让总经理来，别人不行。为此暂时休会。

马特尔简直不敢相信那些人竟可以这样在会上争吵。他们其貌不扬，平时在车间有时是咋咋呼呼地发牢骚，可是跟其他人相比也真没什么特别的。不过他还是感到一阵快意，觉得出气。那种用词，他以前从未听过，文绉绉的法律词汇，还有那种满腔正义的口气，近乎冒犯的姿态，拉锯的阵地战，演戏似的。每个人都有角色，实用主义至上的管理层，试图调和的工人民主联合会，刚在选举中惨败、躲在后面的“工人力量”总会，还有好战的、至高无上的全国总工会。中层干部代表的位子上从来没人。看来他实在太忙了。正合所有人的意。

工厂和其他地方一样，再努力也改变不了大势。然而在这儿，众人瞩目的中心位置，出现了一个可以战斗的空间。双方远非势均力敌，但是抵抗已经组织起来，老板们感觉到威胁，也发动了宣传机器。这个新鲜玩意儿，抽象、粗暴，有着难以想象的力量，那就是权利。只要你拥有它，对手的意志就瓦解了。马特尔刚刚发现权力平衡的威力。搬出两条劳动法，立刻就像竖起一道墙，给所有人找麻烦。太棒了。

接下来，马特尔换了工会，参加了工人民主联合会的培训。

他成了维罗希亚的名人，他的工作风格和脾性一致，并不是什么都参与，只在要紧的时候出现。他讲话不给人留面子，但是消息灵通，有理有据，所以很有分量。他已经成功地保下了一个本来要被解雇的工人。这让马特尔明白，无关乎公平或真相，要的是维护工友的利益。

企业委员会任期到了，老手们得益于提前退休的计划，拿着信封离开了。他们的位子需要人补上去。马特尔在之后的选举中当上了企业委员会主席。其实也就是一个纯行政职位。不过他喜欢，能和管理层平起平坐地讲话，尽管他们的工资差距极大。

工厂老旧了，缺乏竞争力。客户经常选择别家。一天，巴黎来了些顾问对工厂进行整顿。工人们只见这帮人来过一次车间。他们年纪轻轻，脚踏尖头皮鞋。他们穿过二车间，头都没抬，也没有和任何人接触。他们到处走动，要求把文件打开给他们看。行政女职员们嬉笑着。其中一个顾问很英俊，另一个差点儿，可是他们开着标致607，彬彬有礼，风趣诙谐。女人们喜欢看着他们四处忙活，生活总算有一丝新鲜感。

最后，他们提交了报告，所有临时工都被辞退了。本来厂子常年招临时工。现在他们成了社会闲散人员，债务缠身，补偿了了，只能说好歹学了些技能。然后，加班费也取消了，专家们说这笔支出太多。行政职位进行了缩减合并，裁减了两名中层干部。他们的工作由剩下的人分担，又不能加班，只能硬撑。这部分工作他们是无偿在做，干部又如何，下班没准点，还沾沾自喜于自己的身份，其实干部什么也不是了。最后，决策层来硬的了，那些多年只上夜班的工人，本来他们的生活黑白颠倒，薪酬上也有所补偿，现在他们被调到白班，夜班换成了年轻人，后者工资更低，不找麻烦，不是工会成员。

工厂里气氛越来越紧张。时候到了。

一天早上，很早，马特尔来到厂子，拿着他那不离身的包。像往常一样穿着夹克。他召集委员会成员，加上几个说话顶事的、能吵架的老资历。气氛有种阴谋的感觉，大家都很紧张。马特尔觉得成败在此一举。他给他们建议。企业委员会一向管理得不错，有一笔小钱，几万欧元。

“我有个提议，”马特尔说，“如果你们听我的，我们要求度假支票加倍。”

明显感觉出底下的失望。度假支票……他们以为会是罢工，教训某个车间主任之类的。这个支票算怎么回事？

马特尔伏在桌子上，所有人都凑过来听他讲。他告诉大家，这意味着工人们可以用十五欧元买价值一百五十欧元的旅行支票。购物，去餐馆，租度假屋，都可以使用。

就是反应最慢的人也明白了，大家高兴起来。这个计划看起来好处多多。另外一些人在想，作为交换，工人们需要做什么。可是总的来说还是没人明白。马特尔进一步说明，作为交换，他要大家准备罢工。不是喧嚣而无用的罢工，折腾半天还是眼睁睁看着工作流失。他们的罢工是关于工作热情的，他们会消极怠工，把休息时间延长，让工厂慢慢陷入停滞，负责人将受到责骂，老板会被上面叫去，总之一团糟。整个过程要精心组织，秘密实施，效果不能打折扣。工人们拿着工资却不好好干，直到管理层让步为止。如果上面进行惩罚，也没办法。工人们将得到度假支票作为补偿。

为了使这笔支出生效，企业委员会需要投票。马特尔要求召开一次特别会议。出乎人力资源部的意料，所有的工会都决定动用这笔已经积攒了十五年的预算余额。不过这笔钱之所以存在，就是因为各个工会此前从未能就其用途达成一致意见。

之后，一百五十欧元的支票卖出很多，工厂胡搞起来。仓库原料浪费。工作节奏缓慢，在威胁和不发工资的惩罚之下也没有改善。货物再也送不到目的地。机器莫名坏掉。事故发生率骤升，以至于劳动保障监察员都来了。

女监察员和马特尔一上来就处得不错。

“我会上报给省级监察部门，”她说，“我从来没见过这么多事故。两个月超过百分之二十五的事故率，你们成屠宰场了。”

马特尔朝她微笑。

“您觉得我说的不对吗?”她惊讶地问。

“当然对。”马特尔回答，心思在别处。

这下她也微笑了一下。

后来，监察员和人力资源总监见了面，总经理不在——被标致雪铁龙集团的大人物叫去了，他们受够了从厂子里订购的问题零件。

“您知道，”监察员说，“问题出在您这儿还是工人那儿是次要的。法律上讲您是责任方。我是说公司领导层。您得做点什么了，不然很快就会出大事故，您会付出极大代价。”

“我们总没法跟在每个工人屁股后面。”人力资源总监辩解说。

“我明白。不过我不晓得，也许是管理的问题。看看这方面您能做什么。”

“可是您听我说，工人都不好好干活。他们搞政治斗争，最坏的那种。”

“您瞧，您自己说出来了。这是个政治问题。您要认真对待，也许可以松弛一下气氛。”

“对不起，”总监嘟囔着，“不过企业是为客户存在的。我们不是在过家家。不然我们会失掉最后的合同，到时候怎么办？工人会有什么好处？”

马特尔抱着胳膊等待着。

监察员没有动气，接着说：“我知道。不过说起来，对眼下的状况你们的客户似乎也并不满意。依我看应该照顾到各方的利益。”

马特尔在自家客厅里回想着以上场景，还是禁不住微笑。这个女人的风格，她的后颈，她迈步的姿势，都让人浮想联翩。

“不管怎样，”她总结道，“我会跟您，还有企业委员会主席保持联系。下次卫生和安全委员会的会议我也要在场。但愿那之前不要再出什么事儿。好好算算账。我不能肯定您对这笔账有清晰的认识。”

马特尔送监察员上了车。她开一辆老旧的萨博 900。挺适合她，与众不同，有棱角的设计，自有一番气派，尽管车子已经不新了。

“我们会再见的。”监察员戴上墨镜，一边倒车出去一边说。

可是第二次来的是她的同事。

最终，领导层恢复了之前砍掉的职位，召回了几个临时工。当然，部分原因是突然来了订单。一家罗马尼亚工厂为了增加工资而罢工。轮到他们丧失竞争力了。一部分生产转移到了其他地方。

不管怎样，即使企业委员会的财政受了损失，马特尔依然是大赢家。

那以后，他基本不干活了，而是出入于办公室，跟人聊天，打探领导层的动向，搞活动。他请车间工人喝咖啡。他不管安全条例，穿着绳底帆布鞋到处走，校整工的工装搭在肩上，胳膊底下夹着被文件撑得鼓鼓的包。在会上，他还是讲话不多，不过他的发言越来越受重视。人们开始觉得他会在工人民主联合会有所发展。而且他形象好，上电视出镜没问题。

他对自己也有信心了，全然忘了财务上的烦恼。可是对他的扶摇直上一无所知的银行很快就来提醒他了。所以，当布鲁斯跟他提起给演唱会看场子的主意，他同意了，给蒂埃里·莫里纳当了跟班。可惜，这点收入远远不够。

有时他去看望母亲的时候，她能够认出他，不停地感谢儿子让她有个单间，工作人员态度耐心，早餐有杏仁奶油蛋糕。可是花销也让她担心。“没多少的，妈。”马特尔说，他的大手被母亲的手握着。

从那时起，马特尔给自己一些信贷上的便利。他留了几张没有兑换的度假支票。账面上少个五十或一百，没人会来找他问详情的。

他还去上了培训班，花钱不少，不过是必要的。其实也是幌子。有个朋友能开出发票，可以收取百分之十的好处。总数有大约一万欧元。

第二天，其实就是几个小时以后，马特尔要去向企业委员会代表和领导层做企业委员会的财务汇报。目前亏空将近一万三千欧元。他不该让事情到这一步的。现在他完蛋了。

他又点了一根烟。妈的，还有那个监察员，她会怎么想呢?

丽塔

“杜弗洛，我今天不来办公室了。”

“不是开玩笑吧？”年轻的监察员说。

下午五点钟了，杜弗洛肯定已经收拾好了公文包，数着秒，就等下班铃响。

“别瞎评论，”丽塔回呛道，她对这个学位过高、没有前途的傻小子满怀毫无道理的温情，“我出车祸了，我的车开不了了。我也够呛。”

“没大事吧。”对方终于担心起来。

“没有。身上淤青，挡风玻璃碎掉一块，后备厢瘪了。没有太糟。我见了那个肉店老板。搞定了。”

“是吗？他没让你想起什么人？”

“什么意思？”

“我也不知道。埃米尔·路易。米歇尔·弗尼莱[①]，那种类型的。”

“除了这个，有什么新鲜事儿没？”

“一切照常。哦对了，来了个新人。”

“是啊，萨拉维。我把她给忘干净了。怎么样？”

“嗯，我觉得我坠入情网了。”

“又？”

“她甚至说服了我好好干活。”

“总是这么夸张，我可怜的杜弗洛。”

“弄虚作假的人很快会见识到她的厉害。劳动法的激进派。还那么性感！”

“你没忘了在跟谁说话吧？”

“知道。我已经和她去过实地了，栋佩尔的一家小饭馆。”

“然后呢？”

“老板没能提供四号许可证②。不知道他们开业的时候有没有。我当场就做了笔录，威慑他们一下。”

“奏效了吗？”

“一般般。”

“这个词儿太配你了。好了，照顾好自己，杜弗洛。我明天过来。我们看看糟到什么程度。”

“好好让人宠一宠，老板。”

“别多嘴。”

---

① 两人均为法国臭名昭著的杀人犯。

② 咖啡馆和酒吧店主销售第四类饮品的许可证。第四类饮品指所有允许销售的含酒精饮品。

挂电话之前，丽塔把被头发沾湿的话筒擦了擦。她走到浴室，再度审视左肩上安全带留下的印痕。皮肤成了彩虹色，倒是没那么难看。

她从浴室壁橱里拿出一管阿司匹林嚼了一片，穿上一双走路舒服的旧平底马丁鞋，正是她现在需要的。然后又去看一眼正睡在她床上的女孩，很安静，趴着，嘴巴半张。

这期间，洛朗在一楼客厅书架前踱步。书架是他十年前设计的。摆满唱片和书的橡木板由堆起的砖块承托着。当时的设想是以最和谐的方式消解重力。每一公斤重量都被整体承担，不用一颗螺钉，一个螺栓。书架保持着完美的平衡，将会一直竖在那里，除非把它一下子清空。

“我早晚要处理掉它。”丽塔一边下楼一边望着书架说。

洛朗转过身，露出微笑，不理会对方的话中带刺。

“为什么？”

“不知道。想改变一下吧，大概。而且它这么占地方。有必要堆着这些东西吗？”

洛朗没有接话。

“你那个狂奔的女孩子怎么样了？”

“她安静下来了。反正安眠药起作用了。谢谢你过来。”

二人差不多个头。年龄也相仿。站在一起衬得双方都年轻了，好像同班同学，或者兄妹、姐弟。

“车里有个裸女，怎么也会有人来救的。”

丽塔走向厨房，洛朗跟过去。一张大大的橡木桌位于正中，还剩不少地方留给烤箱、崭新的法格尔冰箱、灶台和流理台。角落里一只英国獒打着鼾呼呼大睡。它叫巴卡拉，被人遗弃，差点儿饿死，它也是光着身子从林子里窜出来时被丽塔捡回来的。

丽塔打开烤箱——这是她的吧台——拿出一瓶所剩不多的布什米尔威士忌，从洗涤槽里拎起两个玻璃杯，开始倒酒。洛朗拿手罩住杯口拒绝了。

“你这就不对了。”她喝了一口，说道。

“我想来个巴黎水，或者橙汁。”

丽塔从冰箱找出气泡水。

“你这冰箱也是怪了，”她脚后跟一磕，关上冰箱门，“什么东西进去五分钟就冻住。”

“挺不错的二手货，我以为你会中意。”

“幸好有你照顾我。”

她自己干杯，又倒上。

“你好像很渴。”

“我这一天过得不容易。而且这话从你嘴里说出来……”

“确实，”洛朗承认，“我们俩该一块儿喝。”

“要么都不喝。”

洛朗的背影映照在他身后的落地窗上。丽塔看到他的头顶开始秃了。这一瞥让她动容。

“嗳，有你在我很高兴。”她说。

洛朗表示满意，不过没再说什么，而是换了话题。

“我还是觉得我们把厨房搞砸了。”

“你是指？”

丽塔心里感谢他换了话题。表白不是她的强项，何况还是酒后之言。

“给人感觉整个房子就是个大厨房。”

“这正是我想要的。”

“我也是这么设计的。”

“那还有什么问题？”

“问题是，我就从来没见你做过饭。”

“那倒是。可是我以为这房子会被你用来当工作室。”

“你又来了……”

“是啊，我觉得好像有段时间没怎么见你工作了。”

“我的错，”洛朗抬起胳膊，“我就不该扯起话头。”

他做了几个很能说明他懊恼的表情，然后接着说：“车折腾成那样，你上班怎么办？”

丽塔又倒上酒，思索着。

“我的保险没问题。那之前，不知道。我可以让小杜弗洛过来接我。”

“他会很乐意的。他住在完全相反的方向。”

“是啊。再说我敢肯定他已经主动要求接新来的女同事了。”

“你们多了个人？”

“没别人的份儿了，杜弗洛已经上钩了。我想我应该租辆车，标致 206 之类的。”

“我可以把我的借你。”

“太合适了。开着奔驰上班的劳动保障监察员。”

“说正经的，你打算什么时候报警？”

“这种事我不做。”

“这不是一条狗，丽塔。关于这个女孩你一无所知。她从哪儿来，在这儿干什么。”

“我看她没少受苦。”

“那就更应该报警。”

“再说吧。”

洛朗比任何人都更了解她。他们曾同居五年。他不记得太多细节了。都柏林的不眠夜，桑岛的假期，吃着海鲜计划要孩子，一九八〇年代末她的红指甲油。当他们在一九八八年相遇的时候，他刚刚签约一家大卖场。他有辆英国诺顿突击队摩托车，经常不戴头盔，不过雷朋墨镜从不摘。他爱卖弄，朝三暮四，热衷于在省道上飞驰，周末与朋友们豪饮。他蓄着长发，没有纹身是出于对去世不久的父亲的尊重。那时他开始设计让人们每周一次购物狂欢的巨无霸型超市。柏林墙倒塌的时候，他属于最早跑去寻找机会的那批人。在那些犹如从宿醉中惶恐醒来、犹豫不决的国家，洛朗设计了透明玻璃大厦、购物中心，描绘出充满光彩和霓虹广告的未来。现在开始，他喜欢稳妥行事、工作午餐、全报销出差。他挣得多了，头发理短了，摩托车卖了，墨镜也收起来了。因为工作忙，他开始喝酒。因为老在外面，他忘了丽塔。当二人再见的时候，他们一起喝酒，吵架，疯狂做爱。丽塔的记忆中，突然有一天她自由了，离开了。于是他，洛朗·德贝夫，一直以来的好男人，尽管有点慢热，总算明白了。他再度酗酒，把工作室扔给野心勃勃的年轻人。他把钱都散尽，可是丽塔不回头了。他的礼物她大都拒绝，不过时不时会和他上床，毕竟滋味确实不赖，也无人能说三道四。有一天，他开始在丽塔家旁边建房，为此她一年没理他。这下二人做了邻居，更没法彻底分开了。不过没用，洛朗永远错过了机会。丽塔再也不会要孩子了。

两个人闲谈着。洛朗饿了，丽塔给他做了个汤，自己吃个苹果完事。她继续喝酒，不紧不慢。她想着家里新来的人，这让她心生愉悦。洛朗站起身。已经夜里十点了。

“好了，再见，”他说着，和她贴面告别，“需要的话你知道我在哪儿。”

“好的。”

“我在想这女孩到底哪儿来的?”

“我们会知道的。”

“似乎你对此并不在意。二月天穿着内裤在外逃命的女孩。不知道……怎么也不能叫正常吧?她肯定在逃避什么人，什么事，明摆着的。”

“别让我费神了洛朗，今晚别。”

洛朗没有坚持，她在他身后关了门。她脑袋沉重。该死，又喝多了……

她点燃最后一支温斯顿，把杯子放回洗涤槽。拉上一楼窗帘的时候，篱笆外洛朗家里的灯光让她停下来多看了几眼。然后她想起楼上睡着的女孩。她很满意。通常，下班后她随便塞点东西就在电视前喝上一两杯。每隔一段时间她会对自己说今晚滴酒不沾。然后就开始魂不守舍，最后总免不了一杯下肚。身边哪怕暂时多个人也总是好的。

楼上，女孩还睡着。现在换成仰面躺着了，面容出奇地安详。一头黑发很凌乱。丽塔不自觉地伸手拨开一绺头发，触碰她的脸颊，抚摸她的肩膀。那肩膀浑圆，像婴儿一般。女孩长得有几分像《巴黎最后的探戈》里的女主角，略微丰满的小脸蛋，肉感的嘴唇，眼下的黑眼圈使她的神情显得严肃。鬈曲的头发在白床单的衬托下愈觉狂野。她很吸引人。

丽塔仔细瞧她，满足着自己的好奇心。甚至一度掀起毯子。女孩皮肤很白，胸前隐约可见蓝色的血管。腹部微鼓，乳房很小，一双长腿，脚很小巧，脚指甲因为沾了泥土而发黑。她应该十七八岁。丽塔的手指在她的肚脐绕圈。安眠药让她呼吸平静。丽塔摸摸她乳头颇大的胸部。有人任你摆弄，这感觉很奇特。她这才意识到自己在干什么，忍不住笑出声。

刷过牙，她破例穿上了睡衣。胸前是表情欢快的德鲁比。她走进卧室，熄掉床头灯，在女孩旁边挤着睡下。

她就这样思索了好长时间。三洋收音机闹钟上闪动着红色的时间。她不小心拉动毯子，女孩发出声音，咕哝着她听不懂的话。好像在挣扎着摆脱什么。她越来越激动，丽塔贴上去，在她耳边说着安慰的话。

不久，丽塔感觉到强烈的饥饿。

她又下到厨房，做了个奶酪三明治。巴卡拉看着她，眼睛湿湿的，吐着舌头。女主人扔给它一大块抹了肉酱调料的面包，它的最爱。英国獒尾随她来到沙发，她看着电视吃了三明治，然后裹条毯子躺下。她很舒服，疲惫，但平静下来了，然后在播报即时新闻的时候睡着了。澳大利亚山火蔓延。屋外气温已降到零下十度。

马特尔

他把沃尔沃停在惯常的地方，袖子放下来遮住纹身，把烟掐灭在已经满了的烟灰缸里。下车之前，他努力让呼吸平稳下来。接着他吓了一跳。有人过来敲窗，是罗卡戴利和莱昂·米歇尔。他们面露沮丧。妈的糟了，马特尔边摇窗边想，他们知道了。

“让我先下车。”

二人停下等着，同时开口，一下子把彼此的话盖住了。

“你赶快来看看。”

“闻所未闻。”

“令人难以置信。”

“有人把一台机器搬走了。”

“WX9 冲压机不见了。”

“我们要一直用到二〇一〇年的。”

“这帮混蛋。”

“要我说这帮家伙该挨枪子儿。”

莱昂·米歇尔以前是工会积极分子，随时准备动手打架，比如当咖啡机坏了，或者有人试图跟他解释社会普摊税是怎么回事的时候。

“你们说的谁？”马特尔问，他现在缓过气来了，“哪台机器？老天爷你们究竟在说什么呀？”

他们向他解释，一台机床夜里被人弄走了。在这儿干了一阵子的临时工，还有声称来修理的工程师，把它拆了。一车间的早班工人到了地方，发现空了。只剩地上的印记，一干二净，就像拿走相框之后的墙面。

“他们在把生产线搬走。”

“夜班工人没发觉异样？”马特尔问。

“夜班没人。十一月十一号小长假。反正也没订单，上面就让工人歇着了。”

“他们应该告知我们企业委员会的啊？”

罗卡戴利的眼皮快速地跳动着，仿佛在发摩斯密码电报。

“当然。”马特尔说。简短的回答显然让听者失望了。

一车间里，工人分成几堆。人人脸上都是担忧的神情。不过大部分都在坚持工作。

“一群混蛋！”

“我们不能就这么算了。”

“能怎么样呢？”

“抓住临时工。”

“他们也是听命于人。”

“这是理由吗？”

“我看没辙。”

“再说他们已经跑了。”

“没有，我早上还看见一个，高个儿阿拉伯人。”

“还嫌不够糟。”

每一个动作都透着苦涩。有人在小团体间来回窜，气恼地反复诉说。

一车间主任赛尔日·克罗岱尔招呼马特尔：“哎，这烂摊子怎么回事？让你的伙计们回去干活。”

“就去就去，赛尔日。”马特尔是真的放松下来了，这个事件让他躲过一劫。

他检视了一圈机器，要求工友们回到各自岗位。十点钟企业委员会照常开会。到时会搞清是怎么回事。车间主任站在马特尔身后，忙不迭地附和着：“对对！就是！”

此时，消失了一阵子的罗卡戴利又出现了，魂不守舍的样子：“德尼有情况。”

“哪儿？”车间主任问道。

“咖啡机。”

马特尔和另外两个人赶紧跑去。德尼·德芒日大概是全厂暴脾气里最糟的一个。他一天能抽完两包波迈烟，喝下两升咖啡。一旦他开始谈论阿拉伯人、法国足球队战绩，或者加班时长，谁也别想让他停下来。

马特尔第一个来到一车间休息区。德尼·德芒日正在此处。他掐住临时工阿米德的喉咙，好像要把他摁进咖啡机里。德芒日身后的软木墙板上，是女演员克莱尔·夏扎尔和梅利莎·特里奥在海滩上的露乳照、一张拼车上下班的名单，和五年前一个被冲床碾压的工友的讣告。

“这儿怎么回事？”

“马特尔你别管，我有账要跟这个蠢货算。”

阿米德似乎心不在焉，被烦到的模样。

“来，德尼，”马特尔把手放在对方肩上，“慢慢说。”

“别碰我，老天爷，这帮混蛋临时工偷走了我们的机器。”

“别闹，你知道事情不是这样的。”

临时工被找麻烦有一阵子了。大家指责他们工资更高，巴结上面，分裂工人，活儿干得差。

马特尔抓住德尼的领子把他往后拖：“好了德尼，我们会处理的。”

“你倒维护起他们来了。”对方语带讽刺地说。

“我维护所有好好干活的人。包括你，德尼。来，归位。”

马特尔领着德尼回他的工位。一直在运行的机器的轰鸣声声回荡在车间里，冲床犹如在喘息。马特尔揽着德尼的肩膀，仿佛两个好友在散步。为了跟上马特尔的大步，德尼不服气地小跑着，想挣脱又做不到。

“德尼，不要再胡闹了。现在不是时候。”

“我知道自己在做什么。没人能命令我……”

马特尔抓住他的后颈开始用力。从远处看似乎是个亲热的举动，不过德尼可是尝到了个中滋味。

“你就别操心了，德尼，我会搞定的。”

德尼恢复了好一会儿才开始工作。马特尔的手让他有种奇怪的感觉，惊慌失措，就像鞋带缠进轧草机险些出不来那次。他答应马特尔自己的狗下了崽送给他一只。

企业委员会会议开始，马特尔开门见山。

“开始之前，我提醒一下，领导层有义务向企业委员会通报任何组织和工作条件方面的变动。你们把 WX9 移走了却不告诉我们。”

“是的，”人力资源总监说，“我来解释。”

“先放着，现在听我说。你们有义务告知我们却没这么做，所以我报告了劳动保障监察部门。”

“好像没这个必要。”漂亮的梅耶夫人一边说，一边转动着右手无名指上的帝梵银戒指。马特尔的做法让她觉得新奇。

“再打断我一次试试看。”马特尔说。

他的口气是中性的，却十分令人不快，难以分辨是威胁、提问，还是命令。

他直盯着梅耶夫人的眼睛。后者不自在地微笑了一下。其他与会者也试图掩饰尴尬，有的低头看文件，有的摆弄手机，有的用圆珠笔帽抠指甲。

马特尔等了一下，最后说："暂时休会。"

"这不是您一个人能做的决定，主席先生。"梅耶抗议道。

"那您说。"

她犹豫了，思索着。她早料到马特尔不怎么想汇报企业委员会的财务状况。她可以揪住不放让他出丑。问题是把他搞下去了，接下来打交道的会是谁？她决定不追究，于是说："休会。"

代表们走了出去，马特尔在最后。

他的名字在每一个人口中传颂。工人们沸腾了。他们当家做主了。

马特尔瞅准机会来到停车场，好在车里单独待一会。潮湿的冷空气让沃尔沃的前窗布满了水滴，他感觉自己进了一个大气泡。"今天好险。"他边想边拨打布鲁斯的号码。

"我需要你。"

"哦，是吗？"

"你的朋友，班什么来着……"

"班巴莱克？"

"我要见他们。"

"借钱？"

"帮我安排一下。"

"你确定？班巴莱克可不好惹。"

"照我说的做。安排好了给我电话。"

马特尔陷入沉思。机器消失这事儿救了他，简直是奇迹。现在得赶快行动。哪怕不得不求助于布鲁斯和他不靠谱的计划。这个决定确实不是那么明智，可他别无选择。

时间在分分秒秒过去。保险起见，他需要多少，一万五，两万？

之后呢，怎么维持？

之后再说。

劳动保障监察员和马特尔一起走在厂里。白天的光线被氖灯代替。他们慢慢走着，并不着急。

“妨碍工作罪名成立，不过厂方确实是生产资料的所有者，这方面做不了什么。”

“我懂。”马特尔说。

“我唯一的建议，是去法院告他们对企业委员会隐瞒信息。我不认为他们会把机器还回来。也许法官会做出有利于你们的判决，不过得耗上几个月。”

“很高兴您能来。”

他们继续走，眼睛直视前方。一出门，十一月的寒风扑面而来。监察员把手缩到胳膊底下。

“那边。”马特尔指了指停车场。

“我知道。”

现在两个人走得更慢了。

“您经常碰到类似的情况吗？”马特尔点上一支烟问道。

“很少。”

过了一会她又补充道：“通常，人们通过信件联系我。我也通过信件处理。”

“这次亲自来，真是麻烦了。”

他们到了。她拉开萨博车门。

“车不错。”马特尔说。

“老了。”

“照样不错。”

她朝他伸出手，他握住：“您手都冻冰了。”

监察员上了车。马特尔把烟叼在唇间，手揣到牛仔裤的裤兜里。这次他罕见地没穿工作服。香烟在刺骨的夜风中闪着红光。萨博车发动不了，监察员踩了半天油门，毫无作用。马特尔决定上前敲窗。

“天太潮就会这样。电池可能没电了。”

“肯定是这个原因。”

“我送您。我的车就在那儿。”

“不用。”

“别客气。”

她跟上他。他们一路没再说话，紧盯着路中间时断时续的标线。没开收音机。两个人不知该说什么。不过时间似乎过得太快。马特尔把她送到家门口，房子在僻静处，背靠森林。

“好了，”监察员边开车门边说，“谢谢相送。”

马特尔露出热情的微笑：“乐意效劳。”

“我给萨博找个拖车。”

她似乎犹豫了一下，最后还是下车朝家走去。气派的房子，马特尔换到一挡，心里想。他先前如此恐惧的一天过得还真不赖。

丽塔

丽塔在长沙发上过了一夜。醒来的时候，天已大亮，从落地窗射进来的光线刺得她不由抬手遮住眼睛。一种熟悉的惬意感觉让她惊讶，热咖啡和烤面包片的味道，洛朗的声音，近在眼前。虽然他有钥匙，但一般情况下不会这么不请自来。丽塔觉得他是为那个女孩而来，这想法叫她不爽。

她看了看表，十点多了。按照安排，此时她应该在勒米尔蒙的一个工地。有个不老实的包工头用料以次充好，她盯上他有段日子了。不是什么大规模的诈骗，可是他在省内到处承建的房子已经开始裂缝了，很快就会塌上几栋。还是不要让他继续为害比较好，等到不幸受骗的家庭真被压在房子下面，就只能指望救援犬来挖掘了。

她费劲地从沙发上起身，伸个懒腰，才发现自己还穿着睡衣。她不能这样出现，尤其是还有女孩作对比。她悄悄溜到车库旁边的洗衣间，从脏衣服筐里找了件能穿的，正要返回，忽然一个念头让她浑身一抖。洛朗来了，自己竟毫无觉察。细想起来，其实谁进来她也发现不了。现在女孩在这里，得保护她。首先要防的是那帮逼得她光着身子逃命的混蛋。

丽塔在车库翻翻找找。萨博车不在，车库显得更乱了。她花了五分钟才找到要找的东西，在角落，装在套子里面，是洛朗给她的一支步枪，迷恋飞碟射击那会儿的遗留物。丽塔不喜欢武器，包括运动休闲类的，不过洛朗非要她收着，否则就趁她不在的时候给房子安装报警系统。争执了两个星期之后，她接受了，从那以后再没碰过这玩意儿。现在不一样了。她把枪拿回客厅，塞到沙发下面。有空再另找地方。

“我看某人正乐在其中。”丽塔走进厨房说。

洛朗立即起身，面露尴尬。巴卡拉也站起来跑到丽塔身旁嗅来嗅去。

“我在花园里看到她，我觉得她正想偷偷溜掉。”

“哦，是吗？”

坐在桌旁的女孩面前一杯咖啡，手里一片面包。看上去她对丽塔的衣橱很中意，如果说她想不声不响偷跑的话，选的衣服可一点儿也不低调。白色紧身短裤，无袖T恤衫，里面的胸罩看得清清楚楚。妆化了厚厚一层。

“她穿成这样要干什么？”

“衣服又不是我选的，”洛朗急着撇清，“我不跟你说了吗，她想溜，刚好被我抓住。”

“穿成这样，你肯定不会看不见。”

“她还穿着你的旧飞行员夹克。不过，不说衣着品位，这姑娘还挺有味道的。”

丽塔一言不发地倒上咖啡，从长棍面包上揪下一块，坐到二人旁边。

脸上的妆让女孩看上去成熟多了，也许二十岁？二十二岁？无从知晓。丽塔朝她伸出手，但并未触碰她，敲敲桌子引起她的注意，“你叫什么？你的名字？”然后又用英语把“你的名字”问了一遍。

“别费劲，她不会说的。反正没对我开口。”

“我夜里听见她说话了。梦话。听不出什么语。”

“东欧的？”

丽塔耸耸肩。

“我想现在回到报警的问题上还是没用。”

“让我自己来处理。”

“得。”

洛朗认得丽塔嘴巴下面的纹路，这是她不满的表情。糟糕的回忆被唤起。他要走，丽塔留住了他。

“好了，别耍脾气。给我几天，让她恢复恢复。然后我会做应该做的事情，你懂的。”

“随你。”

“我还需要你的车。”

“干什么？”

“带她买衣服。”

“你要收养她了？”

洛朗没再多言，而是用父亲般的宽容眼神看着丽塔，仿佛在说“我了解你，老朋友”。要是往常，这眼神会让丽塔恼火。他知道自己不可能完全置身于她的生活之外。他甚至觉得自己有权干涉她，她的任何事情他都可以介入。一般这种时候丽塔会气急败坏。但是这次她感到安心。

“剩我们俩了。我先给你把电视打开，我去打几个电话。”

这次，丽塔握住她的手腕，女孩终于敢抬头看她。她的黑眼睛立刻泪汪汪的，嘴唇发白。脸周围的黑色鬈发脏兮兮地垂着。她在忍着不哭出来。

“不要紧，一切会好起来的。我们买衣服去，你会高兴的。”

女孩似乎并未感到安慰。

“好吧。”

丽塔到客厅打开电视，找到正播着《粉红豹》的台，开大音量。她随后来到厨房，把落地窗打开一点。

“你随意。如果你想离开，我不会阻拦。”

她心里默数了几秒。

“你明白吗？”

女孩表示明白。直到丽塔离开，她才敢把手里的面包片吃完。

“喂？”

“您是新来的吧？”

“是的。克莱贝尔女士？”

“是我。感觉怎么样？”

“很好。我正在上手。今天上午去了艾什林杰装饰公司。无法无天。这帮人完全不拿我们当回事。不遵守任何安全规范。我做了笔录。”

“好的。您是叫阿丽玛，对吧？”

“是的。”

“别累着了。吓唬吓唬他们，让他们自己整改。然后您再检查。”

“可是法律这样规定了。”

“我知道。不过要慢慢来。我们不能让但凡有点儿问题的生意都关门了事。让杜弗洛陪着，他会跟您解释。”

“我不觉得有这个必要。”

“有必要，您会发现的。请让他接电话。”

“随您。”

一阵沉默之后响起杜弗洛的声音。

“喂老板，还好吧？”

“今天还是来不了办公室。你那边怎么样？”

“不怎么样。新来的拒绝和我一起去中餐馆吃午餐。我的心伤透了。”

“高兴点儿，我让她和你一起出现场。她很较真。试着让她明白我们不是无所不能的。由着她会把我们折腾个底朝天。你给她解释一下其中的道道儿。”

“都听您的，老板。您慢慢来，这里有我罩着。”

“别叫我老板行不行，杜弗洛。我觉得你把我当成朱莉·莱斯科[1]了。”

“好吧，头儿。”

“稍微好点。下面是指示：我不是在度假，就是有事而已。我明天就过来。最好一切正常。”

“是的，长官。”

“好吧，再见。别跟个冒失鬼似的，这能让你讨喜一点。”

“喂？”

“您好，我是克莱贝尔。萨博车主。昨天出事的。车子现在怎么样了？”

“哦，情况不太好。方向盘柱变形了。车身钢板修复的话，因为是旧车型，起码五千欧元。看您的保险了。”

“您做估价单了吗？”

“呃，等等……有了，七千八。最低了。”

“四千，您跟师傅商量着办，不然我就来查查您的修车行。同意吗？”

“您在说什么？”

“我在警告您。我是劳动保障监察部门的。您在往高里报价，

① Julie Lescaut，法国电视剧《女警察局长朱莉》的女主角。

这是常有的事儿，我可以理解。但如果您不努力配合，我会到您店里去，让您了解一下劳动法可以吹毛求疵到什么地步，您会大吃一惊的。”

“不可能低到四千，您疯了吗。买配件都不够。”

“我认为价钱已经谈妥了。”

“我能直接跟您丈夫讲话吗?”

“啧啧，没有所谓‘当家的’。再见，拜托了。”

接着，丽塔联系保险公司，对方很乐观。然后是她弟弟。跟他没什么好说的，不过丽塔曾保证看牢他。最后打给母亲，向她保证很快去看她。

“下次见面可能是在殡仪馆。”

“妈，你的幽默越来越让我笑不出了。”

“当你的儿子十五年了还没走出青春叛逆期，你的女儿就住在命中注定的男人旁边却浑然不觉，这时候你无比需要幽默感。”

“得了吧妈。我刚刚和格里高利通话了。他好像又组了个乐队，还说要去参加《新星》节目选秀。”

“你弟弟是艺术家，亲爱的。他上星期又跟我聊了。”

“然后你出了多少钱?”

“二十五块，用来脱身。不过我不得不听了他的最新作品。”

“难听?”

“倒不至于。我敢肯定旋律是于连・克莱尔的，一半歌词好像是芭芭拉唱过的。不过整体效果不错。”

“当然啰!”

“要不你们，再加洛朗，这个周末过来吃饭吧?”

“你还在试图让我们复合。真是个不知悔改的小老太太。”

“你到了我这把年纪也会如此。”

“我很快再打给你。”

“但愿。”

丽塔想，也可以联系一下出事之前刚给她发了条信息的大个子。他想见她。他的话很简单。让人感觉很好。然后她又改了主意，还是等他再打电话来吧。

客厅里，女孩睡着了，电视上放着《勇士与美人》。她缩在丽塔的毯子里，脚搁在茶几上，呼吸均匀，嘴巴微张。睫毛膏花掉了，流到脸颊上几道。丽塔看了她一会儿。她感觉出奇地好，很疲乏，但心满意足。她走进浴室迅速洗了个澡，穿上一条干净的李维斯牛仔裤、皮靴、棉布衬衫、海军蓝套头毛衣。走到楼下，女孩在洗碗。丽塔让她放下，她偏不听。她们之间似乎已经有了一种自然的亲密，一种本能的相处方式。两个人面对面，安静无言地又喝了杯咖啡。丽塔决定出发。出门前她说服女孩卸了妆，套上一件毛衣。

她们来到南希，在 H&M 和春天百货买从头到脚的衣服饰品。女孩兴奋不已。随后二人走进餐馆，丽塔喝啤酒，女孩喝可乐。她话很少，总是微笑，说很多“谢谢”。她听得懂法语。即使听不太懂，反正对送上前的礼物她没假装推三阻四，给她什么都拿着，甚至主动索要。穿戴得体的她光彩照人，稍微有点罗圈腿，面孔像算命人，一双富有表情的孩童般的眼睛，黑色鬈发。在街上她总试图吸引男人的注意，可是别人一注视她，她就胆怯起来。丽塔对她着了迷。

夜幕降临之际她们又散了会儿步，让换了装的灰姑娘展示一番。她选了一条大大的羊毛围巾，裹得人都快不见了。穿得暖和的她打量着路人，痴迷地流连于店铺橱窗，引起他们的好奇，又回避他们的目光。她在一家珠宝店前拔不动腿了，丽塔让她明白欲望也得有个限度。有一刻，丽塔感到女孩挽上她的胳膊。她们买了华夫饼吃。

在洛朗的奔驰车里，女孩放大音量，轮番播放从手套箱里找到的 CD。二人开始用不熟练的英语交流。礼物和丽塔的耐心终于产生了效果。女孩回答了几个无关痛痒的问题。她叫维多莉亚，十八岁。丽塔权且一听。不过对自己的国籍和到此地的原因她保持沉默。

到了狭窄没灯的路上，维多莉亚的面色阴沉下来，直直地盯着地上的标志线，仿佛它会突然消失，或者把她们带下悬崖。丽塔把手放在她胳膊上，发现她浑身僵硬，带着敌意，紧闭心门。到达之前她没再开口。丽塔问她要不要喝点什么，但维多莉亚累坏了。她上了楼，把新衣服叠起来放好，很快入睡。

丽塔让女孩任性了一把，自己都觉得很少这么开心。

第二天，为了对丽塔一下午的慷慨款待表示感激，维多莉亚把头天从她那儿偷的钱还回一部分。

皮埃尔·迪吕伊

莉迪·迪吕伊若有所思地抽着一支黏乎乎的摩洛哥大麻，迪迪埃·德力高维奇在她的T恤衫下面兴奋地乱摸着。

“迪迪埃，”莉迪说，“你要是找不到成色好点的货，就等着换女朋友吧。”

“说什么呢你？”毒贩子不快地回应道，说着把莉迪嘴里的大麻拿过来，在行地抽了一大口。

“算了，我得回去了。”

“你真能找事，我让你白抽你还挑三拣四。”

“那又怎么样？”

“有没有搞错。我开车带你到处玩儿，带你见识，给你大麻抽，你倒摆起女王范儿来。”

“是啊，多高大上的生活，我承认。再见拜拜！”

“嗳！”

雷诺Clio的车门已经关上，只剩迪迪埃和他的高科技车载收音机，被劣质大麻黏乎乎的烟气围绕着。从埃皮纳勒的优先城市化区域到勒米尔蒙的商定开发区域，他兜售的都是这种大麻。

开走之前，迪迪埃狠狠摁了几下喇叭，发泄心中的怒气，她以为自己是谁，这个小婊子。莉迪则若无其事地走上回家的路，穿过围绕农场的光秃秃的林子。希望外公什么也没听到。到家之前，她从背包里扯出一件毛衣套身上。最好别让外公看见她里面怎么穿的。

皮埃尔·迪吕伊从厨房里都听到了。他喝了一口咖啡，心想这事迟早得解决。莉迪这孩子不走正道。

“我倒是希望是外孙单独来看看我。”他放下杯子喃喃自语。

“我懂，迪吕伊先生。”马特尔说。

不过马特尔不是特别肯定自己听清了老人的话。耳朵不好，老毛病了，再说对方声音实在低沉。

厨房阴暗，暖气过足，天花板吊灯的光线在二人之间的桌子上投下一个完美的圆影。马特尔对面是观望的老人，双手在杯子前交叉。旁边的炉子一直轰轰作响。桌子底下一只小猫在两个人腿上蹭来蹭去，不叫，黏人但又谨慎。

“主意是您想出来的？”老人问。

“只能说一部分。”

“为什么把女孩送到这儿来？”

离他们有段距离，布鲁斯坐在凳子上，安静地听着对话。时不时地，为了掩饰尴尬，他用蘸了口水的指头去抹没结好痂的粉刺。

“不该把她弄到这儿来的。”

马特尔表示赞同。老人是那种你最好承认他有理的人。

不过据布鲁斯说，他最近大不如前了。走动的时候，他的身形开始散了，就像因为太热而抖动。有的地方的皮肤已经透明，可以看见下面细小的暗红色静脉。眼睑微张，赋予他一种忧郁的表情，和他的脾气很不相配。嘴巴倒是符合他的个性，轮廓分明。

马特尔手肘撑在桌上，身体朝主人倾斜过去，他的影子笼罩住两个杯子和糖罐。

“您说的都非常在理。我知道您是什么人。我不是要在您家里给您上课。”

“您的话真让我放心。”老人讽刺道。

皮埃尔·迪吕伊不禁纳闷，看上去挺理智的大高个儿怎么会跟他的外孙打得火热。布鲁斯这孩子可没什么脑子。现在自己老了，半截入土，回忆已淡去。回忆过去对他来说就像在参谋部俯看地图。他看到错误，也看到辉煌。他认出那些抽身而退的时刻，想起种种狂怒失态，或者爱莫能助。他对家人亏欠颇多。布鲁斯的存在每天都这么提醒着他。现在，只要自己活一天就要把他看好，护好。

“那女孩是谁？”他问，尽管答案也猜得到。

“一个妓女。”马特尔冷冷地回答。

“您想把她怎样？”

“不怎样。事情很复杂。”

老人耸耸肩。

有时，这房子会发出一种噼啪声，一声叹息，风敲打着窗玻璃。皮埃尔·迪吕伊抓住小猫的后颈皮拎起来放在膝上，有力地抚弄着。他的眼睛转向马特尔。

“为了钱。”

“我得找到她，迪吕伊先生。”

“就不该把她放到这里来。起码事先应该跟我商量。”

“我知道，”马特尔又说，“我理解。”他的头在肩膀上歪来歪去，有点不耐烦。

自从女孩消失不见，他承受了很大压力。前天傍晚时分他接到一个电话，号码隐藏了。他没接，不过后来他看见班巴莱克团伙的四轮驱动越野车停在自己楼下。整晚都在，贴着暗膜，车身庞大，停在空旷的停车场。马特尔难以入睡，起来几次，车始终在。昨天晚上，同样的情形再次上演。打那以后，每次电话一响马特尔就胃痉挛。班巴莱克团伙在找他。要他还钱。唯一的办法是找回女孩。

马特尔又想了一遍，最后说：“我不想被逼得太甚，迪吕伊先生。”

“没人要这么做。”老人说着，目光转向外孙。马特尔也做了同样的动作。

布鲁斯没什么好说的。他在凳子上悠着腿。他被搞糊涂了。整件事到底怎么回事，一万块，一万五千块钱，一个妓女，然后呢？班巴莱克团伙就不能等等吗。互相威胁，互相许诺，这不很正常吗。最后各自清点，重新开始。他觉得这事儿小题大做了，没劲。

布鲁斯起身往窗外望了一眼。地上乱糟糟的，一辆只剩架子的汽车，一些线圈，废铜烂铁，一个购物车。两三年前，妹妹喜欢坐里面让他推着走。再往外，左手边一辆旅行挂车，还有一辆残破的工程车，机械臂让它看起来像个史前动物。四十年偷鸡摸狗零敲碎打的小买卖如今就剩这些。布鲁斯烦透了这个环境，厌恶家里收破烂的名声。他以为和班巴莱克团伙之流为伍可以摆脱这个家。毒品，女人，能得到这些又不用不费太大劲儿，起码能和各色人等打交道。不过，现在外公又插了一杠子。

他看到挂车门被风吹得直晃荡。外公把锁剪断了，女孩跑不见了。

“我要去睡了。”布鲁斯说。

“好。”老人说。

他和马特尔看着高大的布鲁斯收拾桌子，拿抹布擦拭过，然后消失在黑黢黢的走廊尽头。

“您不该把他卷进这种事。”

“我高估了他。”马特尔承认。

老人走向壁橱，拿出一瓶没有标签的巴黎水。

“我们喝一杯。”

“我不想打扰您。”

“别说见外的话。”

走廊尽头，布鲁斯蹲在地上，胳膊抱着膝盖，侧耳倾听。他知道外公不会当着自己的面喝烧酒。外面的两个人现在安静地聊着。他们在谈论他。老一套，从头开始絮叨。他紧握拳头摁住眼睛，直到眼冒金星。

莉迪从车库走，为的是避开外公。她吸大麻了，他会发现的，然后又会照例训斥她一顿，让她哭上几个钟头。有时她能甩掉他，另外的时候，他则像猛兽一般，几公里外就闻到你，穷追不舍。

她上了楼，径直走到最里面看妈妈。一股特殊的气味扑面而来。她还是没有适应。况且也是不久前开始的事。

床没收拾，床边有个电暖气，一个移动衣架，一幅贝尔纳·布菲画的悲伤的小丑像。墙上的镜子没有了，镜框印记四周钉着猫的照片。

"妈?"

胖女人在医院借来的扶手椅上睡着了。莉迪推开它，走过去开窗通气。凉气让丽丽安娜醒来，她试图坐起来。

"别动，妈，我来给你换药。"

胖女人微笑着看莉迪忙碌，收拾床铺，敞开房门通风。

"学校里还好吧?"

"好得很。"

"看见你真高兴，小可爱。我正想着你呢。"

莉迪很熟悉这哼哼唧唧的口气，这夸张的多愁善感。妈妈又喝酒了。这不，刚说了一句万金油套话应付她。

莉迪拿着灯凑过来看她在干什么。然后她解开妈妈的罩袍和睡衣扣子。气味更浓了。她从床下拉出药箱，里面装着无菌绷带、亲水性纤维敷料、纱布、保鲜膜。

两周前，妈妈严重烧伤了。搞不清怎么发生的。外公发现时她已在炉子旁边昏厥过去，化纤裙子烧得只剩一半，黏着皮肉。脸也烧了，差一点瞎一只眼睛。不得不给她剃了光头。

那天莉迪从学校回来的时候，救护车还在家门口。她还记得急救人员的目光。他们看到了她和她的家人是怎么生活的。那以后丽丽安娜就在扶手椅上度日，自我陶醉于“康复中的美狄亚”角色。她喋喋不休地抱怨着自己是如何不幸，生活如何无情。当然，还有男人如何不是东西。

莉迪给妈妈换好药，屏住气，俯身拥吻她没受伤的脸颊。胖女人抓住她，抚摩她的头发、脸颊。掉了几滴眼泪。

“你真漂亮，我亲爱的。”

“好了，妈。”

“你不知道自己有多幸运。别浪费了，宝贝儿。”

她这么爱抚了她一会儿。莉迪默默忍受着。

“你知道妈妈喜欢什么吗，亲爱的？”

“别说了妈，我得走了，我有作业要做。”

“你知道怎么让妈妈高兴吗？”

“好了，求你了。”莉迪恳求道。

“小可爱，你不想让妈妈高兴一下吗？”

莉迪从她怀里挣脱，下到地窖拿了一瓶微沫香槟。她动作很快，黑暗和水泥墙的回声都让她害怕。她没看栅格架，外公的武器都锁在那里，也没看堆满旧文件的桌子，还有奥利维蒂打字机。老人时不时有写回忆录的冲动，说要为自己讨回公道。不过每次也都很快回归理性，不再异想天开。她也没意识到那个一直上着锁的白铁皮箱现在不见了。她急匆匆把酒交给妈妈，跑回自己房间关上门。

这里是她的避难所，满是小玩意，贴满了照片，演艺明星、表情严肃的模特、秀腹肌的歌手。莉迪打开电视，关掉声音，调到 NRJ 音乐台。封闭的小窝燃着香氛，一堆堆的衣服、毛绒玩具、杂志、瓶瓶罐罐、各色蜡烛，还有不知什么杂物，农场似乎消失了。莉迪卷一根大麻抽上，耐心仔细地化起妆。

这时候，布鲁斯已吞下一片一水肌酸和两片 L-谷氨酰胺。他光着上身，确认 CK 内裤的松紧腰清晰可见，然后在衣柜镜子前举起哑铃。先是肩膀，然后肱二头肌，然后五十个双杠臂屈伸。听着穷街、暴力反抗体制和声音奴隶[①]的歌。马特尔离开很久了，没跟他打招呼就走了。睡觉之前，布鲁斯把玩着白铁皮箱里发现的手枪。一百五十五厘米的肩围已经能让你感觉良好地四处溜达，但这玩意儿在手上更是令人心醉。他一定能找到那个小骚货。他把枪往枕头底下一掖，立刻睡着了。

楼下，皮埃尔·迪吕伊在厨房抽烟，眼睛漫无目的地望着前方，一只手放在右膝。独自一人模糊地思忖着生活的意义。

---

① Skid Row，美国重金属乐队，组建于 1986 年；Rage Against the Machine，美国说唱金属乐队，组建于 1991 年；Audioslave，美国乐队，组建于 2001 年。

乔丹·罗卡戴利

莉迪不喜欢上学。她留过好几次级，也可能只有一次，她懒得搞那么清楚。反正她是布吕耶尔职业高中少有的女孩子之一，胸部更是让所有人望尘莫及。不消说，她是学校绝对的明星。每逢周三她的班级上游泳课，场面火爆到接近骚乱。

体育老师早就让她不要再穿英国国旗图案的两件套泳衣。小了两个号不说，一沾水白色条形图案就完全透明。不过莉迪总是漫不经心，老师似乎也不急着看她马上换一件更得体的。

当她从水里出来的时候，体育老师会做个奇怪的动作，仿佛面前有苍蝇要赶，拍着巴掌转移学生们的注意力，后者都像饿死鬼似的盯着莉迪。除了罗卡戴利。他既想自己去死，又恨不得把他们全杀了。

其实迄今为止乔丹·罗卡戴利并未对女孩子显示出多大兴趣。总的说来，他更喜欢摆弄机械。尤其是和他爸爸一起。最近两三年两个人试图组装一辆旧的雷诺 Gordini R8 赛车。车子是花很少的钱买回来的，一到周末他们就去找零件，更换刹车片，调正撞歪了的挡泥板，鼓捣老朽的发动机。乔丹的爸爸倒是想换台克里奥或者什么车的发动机。不过作为战后婴儿潮那代人，他怀旧而又注重细节。为了重温青年时代，他需要原汁原味的、后置的、悬伸出去的西耶拉发动机。代价则是 R8 赛车人尽皆知的驾驶不舒适，行驶不稳定。

每当父子俩忙活半天，双手黑漆漆，指头被金属硌得生疼，他们喜欢来罐啤酒，一起默默喝完，欣赏着法国蓝的车身和上面那两条曾经风光无限的白道。

有一天它会重新跑起来的，毫无疑问。不管爸爸厂里的同事怎么说。

可是几个月以来，乔丹的心思不在这儿了。他开始厌恶一切，百无聊赖。他闷闷不乐，想找人打架，浑身不自在又说不上为什么。

他和朋友们习惯于漫无目的地闲逛，弓着腰，不招惹谁。有时在卢卡家玩电子游戏，在林子里抽大麻，骑摩托车兜风。星期六的晚上，他们狂灌啤酒，地点不定，布吕耶尔火车站后面，野地里，圣迪埃教堂附近。边喝边谈论足球，摩托车，看上的女孩子。不过里顿是唯一一个做成了的。这事难道不是全世界都知晓了吗？

总的说来，不算乔丹最近的古怪，他们这个五人小团伙还是很和谐的。里顿年龄最大。长得有点像贝尔蒙多①。他想当特技

---

① Jean-Paul Belmondo（1933— ），法国电影演员，主演《筋疲力尽》等。他塑造的形象代表着法国人的面孔，被称为“法兰西最丑的美男子”。

演员，骑着摩托车耍酷，两次摔得骨折。卢卡喜欢撬人女朋友，有一双湛蓝的眼睛，可惜长着扁下巴，外加罗圈腿。萨米尔，外号“抽筋儿”，一直盼着摆脱处男身份，可这第一次迟迟不来，只能成天挤黑头发泄不满。鲍里斯浑身赘肉，总是不请自来，试图让大家认真对待自己。乔丹是五人中最小的，为了让大家忘记这点，他随时准备做点出格的事情。比如没有驾照，年龄也不够，却天天不要命地骑着他的旧雅马哈摩托车。

上周六，他们去了越野摩托车赛车场地。骑了几圈之后，在冬天不开门的小酒吧的屋檐下抽烟。乔丹竭力不让人看出自己的心事。

“别一副丧气样儿。”里顿说。

其他人也觉察到了。他阴沉着脸好几个星期了。怎么回事？

乔丹什么也没说过，闷闷不乐，别人注意到自己的忧郁令他感到得意。本来他是不抽烟的，不过因为心烦，他从鲍里斯手里抢来一支，无视后者徒劳的抗议。可是里顿知道。

“我知道罗卡戴利怎么回事。”

“哦，是吗？”

“说啊。”

里顿有把握地抽了一口切斯特菲尔德：“迪吕伊又出招了，伙计们。”

哄笑和口哨声响起，乔丹矢口否认，可是没用。生活真是一坨屎。他最好的朋友，唯一说心里话的人，刚刚出于无聊背叛了他。是因为冬天太长，人们总要做些不可救药的蠢事吗？

“我向你们保证，他亲口对我说的。不是吗，老兄？”

乔丹鄙夷地从门牙间吐出一口痰。

“迪吕伊我了解，”里顿不为所动，接着说，“这个婊子每周六都去狮身人面夜总会跳舞。你们要是进得去，就会看见的。”

乔丹已经拿起头盔准备离开了。

“让他走，伙计们，他得找个安静的地方哭去。”

“没错。”乔丹回了一嘴，这符合他的吵架风格。

好在他的雅马哈125一踩就发动，呼的一下开走了，前轮差点翘起来。头盔没来得及戴上，风吹得满头满脸。不过其实他脸上的泪不全是风的缘故。

被好友背叛之后，乔丹一直躲着他们。周六晚上一个人傻了吧唧地出去遛。他漫无目的，随便进了一家破败的酒馆，全是嘻嘻哈哈的酒鬼，他和他们喝了不少，说了些疯疯癫癫的话。反正也不认识，乔丹对他们一吐心中秘密。然后他重新出发，在没有一丝灯光的省道上蜿蜒前行，戴着耳机。他奇迹般地安全到家，可是进车库门的时候失去了平衡，牛仔裤破了，还搞出巨大的声响。摔倒以后的事情他不记得了。他睡了很久，很不安稳。第二天早上，爸爸在床边等着，等待他的还有强烈的宿醉感。

“你回来晚了，”爸爸头戴三色软帽，让-克洛德·基里常戴的那种，耐心地抽着灰色纸包装的烟。

乔丹嘴里嘟哝着，在壁橱里翻找佩皮托饼干。光脚踩在冰凉的厨房瓷砖地上，他感到凉意直达发梢。

“我等了一个小时了。我提醒你，咱们得去车库一趟。”

“嗯嗯，好……”

爸爸让咖啡壶一直热着，本是出于好意，可是从早上八点烧到现在，咖啡已经变成奇怪的石油色，一股烧焦的坚果皮味儿，实在让人提不起兴趣。不过乔丹还是把自己的史努比杯子倒满，饼干夹在胳膊底下，到客厅把电视打开。

罗卡戴利摘掉帽子，挠着头皮。如果妻子还在她会怎么做？她是动手派，肯定二话不说给他几巴掌。说不定儿子正需要有人修理修理。他自己不敢。他对自己说有些事得先搞明白。半年前父子俩还无比融洽。现在这孩子怎么了？电视机催眠般的声音把他从思绪中唤醒。

“我去转一圈。”他重新戴上帽子说。

在车库里，他的手抚摩着宝贝 R8 的车身。乔丹昨晚的剐蹭他一点儿也没看出来。副驾驶一侧的划痕起码需要八百欧元的维修费。

“嗨，哥们儿，没人有烟吗？”

莉迪不敲门就进了男更衣室，头发还是湿的，低腰牛仔裤露出些许胯部和内裤边。她的头发是金黄色，发根却是黑的。有时她在鼻子上贴假雀斑。这天她涂了唇彩，嘴唇像草莓口香糖一般娇嫩欲滴。

她一出现，正在穿衣服的男孩子们立马乱了套。他们互相推搡，有人泳裤都掉地上了，赶紧往上提。潮湿的浴巾抽来抽去。

一条泳裤从房间另一头飞过来砸在门上。莉迪镇定自若。

“快点儿，我要走了。烟呢?”

里顿第一个走上前，他已经换好衣服了，书包背在肩上，把他那盒切斯特递向莉迪。乔丹也紧赶慢赶，可是他的阿迪达斯鞋好像缩水两个号似的，穿不进了。里顿和莉迪消失了，留下身后一片意味深长的玩笑和叹息。门开关之间，乔丹刚好看到昔日好友对他竖起的中指。

学校泳池后面有几层台阶，通向一个住宅区，全是一模一样的房子。出了名的可以安静抽烟喝酒亲嘴的地方。乔丹冲向那里。里顿看清来者，不禁乐了。

“呦，另一个来了。”

“你和你哥们儿闹意见了?”

里顿没有接她不怀好意的话。乔丹已经过来了，气喘吁吁，神情尴尬。

“我们只有五分钟。校车司机已经摁两次喇叭了。”

“关我们什么事?”里顿说着，试图用胳膊揽住莉迪。

莉迪把剩下的烟头递给乔丹：“拿着。”

乔丹接过放进嘴里。简直相当于接吻了。

“嗨，你们！给我等着瞧!”

体育老师大步大步往上迈，威严地竖起食指。

糟了糟了糟了，三个少年喊着。里顿和莉迪已经开始嚼口香糖。乔丹却又长长地吸了最后一口，品味着滚烫的滤嘴上那层薄薄的唇彩。

“你们几个干吗呢？耽误我们大家的工夫！直接跟我去见校长吧，伙计们。”

“说吧，谁的主意？”

校长坐在办公桌后，印着美国联邦调查局徽章的马克杯里泡着袋茶。袖子挽起的白色衬衫，条纹领带，神经衰弱的斗牛犬一般的面容，让校长去美国电视剧里演一个纽约或巴尔的摩的酗酒警察，身边环绕着哥们儿般的妓女和嗑嗨了的可怜虫，应该还挺像那么回事。不过电视里的警察不会在衬衫里面穿百得电动图案的T恤衫。这个细节破坏了弗朗索瓦·勒布鲁瓦的穿衣风格。贞德职业高中校长现年五十二岁，离异，有三个女儿，其中一个在他的错误引导下也当了教师。

“你们早晚得告诉我，”他又说，依然专注于杯中的茶包，“拉杜特先生，请告诉我你上次考试及格是什么时候。”里顿刚要回答，校长接着说：“体育除外，当然。”

里顿没再开口，嘴角带着笑意。

“你就没及格过，老兄。入校以来一次也没有。让我来告诉你，拉杜特，你就是个白痴。你可以把家长叫来，要求见学督，或者朱利安·库尔贝，都一样，没什么用。你就是个白痴，我有证据，看看你的成绩档案册。”他说着，从桌子上拿起一个厚厚的棕色文件夹朝里顿扔过去。后者接住了飞过来的文件夹。

“我建议你看一眼，老兄。我不认为你这辈子会好好学习，拉杜特。你倒不令人厌恶，也不比其他人更蠢。不过没办法，我们得承认事实。”

里顿翻看着自己的成绩单、心理测试结果，连小学老师的评语也在。话多。懒惰。不专心。数学课上显然更愿意破坏教具而不是好好听讲。

里顿觉得好玩。

“我怎么说的？”

校长的办公室在地下，窗户正对操场。窗子上安了铁架，为了防范学生恶作剧，以及踢足球的时候发生意外。铁条交错的阴影投射到房间内，三个学生的脸上，校长的背上，让一切有种牢房的感觉，和眼下对话的氛围倒颇为契合。

校长坐回椅子，啜着他的茶，发出吸脂手术般的声响。

“让我忧心的是你还带坏别人，拉杜特。”

“可是先生……”

“我知道，拉杜特，”校长打断他，“这不是你的错。你是制度的牺牲品。这套词儿我熟。可是你很清楚学校对香烟的规定。可恶！”他突然激动起来，“我自己都不得不戒了烟！你还想在泳池后面悠哉游哉地抽！”

里顿、莉迪和乔丹一言不发，耐心等着，神情认真。他们了解校长。等他脾气发完就是了。校长严厉地盯着他们，又喝了一口茶，发出和前几次一样难听的声音。

和勒布鲁瓦的前妻一样，乔丹也觉得这动静难以忍受。近来，他对人类生存有了崇高的思索，他的浪漫主义和现实的琐屑产生了冲突。就像爸爸吃早饭的时候突然放屁，或者大便时不关厕所门。乔丹看了莉迪一眼，确认她熬过了这恶心的声音，惊讶地发现她在狂笑的边缘。他是多么想要她，她却那么遥不可及。突出的胸部在衣服上撑出线条，妈的，他当场死了都没有怨言。

“是我，先生。”他歪过头咕哝道。

“你什么?”校长没反应过来。

“香烟的事，先生。”

“哦，是吗?”

“是的，先生。”

“你当自己是让·穆兰呢[1]，罗卡戴利?”

“没有，先生。”

“你抽烟还比不上一只兔子，老兄。别瞎掰了。”

“我向您保证，先生。和他们两个没关系。”

乔丹站得笔直，毫不畏惧地和校长对视。

后者拿起从里顿手上收缴来的烟盒。

“那我们看看吧。示范一下，罗卡戴利，让我看看你怎么抽烟。”

乔丹照做，吸了难以忍受的几大口。他把烟夹在拇指和食指末端，费力地吞云吐雾。脚后跟打着拍子。

“很好。我明明在看小鹿斑比模仿利诺·文图拉，但还是要相信你的话。你确实会抽烟，罗卡戴利，谁看了都会这么说。”

里顿笑起来，莉迪也跟着笑。

---

① Jean Moulin（1899—1943），法国民族英雄，二战时期法国抵抗运动的领袖。

“你们俩出去。按规定办，每人罚留校三个小时。出去！”

莉迪站起来的时候，乔丹看到她的肚脐，微微突起的腹部上一个光滑的点。他喉咙发紧。校长都看在眼里。

“罗卡戴利，怎么想到当英雄的？”

“我没把自己当英雄，先生。”

“好吧，不说了。公平起见，你的惩罚加倍。你不是正想逞能嘛，如你所愿。否则就告诉我实情。到底怎么回事？”

“没什么，我发誓。”

“平时你还是挺聪明的，罗卡戴利。不是最用功的，不过比你的好朋友强多了。至少你来上课。老师们对你也基本满意。可现在，你是自暴自弃还是怎么着？”

“我不明白您在说什么，先生。”

乔丹直勾勾地盯着阿迪达斯的鞋尖，后颈僵硬，一脸倔强，脚后跟在原地胡乱搓着。

“好吧……我不强迫你。不过我知道怎么回事，老兄。我也年轻过。”

乔丹才不上当。他突然对自己的生活厌烦透了，这个还要再待两年的学校，这个自认为了解他、要帮助他的傻帽校长。

“还有你妈妈的事，我知道不容易。”

乔丹狠狠瞪了他一眼。

“听着，你需要有人拉一把，”校长继续说，“我让教育咨询员来和你谈谈。你会走出来的。”

“不用，我很好。”

“你错了。再说我也必须一视同仁。你要是再犯的话，我只能把你开除了。所以一定要小心。”

校长经手过几十个类似的情况，敏感又固执的少年，经过半年的迷茫，变得寻死觅活。过了某个关键点之后，他们只能靠自己走出来。为了渡过难关，他们只能自己想办法解脱，有的开始抽大麻，有的沉迷于上网，有的在周末胡搞。他见过不少本来不错的孩子毁掉了。谁都无能为力。令人心痛。

“那就这样吧。回去上课，别再胡闹了。另外，别再拿死癞蛤蟆似的眼神看人。没有女孩子会喜欢。”

乔丹做出无所谓的表情，步履沉重地走出办公室，背包搭在肩上。

外面天已经黑了，乔丹在摩托车旁等着，一只脚抵着墙，两手插兜。他摘了围巾手套，在黑暗中瑟瑟发抖。莉迪终于出现了。他认出了她特有的摆胯动作，踩着过高的高跟鞋的身形。他上前一步，哆嗦得更厉害了。她走得很快，他正要跑步跟上去，停车场忽然有亮光。莉迪快步走向刚打开头灯的雷诺 Clio。司机很小心地往外开，一点不着急。地上的沙砾被车胎压得沙沙响，听得出发动机因为慢下来而发出的压抑的、不顺畅的声响。车走了很久，乔丹还在聆听十六缸发动机的轰鸣，在冰冷的空气中延伸，很远才听不到了。

他颓丧地跨上摩托车，发动起来。他徒劳地思考了一会儿。实在想不出怎么才能把爸爸的雷诺 Gordini 开到学校里来。

班巴莱克兄弟

马特尔把两盒冷冻披萨扔进购物车。夜已深，超市里几乎没人。架上货物已不全，地面也是被人踩踏了一天的状态。扩音喇叭里放着卡洛吉罗的歌曲，同时不忘温馨提醒顾客很快就要关门了。马特尔一边买东西一边接电话。

“地点听上去有点怪。”

“我知道，”电话那头的布鲁斯有些尴尬，“我也没办法。为了保险，我想。他们得防着点儿。”

“防谁？我还是警察？”

“我也不清楚。你知道这帮人精着呢。他们很在行。”

“钱的事呢？”

“钱不是问题。他们有的是。”

“问题在于他们肯不肯给。”马特尔边说边拿起一捆矿泉水。地板脏得很，像走在有黏性的纸上。

“反正我已经卷进来了。”布鲁斯说。

"所以说呢?"

"没什么。"

"好。跟他们说我会到的。"

"好的。"

马特尔找着牙膏，没有多想，就像在问自己似的，说："你觉得这是个好主意吗?"

布鲁斯不知如何回答这种本不该问的问题。他不自在地说："最坏能损失什么呢?"

马特尔挂掉电话。走廊里只有他一人。几排灯依次熄灭，纺织品，家电，小百货。他加快了速度。

往南锡方向的四车道公路两边是布满积水的荒芜农田。十一月的天阴沉灰暗，压在高耸的黑漆漆的冷杉梢头。柏油路上，车胎顺畅地向前滑动，带起的水略有溅声。马特尔把沃尔沃停在紧急停车带。他手指敲打着方向盘，每两分钟看一眼时间，等待着。豆大的雨点落在前窗，先是几滴，旋即无数滴。滂沱大雨带着大自然的漠不关心下起来，丝毫不在意以一百三十公里的时速奔驰的汽车。不时有一辆车莽撞地擦过，带得沃尔沃一晃。

马特尔停靠在巴永出口再往前一点。他仔细看着金属护栏对面方向相反的两车道。雨下个不停，越下越大，车灯也难以穿透雨幕。

从对面的坡道上驶来一辆宝马越野车，冲他快速闪了两下大灯，也在路边停了下来。马特尔抹抹玻璃好看得更清楚。贴着暗膜的宝马像块黑乎乎亮晶晶的花岗岩。车子的危险报警闪光灯亮起来，马特尔的手机同时响起。号码隐藏了。

“你好。”一个声音说。

马特尔看着对面的车，想象说话的人。

“你好。”他答道。

“糟糕的天气，是吧。”

“我们本来可以在更令人愉快的地方见面。”

“现在也挺好。”对方说。

马特尔和对话者在路的两边等待着。马特尔咽了口唾沫，下定决心：“怎么说?”

“你的伙计跟我们提到了你。”

“有什么我能做的?”

危险报警闪光灯一直闪着。一辆卡车开过，震得沃尔沃直晃，把对面的宝马也挡住了。对方继续说：“你的朋友没说全。我们打听到你不少事情。”

马特尔胃里一紧。

“陈年旧事了。”

“是的，不过确实令人印象深刻。”

“那感情好。”

“我们要见你。”

“在哪儿?”

“马上。看看你什么样。”

“我不懂。”

“从车里出来。”

“你们胡闹吧?”

雨下得太大，敲打着车身，马特尔听清对方说话都费劲。

“我们想眼见为实。”

马特尔感觉听到背景里的低笑。他在思考车里坐了几个人。他又擦擦玻璃上的水汽，向外望天。不折不扣的倾盆大雨。

“马特尔，一辈子不湿鞋是不可能的。”

该死的班巴莱克……

“我需要一万五。”马特尔说。

“哦，是吗。”

没有反应。

“决定吧，伙计。”

“妈的。”马特尔打开车门。一探出身子他的夹克立即被浇透了，牛仔裤和鞋子也未能幸免。雨水从他脸上汩汩而下。他竭力护着手机。

“你们满意了?”

“不错。你有多高?”

“你们到底在搞什么鬼?”

对方不说话，马特尔也只得回答：“一米九五。”

“很好。看着结实得很。”

一辆高尔夫行偏了，从头到脚溅了他一身。

“我需要钱。”

“嗯，我们知道了。有活儿给你。别说还真是凑巧。不是总能就近找到你这么能干的。”

“他们跟你们说什么了?”

“没什么特别的。你在不少地方留下了美好的回忆。不那么美好的也有。”

电话里的家伙乐了。

淋着这么大的雨，马特尔一点儿不冷，反而浑身发烫。

“再联系。”对方说完挂断。

宝马车灯灭了，危险报警灯也不再闪烁。

“混蛋。”马特尔吐了口唾沫，把手机装进口袋，开始往前走；手搭在眼前试图看清楚一点。他两三步跨到中间隔离带。过往车辆呼啸而过，摁着喇叭，用灯光向他射出警告。到了另一边，一辆绿色的雷诺 Twingo 差点把他掀翻。马特尔在宝马车开走前赶到了，他站在车头，浑身滴着水，眼睛盯着黑漆漆的前挡风玻璃。然后他在前盖上敲了几下。驾驶座一侧的车窗开始往下摇，露出一个皮肤蜡黄、头发鬈曲的瘦小男子。

他龇牙笑着，眼睛奇异地闪闪发亮。

马特尔双肘撑在窗上。

“你胆子够大的，伙计。”瘦子评道。

“没错。”一个声音从副驾驶座传来。

马特尔低下头试图看清楚。瘦子后面坐着另一个瘦子，长得一模一样，穿着一样的鲜艳西装，雨果博斯的，约莫起码上千欧元一套。副驾驶座上的男子留着精心养护的、大概三天一刮的胡须。他眼不离手机，一直在不停地按键。马特尔转向司机，后者打量着面前站着的湿淋淋的大块头，显出厌恶的神情。

“别靠太近，伙计，你会把车弄脏的。”

马特尔照做了。

“我需要钱。你们要我干什么？”

“我们会和布鲁斯商量。放心好了。”

马特尔有些想不明白，这瘦子哪来的自信。当他看到此人右手的枪管，事情立刻清楚多了。瘦子吸了一下鼻子。

“马特尔，这还不是全部。”

摇上窗玻璃之前，司机冲马特尔挤了挤眼。他的瞳孔有铅弹那么大。似乎也具有铅弹的金属质感，冷冷地泛着亚光。宝马慢慢启动。马特尔站在原地不动。他费了九牛二虎之力才回到自己的车里。

大雨一天都没停。

第二天早上，布鲁斯拿着钱来到马特尔的办公室。他得意地把信封甩到桌上，后者马上收到抽屉里。

“五千，”布鲁斯说，“我的那份拿出去了。”

“你的那份？”

“呃，是啊。”

马特尔打了个喷嚏，使劲擤着鼻涕。

“哪份？”

“就是我的那份。演唱会的钱我不也给你一份吗？很正常。”

“那你那份是多少呢？”

布鲁斯迟疑了一下："两千吧好像。"

"好像？"

"呃，对。"布鲁斯确认，两个脚换来换去地站着。

"我明白了，"马特尔又打了个喷嚏说，"你在学样，人之常情。你拿了多少？"

"五千。"布鲁斯这次承认。

"放到抽屉里。我全拿，没你的份儿。"

"我周末拿过来。"

马特尔点点头，专注地看着手指甲，放到嘴边去咬。

"班巴莱克那伙人要干什么？"

"他们给了我一个斯特拉斯堡的街名。妓女拉客的地方。他们要我们去抓一个。"

马特尔像是被人扇了一巴掌，一下直起身："什么乱七八糟？抓了干吗？"他边说边吐出咬下的指甲。

"我什么都不知道。不过也不难。我们到那儿，掳了人就走，完事。"

"……但为什么是这条街？"

"他们要这两人中的一个。"布鲁斯说着，从钱包里掏出两张照片。一个是目光忧郁的黑发女，另一个是略显憔悴的亚洲面孔。照片上她们正在拉客，上身裹得严实，下面穿超短裙。应该就是几天前刚照的。布鲁斯把照片对折了，方便塞进钱包。马特尔看了一会儿。

"干不了。"

“为什么？”

“绑架妓女？你疯了吗？给五万也不干。”

“那钱怎么办？”

“把你的拿来，我们全数还回去。”

“那可不好办。”布鲁斯低下头说道。

马特尔又打了个喷嚏，咬牙说：“妈的，你到底把钱拿去干吗了？”

“投资了，周末双倍返还，不用担心。”

马特尔站起来走到布鲁斯身边。布鲁斯觉得马特尔在嗅他。可能因为他鼻子塞住了吧。

“我向你保证不会有事，”布鲁斯又说，“没什么危险，我们抓个女人，按班巴莱克说的关几天，然后拿到余款。”

“哦，原来抓回来还要我们看管。是不是还要求我们轮奸她？”

“农场有的是地方。有辆挂车，你不用操心。我家里从不来人。别犯愁，我都考虑到了。”

“别说傻话了，我一点都放不了心。你外公呢，你怎么跟他说？告诉他你开了个托儿所？”

“没问题，我跟你说。万无一失的计划。你手生了，如此而已。”

马特尔简直不敢相信。他打量着布鲁斯，仿佛眼前是阿道夫·希特勒的孪生兄弟之类的。他感觉到的不是怒火，而是更糟的情绪。

“我要你安排我和两个地头蛇见一面，结果我们卷到绑架案里去了。我提醒你，我们开始想做的，就是避免麻烦。”

“我知道。不过不会有事的，我发誓。”

马特尔走到桌前，一屁股坐在橙红色丝绒扶手椅里。七十年代的遗物。他思忖了片刻。

“把你那部分钱拿回来。你自己想办法。我不管你怎么弄，反正明天我就要。同意吗？”

“好的。”

马特尔从容地擤完鼻涕，又说：“你听我威胁过别人吗，威胁打人什么的？”

“没有。”

“你见我充过大佬吗，说打残什么人之类的话？”

“没有。怎么啦？”

“你觉得我是会说没谱的话、信口开河的那种人吗？”

布鲁斯摇摇头。

“好。听着。明天我要是拿不到钱，就用锤子把你十个指头敲断。明白了？”

电话正好响了，布鲁斯趁机跑掉。

马特尔接起电话。

一个行政人员。她在电话那头语气激动。她刚刚发了通知邮件，企业委员会特别会议本周末召开。这次是真的了，工厂要启动裁员安置了。

好一会儿，马特尔看着二车间干活的工人。置身办公室，他突然觉得无比孤独。

帕特里克·罗卡戴利

马特尔会有办法的。

两天以来，帕特里克·罗卡戴利一直对自己重复这句话。职工代表被领导层召集参加企业委员会特别会议。鉴于目前的形势，尤其是十一月机器被偷偷运走，再看看订单和库存的状态，每个人心里都作了最坏的准备。

马特尔会有办法的。帕特里克·罗卡戴利搬出他的救命咒语。他贴身穿着肘部透明的浴袍，吃着一成不变的早餐——一碗牛奶咖啡，两片抹黄油的面包，纸盒装橙汁。

这个星期他上早班。四点半起床，总在闹钟响之前两分钟醒来。他喜欢早早起床，一个人清净地淋浴，吃早饭。乔丹和他妻子——以前，她还活着的时候——还睡着。他喜欢周围的寂静，自由的行动，夜渐渐褪去时那独特的色调，抢在所有人前面的感觉给全身注入活力。

不过现在，他坐在厨房闷闷不乐，盯着远方郁郁葱葱的森林在屋后勾勒出的地平线。其实帕特里克·罗卡戴利多数时候对自己的际遇还是比较满意的。起码他养活得了自己，有儿子，还有他的宝贝 R8 老爷车。总有一天它能跑起来，不管厂子里的伙计们怎么说。

是的，克里斯蒂娜的去世带给他巨大的悲痛，牲口一般的，似乎他也要跟着去了。然而不可否认，尽管说起来难为情，时间确实可以疗伤。比如说，虽然他羞于承认，可是他在街上又留意起女人来了。对着她们想入非非。

在班上，每次负责质检的小临时工到车间里的零食售卖机买东西，工人们都要做蠢事。米蕾尔是本地人，胆子很大，身材壮实，有着宇航员的骨架。工人们给她起外号叫“长颈鹿”。她很年轻，到哪儿都有人试图和她调情。不过帕特里克在场的话没人敢，虽然他并不特别严肃。大家出于尊重保持沉默。帕特里克对此很满意。但就在上周，帕特里克发觉自己盯着米蕾尔的腿看。这让他烦恼。

很久以来，帕特里克觉得克里斯蒂娜能看见自己，守护着自己，她还在，没走远，就在头上三尺。这让他觉得安慰；不过后来变得令他尴尬。有好几个月他都不好意思自慰。

最后，尽管他还清楚记得她的模样，想起她时还怀有温情，时不时感到伤心，被强烈的失落感笼罩，他终于还是适应了她的缺席。

同事们帮了大忙。有段时间他们的妻子给帕特里克和乔丹做饭，每天晚上送来盛在特百惠饭盒里的好吃的，往往是她们各自的拿手菜，烤土豆配肉丁、家制意式宽面、酸醋牛头肉、多菲内烤菜。她们轮流来，聊聊天，不多耽搁。在厂里，当他犯浑的时候，是德尼，平时不以和善见长的德尼，出来保护他，让大家不要大惊小怪。当他跟不上进度，工头睁只眼闭只眼，说他心思顾不上，可以理解。马特尔组织了一场募捐来接济他。每人都捐了。伙计们真是靠得住。

这就是工厂，有苦有乐。可它在不停地萎缩，从全盛时的二百五十多人到如今只剩区区四十人。帕特里克不愿去想工厂如果真的关门会怎么样。工友们几乎都是从小就认识。有的从父亲手中接棒，有的看着儿子接班。过去，老板在发放文凭的那天到职高门口等着把你招进去，一直干到退休为止。厂子养活了几代人，经历过罢工的考验，有人成家立业，有人夫妻反目，身体和精神在这里消磨，吞噬年轻人的梦想和老工人的愤怒，人们在这里倾注了全部的能量，这其实是他们唯一的寄托。

当然，宿怨，嫉妒，一些拿不上台面的事情也是避免不了的。比如，有人在两个摩洛哥裔工人的储物格上用擦不掉的彩笔涂写了“勒庞[①]速来”。其实人家根本就是本地出生的。总的来说，人们还是喜欢工厂的环境的，尽量规矩干活，例行背后抱怨老板，但也只是说说而已，所有人都开着装配维罗希亚零件的汽车。他们过的是体面的生活，说得过去，普通人的生活。

帕特里克的第二片面包没吃完，端着剩下的半碗咖啡走向洗

---

① Jean-Marie Le Pen（1928—　），法国政治家，极右党派国民阵线领导人，强烈反对移民，尤其是非洲移民进入法国。

涤槽。

冲过澡，剃过须，他穿上牛仔裤、一件伟图矿泉水的免费T恤衫和迪卡侬的羊毛防寒外套。出门前他去乔丹房间看一眼。克里斯蒂娜去世之后养成的习惯。儿子和自己亲近了不少。他们没少交谈，用两个人力所能及的方式。他们共同回忆海边的假期、野餐，乔丹小时候挨的打，长大以后拒绝的父母的爱抚。他们回忆克里斯蒂娜做的点心，巧克力黄油面包，乔丹上小学的日子。他们一起翻看旧相册。共同感慨很多遗憾。帕特里克看到乔丹突然间长大。

一天早上，乔丹看到爸爸在出门上班前哭泣。本来他许诺过不会哭了。可是生活中不只有悲伤、变故和空虚，还有疲惫。上班之外，帕特里克要找时间买菜，做饭，付账单，所有以前克里斯蒂娜负责的事情。还有那些不眠之夜，因她的缺席而心烦意乱，对自己不能胜任的担忧。所以这天早上，穿着睡衣，不多的头发凌乱着，脚上套着旧绒拖鞋，他崩溃了，愚蠢至极。天刚亮，通常乔丹不会起来，谁知就是这么碰巧。父亲试图拿手遮住脸，肩膀尚在抖动，光滑的白色头皮在灯光下闪亮。儿子则打开收音机，重新煮咖啡。这天早上两个人一起吃了早餐。

现在情况好多了。情绪化让位于日常的烦恼。少年正经历叛逆期。他变得不讲礼貌，疑神疑鬼，一会儿阴郁一会儿过度兴奋。父亲有点儿不知该如何与儿子打交道了，不喜欢他情绪的大起大落，管这叫演戏。不过他觉得大方向是好的。这就是生活，愚蠢而痛苦，但总要继续下去。乔丹在长大。很快一切都会好起来的。

至于厂子里，马特尔会有办法的。

帕特里克·罗卡戴利在身后把门带上，熄掉灯，穿上头天晚上放在暖气片下面的防滑鞋，朝工厂出发。

欧宝车在布吕耶尔和科尔雪公路交接点停了下来。两个星期以来，每天早上德尼·德芒日都等着帕特里克来接。站在寒风中，手插在羊皮夹克口袋里，他在抽第五根波迈香烟。光头上戴着人字斜纹鸭舌帽。脚边一个运动背包，服兵役的纪念。他把烟头往沟里一扔，拎起包，打开副驾车门，动作一气呵成。

“嗨!”

“嗨。”帕特里克答应着，没和他对视。他心思在别处。对方也不在意，因为他有着同样的烦心事。

他们要开二十五公里。很快，在暖气的作用下温度升上来了。德尼脱掉外套，朝司机看了几眼，找着合适的话茬。

“这次完了。”他低声说。

帕特里克不为所动。

“你那个马特尔，这回也没辙。”

对方始终不说话，德尼脸色阴沉下来。他模样有点吓人。他的驾照因为车祸被吊销了，所以现在帕特里克载他。俩人让工头给他们排了一样的班。特别会议的事情让他如坐针毡。仔细想来，这份工作是他在这个世界上唯一的所有。

“每次都是那一套，”德尼想了想，嘟哝道，“吵架，罢工，拿钱，滚蛋。”

帕特里克打开广播。恐怖海峡[1]带来片刻放松，可是德尼还不作罢：“你们这些老人没什么可怕的。工厂关门，你们工龄在那儿摆着。我们不一样。我干了七年，被扫地出门的话能得到什么?”

现在放的是弗朗西斯·卡布雷，听歌词，他生无可恋。帕特里克换到新闻台，德尼也不再说话。他感到汗珠从帽子下渗出。他从皮夹克里摸出烟盒。他想在车里抽一根，就为了给帕特里克添堵。不过算了，犯不着。人家来接他已经够意思了，可是要绕不少路的。再说他老婆还没了。

帕特里克并没在听新闻。对身边的同事也不在意。他只知道一件事情：马特尔会有办法的。

---

① Dire Straits，英国摇滚乐队，组建于1977年。

布鲁斯

外公一路都没有开口。就在布鲁斯要下车的时候，老人说："我六点来接你。"

过了一秒钟，外公又说："现在开始好好表现。"但说话时并未注视他。

雪铁龙 BX 随着轮胎的一声叹息轻轻颠了一下，驶出，消失在街角。人行道上，布鲁斯犹豫了片刻。周围是高楼，阳台上摆着鲜花。天空在高楼之间显得狭窄。人们下班归来。天气不错，城市的喧嚣似乎也透着疲劳。布鲁斯不喜欢城市。他不懂空间怎么这么狭小，咖啡馆露天座挤成那样有什么好的。等他长大了也要住在农场。街道让他胆怯，所以他快步走进医生的诊所。

他是第一次来这儿。自己默不作声地翻着杂志等了一会儿。前台的女人总算看到他了。她很和善，不过有点不快。

"你一个人来的？"

他做出肯定的表情。

“没人陪着？”

他不作声，女人大不以为然。

“你多大了，小家伙？”

“十二。”布鲁斯撒了个谎。

“嗯，去坐吧。医生马上来看你。”

他没忘说声谢谢。

后来果然有人来了。一个长发男人，戴着眼镜，留着小胡子。暗红色灯芯绒裤子的膝盖磨得很厉害。身上微微有股汗味。

他的办公室里贴着宣传画，有孩子，有动物。其中一张是一个男孩，看上去很不自在，应该是旁边抽烟的人的错。还有一张上面写着马上拨打那个绿色的号码。

房间中间有一张小桌、一把儿童椅。画笔、彩色铅笔、纸张，一个红塑料箱里有玩具，地上有积木。布鲁斯坐下，男人跪在他旁边的地毯上。布鲁斯这下明白了为什么他裤子磨成那样。这想法让他心里一紧。他一向害怕弄坏衣服，可是没用，衣服总被他弄得不像样子。

小胡子男人开始和他东拉西扯。问他多大了，几年级。布鲁斯不喜欢这两个问题一起问，因为别人总会由此得出结论，会意地摇头。不过这人不一样，他说很好。谈话不令人讨厌。男人夸奖他。他们一边安静地聊着，一边一块儿做拼图游戏。很傻，小孩子的玩意儿，迪士尼电影《小姐与流浪汉》里面两个狗主人公吃意大利面的场景。男人总摆不对地方，布鲁斯不停地纠正他的错误。不过他不对这个裤子磨坏的人说什么，自己不认识他，也害怕他的反应。布鲁斯觉得他人不错，不想让他不高兴。

“你早上怎么去学校？”

“我爸爸带我去。”

男人犹豫了一下，把最后一块拼图放在正确的位置。布鲁斯对他满意地微笑。

“想再拼一个吗？”

“不怎么想。”

“想玩点什么？”

“无所谓。”

“想画画吗？”

“随您。”

男人给了布鲁斯一张纸、几支彩笔，让他画自己的家。

“你喜欢上学吗？”

“嗯，看情况。”

“上学挺烦人的。”

“经常，对。”

“你喜欢爸爸带你去？”

“是的。”

想把烟囱画直不容易。布鲁斯看到过班里同学画的，烟囱和屋顶坡度呈直角，太傻了。当然，他们只是孩子。布鲁斯集中精力，舌尖在双唇间微微伸出。现在男人的问题让他感到厌烦了。他尤其讨厌他说“你爸爸”。应该说“你父亲”，自己不是小孩子了。

男人问了他很多很多问题，学校的事情，他对这事那事的看法，他喜欢什么电视节目，为什么喜欢，他妈妈，还有外公。每次男人都同意他的回答，不过不张口，只是“嗯……嗯……”。听多了像催眠曲。布鲁斯认真地画着。他先画了父亲，然后是外公，然后是母亲、妹妹。

“这是什么?”男人指着画里的一个角落问道。

“我们的行李箱。”

他特意在每个房间都画了行李箱。一共六个。一看提手就认得出来。

“你想去旅行?”

布鲁斯耸耸肩。屋子里总得画点什么，而他意识到行李箱特别容易画。他每次画画都会画上。

“你爸爸是干什么的?”

“我父亲。”布鲁斯想也没想就说。

“是的，你父亲。”

“不知道。”

“刚才是他带你来的吗?”

“不是。”

“他没空?”

“不知道。”

“你想谈点儿别的?”

“是的。”

然后他们就谈了母亲，这没问题。

最后，男人问："你知道自己为什么来这儿吗？"

布鲁斯从画上抬起头。

"马上就画好了。"

烟囱笔直地指向天空。

"很好。"

男人把画转了个方向对着自己，看得更清楚。

"很好看的一幅画。"他微笑着对布鲁斯说。

用不着他夸奖。不过布鲁斯听了还是高兴的。

"你注意到了吗，你周围的人的身材？"

他当然注意到了，本来就是他画的。

"你说说，为什么这个人这么高，你这么矮。"

男人继续烦了他一会儿。早知道他就再做一个拼图了。时间开始难熬起来。两腿发麻。他又开始看招帖画。

"你记得桑德拉吗？"

"记得。"

"你想跟我说说吗？"

"不怎么想。"

"你肯定？"

"不知道。"

"你觉得桑德拉怎么样？"

"没想法。"

"你觉得她人好吗？"

“好。”

“你觉得她学习好吗？”

“嗯，好。”

“你觉得她漂亮吗？”

小胡子男人始终跪着，手搭在布鲁斯坐的椅子背上。他说话声很轻柔。听他说话你会觉得什么回答他都满意。不过布鲁斯不是小孩子了。

“有时候你想成为她吗？”

“不想。”

布鲁斯在座位上扭动了一下，想离他远点，可是他的大手放在椅背上，椅子一动不动。男人的腋窝冒出刺鼻的味道。这味道让他不舒服，现在这男人也让他不舒服了。

“你想对她说点什么吗？”

“不想。”

布鲁斯站起来转过身去。眼睛已经闭上了。有时候闭上眼时间会过得快一些。其实他从未验证过，不过如果是真的就太好了。

“我希望你坐回来。我们谈得不是挺好的吗。坐回来好不好？”

布鲁斯摇摇头表示不愿意。再说他想小便。他突然想到自己在这里待了太久，外公肯定已经等着了。

“我想再聊一会儿。聊聊你对同学做的事情。聊一聊对你有好处，我想。”

布鲁斯滑着步子向门口走去，好像闹着玩似的。

“我知道你不耐烦了，”男人安抚他说，也站起身，“我们很快结束。”

“我外公在等我。”

“他可以再等一会儿。”

“不行！”布鲁斯叫道，突然紧张起来。

“你不用担心的。”

男人走过来，一只手伸向少年的脑袋，后者突然转身，打开门跑了。

“嗨，等等。”他跑过去的时候前台女人叫道。

他的外套落在那人办公室了。无所谓。不能让外公等着。

回去的路上外公话依然很少。那天傍晚挺暖和，夕阳西下，天边闪烁着橙黄和玫红。

雪铁龙摇篮一样晃动着，外公一支接一支抽着吉卜赛女郎，那味道给他安全感，他昏昏欲睡，非常惬意。

“我和你的医生谈了。”外公突然发话，他一下警醒了。

布鲁斯不解地看着他。

外公鹰一般的侧脸转过来，嘴里的烟亮着。

“学校联系了他。他说女孩子的父母决定给她转学。”

布鲁斯弯下腰，直到头抵上车窗。玻璃热乎乎的，传递着路面的每一次颠簸。平地，凸起，一下一下的冲击，他感觉很舒服。

“你没什么要说的?”

布鲁斯已闭上眼睛。他睡了。我在睡觉，他对自己说。

外公突然揪了一把他太阳穴的头发。他痛得叫出了声，外公再次转向他：“别跟我耍滑头。你没什么要说的吗？为什么做那种事?”他压低声音，又说，“你怎么能做出那种事?”

布鲁斯觉得眼泪涌上喉咙。他使劲闭着嘴憋住。眼睛刺痛。他不明白。他没有可以依靠的东西。他想控制住悲痛。

“装模作样没用。你回去就知道。”

颀长的灰色雪铁龙在蜿蜒的道路上稳稳地行进。每一刻它都似乎要离开地面，可是狭窄的轮胎始终紧扒着柏油路面，完美转过每一个弯道，车身慵懒地摇摆着。车子开得很快，轻盈、敏捷，将痛苦和暴力一并带走。

马特尔

布鲁斯罕见地早到了一次。他和另外两名临时工在二车间角落里喝着咖啡。名为“二车间”，实际上这是整个工厂最有年头的建筑。金属大梁撑起的砖墙高达二十米，十米高处一溜窄窗环绕整个车间。二十年的灰尘让透过窗子的光线变得阴暗。现在天还没亮。其他车间用更新的材料建成，机器更先进也更贵。可是工人们还是对二车间最有感情。他们的先辈在那里奋斗和老去。有人甚至在那里死去。间或发生的严重事故让人想起充满危险的往昔。再说二车间有台全新的咖啡机，工会办公室也在这里。老板们在二车间大概不如在别的地方自在。

“反正这个地方也就这么回事。”阿米德说，经验丰富的他是认命派。

“嗯，我也没打算在这儿过一辈子，你看看那些老家伙，一个个傻帽的样子。”马尔斯附和道。

“少说几句。”布鲁斯咕哝着，眼睛搜寻着工会办公室里的马特尔。

另外两个人住了嘴，也开始往办公室方向窥探，试图弄明白里面正谋划什么。

办公室设在这里二十年了。工会费了好大劲儿才争取到。最后一刻，上面还是想出了恶心的一招，在满是机器的车间正中，用玻璃和塑料材质做出一个八米长五米宽的全透明间：这就是你们的办公地点，好好享用吧。一开始人们试图安窗帘，贴海报，不过时间久了，这个透明的空间成了车间景致的一部分。大家习惯了在这个鱼缸一样的地方展开工会工作，光明正大，无遮无拦。

布鲁斯、阿米德和马尔斯，维罗希亚最后的三个临时工，站在咖啡机前面等着会议开始。他们没被邀请，参会者是签了长期合同的正式工。他们看见工人们随便就座，有的坐椅子，有的坐纸箱。马特尔站在金属办公桌后面。现在他在倾听。时不时有人冒出来吼一顿，愤怒引起共鸣，有听众低声附和。大家轮流畅所欲言。规模不大的集会却有风云涌动的感觉。一只手举起来，几张嘴巴同时发声。莱昂·米歇尔站起身，三十年的老工人，他有一肚子话要说。皮耶罗·居南，一九七〇年代就是工人代表，他什么都知道，又什么都不懂，用很重的口音嚷嚷着罢工是唯一选择。三个临时工试图听出谁说了什么，不过玻璃上贴了太多竞选广告，他们看不清里面。“团结在法国总工会周围”“工人民主联盟守护着你”“工人力量与你同在”……

七点了，机器已停转近两个小时。工人们一离开岗位，车间负责人和工头就知趣地躲进各自的办公室，他们收到了指示。二车间成了一个空旷深邃而又喧嚣的洞穴。周围的真空使得工会办公室像个脱离了轨道的空间站。

“他们到底在里面干什么呢?”马尔斯有些着急，边说边做一根丹麦手卷烟。

“在讨论。”

“真的?”

“反正我们几个的合同这周末就到期了。续聘是不可能的。得到别处去交朋友了，马尔斯。”

“对头，妈的。”马尔斯只得承认。

“我觉得这儿人都不坏。”

“可咱们还是得滚蛋。”

两年了，他们的合同一直是到期自动续聘。多亏了企业委员会，阿米德才能带两个孩子去迪士尼乐园。马尔斯甚至有了人生第一笔积蓄，好歹开上了一辆外壳脆弱但花哨的蓝旗亚。马尔斯有老婆，两个女儿，不过这另说。布鲁斯呢，他遇到了马特尔。所以，现在三个临时工的心情实在好不起来。

“瞧，伙计们。”阿米德转过头说。

另外两个人也转身向外看。院子里，一辆结实的奥迪刚刚停下。

“梅耶大妈来了。”

“和苏博卡一起。”

“好容易早起一回。”

两个身影从金属灰的座驾里出来，被沉重的文件袋压弯了腰。索妮娅·梅耶走在前面，把围巾往嘴上捂捂。总经理没来得及穿外套，清晨的冷风激了他一下，赶紧跟上梅耶。

“吸血鬼。”马尔斯看着领导们走向亮着黄色灯光的行政办公室。

“不过即使是梅耶，我也不会和她对着干。”

阿米德为了强调自己的意图做了个下流动作，不过马上后悔了。这种女人，大家不想对她们不敬。本来她们就看不上工人，那样一来岂不是给她们理由。而且，索妮娅·梅耶也不总是那么不堪。有人被发现在班上喝醉了，她也没按规定处罚；有人少交了两三个季度的保险，她还是帮忙给拿到了全额退休金。放一马，帮一把，大家都记得。

“你们知道总经理要来？”布鲁斯问。

“不知道，我以为只有厂领导。”马尔斯把烟踩在脚底说。

“要我说不是好事。”阿米德说。他从工作服口袋里拿出口香糖，吃了一颗，也递给其他两个人，他们摇头表示不要。楼上的办公室人影绰绰。领导层如临大敌。

此时，工会办公室里轮到马特尔上场了。大家该说的都说了，由他总结。布鲁斯心跳加速。

快一年了，布鲁斯对马特尔有种迷恋。来维罗希亚工作不是出于他的本意，只是因为外公断了他的口粮。他倒也不缺钱。毒品交易每月有三四千收入。不过总得干点什么，不然外公不会放过他。于是他去临时工作介绍所登了记，那帮人还真给他找了份工作。

一开始，布鲁斯满不在乎，很快把人都得罪光了。那又如何？反正干不长。然后马特尔找他好好聊了聊，一切都不一样了。从那以后布鲁斯想尽一切办法吸引他的注意。当马特尔答应和他一起给演唱会看场子，布鲁斯觉得自己是马特尔最好的朋友了。俩人一起一定能做大事。

在透明的办公室里，马特尔向工人们说明自己的打算，告诉他们预期。他还没说完，苏博卡和梅耶就来到车间。马特尔做了个手势让他们稍等。二人听从了，甚至没敢交换眼神。他们神情严肃地注视着被工人舍弃的安静的机器。

工人们走出工会办公室，马特尔在最后，关上门。苏博卡和梅耶上前和众人见面，握手，打招呼。没有人拒绝，尽管一刻钟之前，他们还在叫嚷拆除机器，烧掉厂房。所有人都略显窘迫。互相厌恶，力量博弈，条件交换，游戏已接近尾声。有人问卡隆董事长哪儿去了。他会来的，说好了。那就好。梅耶态度亲切，穿着平底鞋，形象光鲜。她保证企业委员会会议之后她就和大家谈。她就像个护士。工人们明白了。大人物们和代表以及马特尔一起开会去了。

“就是这样。你们都知道了。”

苏博卡播放了准备好的演示文稿，大都是图表。财务收入、市场份额、利润率、营业额，这些曲线代表的都是糟糕透顶的数据。而支出正相反，高得惊人。维罗希亚仿如一头搁浅的鲸鱼。这次除了关门别无他法。

“总之，没有新东西，”总经理说，“工厂亏损五年了。每天电闸一开就是赔钱。”

老工人居南从一开始就显出怀疑的神情，不停做出否认的手势，这时插话进来：“市场需求下滑不是我们厂子的错吧？”

“我们没那么说，居南先生。”梅耶试图打圆场。

“好，那为什么要让我们为你们做的决定买单？”

“你们不是唯一的受害者。总部要取消七十一个职位。”

“没谱。我知道怎么回事。这是第三次裁员了。我们已经熟悉了套路。”

“我们没得选。作为管理者，我们要确保公司的生存。”

中层干部代表总算也在。他说：“你们给的数据都是建立在预估之上的。不景气我们不是没经历过。这不是关厂的理由。”

“社保支出，生产成本，都是结构性因素，”总经理反驳道，“工厂本质上就是亏空。设备陈旧，工资过高，物流太贵。别的我不说了。”

“您竟认为我们工资过高？”莱昂·米歇尔不愿意了，“我干了三十年税后才到手一千五，您觉得这过高？”

“我们没这么说，”梅耶赶紧灭火，“我们是说，和别的一些地方的工资相比，我们竞争不过。尤其是这个厂还谈了有利工人的条款。不涉及价值判断，只是说明一个事实而已。”

工人们微笑。以往的斗争令人怀念，那时候活多得干不完，节奏疯狂。最鼎盛的时候，厂子有将近四百名工人。十到十二小时的工作日，还要排加班。工资划得来，事故不少，工人日子兴旺。莱昂·米歇尔和皮耶罗·居南是黄金时代过来的最后一批老人。听他们讲，那时工人们特别团结，肩并肩和老板抗争，工作遍地都是，革命指日可待。他们念念不忘曾做出一小时完成两百件、一天完成一万件的骄人成绩。但他们忘了自己斯达汉诺夫式的记录是为什么老板服务的。

那个年代，罢工是常有的事。有时候都不知怎么回事工厂就骚乱起来。个别人工作太疲劳，工时少算了，休息时间被缩短，这些不地道的做法都有可能突然点燃全体工人的怒火。在激烈的对抗中表现突出的人，三四十年后还在被人津津乐道。贝尔纳·施密特、勒内·安贝尔、德德·斯科巴，他们得到了餐补、双倍加班费、年底双薪。在他们的葬礼上，两千人护送灵柩到墓地，家人走在最前面，后面是工会代表，再后面是市议员。

沉浸于自己编织的神话，老人们忘记了现实。多少人被工作压垮，身体被摧残、弯折，生命缩短，前途无望。

梅耶夫人宣布接下来的举措。每个雇员都将收到一封信。上面会和工人代表共同协商确定如何安置工人。对于谈钱，她已经做好准备，会有足够的时间讨论。只不过，不幸的是维罗希亚已经穷途末路，几百万的债务和亏损，股东们得再度自掏腰包。所以被解雇的员工也要尽量理智。

“理智！”居南愤愤地说。

“您觉得把我们扫地出门是理智的做法吗？”另一个声音说。

“从这里出去，附近哪儿还能找得着工作？工厂一个接一个关门。这里几乎是最后的厂子了。”

索妮娅·梅耶走到自己的椅子坐下，双手交叉，朝他们俯过身去。她背后，一张黑白照片上密密麻麻的树木林立。

“我向大家保证我们会尽最大努力不让一个人没有着落。请相信，我们会考虑到大家的一切需要。”

她从鸳鸯牌皮包里拿出一个玫红色文件夹，发放复印文件。所有人看到内容，都瞪大了眼睛，有人骂了出来。椅子腿在地面马赛克瓷砖上发出刺耳的摩擦声。

“不是在开玩笑吧？”

漂亮的梅耶夫人微笑略微不那么自然了：“这是法律程序的日程表。”

“可是您完全可以把时间给得更充裕一些。”

“等等！”马特尔说。

这是他第一次发话。所有人都转向他，大家似乎都松了一口气。苏博卡心想，主角上场了。梅耶换上一副专注、坚定、充满同情心的表情。

“我没理解错的话，”马特尔说，“工人们下周会收到解雇通知。两天以后，也就是十六号，我们召开第一次会议。十八号商讨后续安置措施。二十二号预先通知开始生效。二十八号手续完结。三月九号工厂关闭。”

他友好地微笑着。“是这样吗？”他控制自己的烟嗓，让声音平和，可是表面的平静并不让人放心。马特尔食指敲着日程表，一字一句地问："我理解的对吗？"

梅耶夫人佯装把他的话和表上的日期相对照。"其实这只是暂定的日程安排。"

"拜托，"马特尔更和善地说，"请告诉我，二月二十八号完成手续，三月九号关门，是不是？"

"我们是这么设想的。作为讨论的基础。变动当然是可能的。双方……"

马特尔突然起身，一下把椅子带倒。金属与地面碰撞发出巨大的声响。他掏出手机，凭记忆拨了个号码。苏博卡知道企业委员会主席的行为对工人们的效果，他试图阻止："冲动没什么用。我们都是成年人，马特尔先生。您知道工厂的情况。我们这不是在商量着来吗。"

和二人刚到时一样，马特尔再次举手示意他们闭嘴。他手机贴在耳朵上，头低着，下巴几乎碰到胸口，等待着。没人吱声，房间里是冰冷的寂静。所有人都能听到电话响铃和接通的声音。

"您好，"马特尔说，"我找克莱贝尔女士，劳动保障监察员。"

苏博卡和梅耶一副难过的表情，摇头叹息。他们明白了。马特尔要和他们拖时间。梅耶想象着自己下几个星期的日程。一个接一个的会议，重复解释同样的事情，遭受责骂，仿佛资本主义被她一个人代表了。

和监察员的见面安排好了，双方又激烈地争执一番，说好十六号再开会。

“在这期间，”梅耶说，“我们还得开会听取企业委员会的财务报告，马特尔先生。”

“没问题。”马特尔说。

“您愿意的话，监察员也可以在场。她可能会感兴趣。”

“您什么意思？”

“没什么意思。您指责我们管理不善。我想欣赏一下您的业绩。”

双方唇枪舌剑，又争执了几个回合。苏博卡出面平息。某种程度上，梅耶更难对付。

外面，四十来个人等待着，抱怨着，会议传出的吵闹声让他们兴奋。他们旁边有几个女人，行政部门的，过来表示支持。她们一副担忧的表情，就像征兵令发布之后的未婚妻或母亲。她们试图安抚男人们的怒气，告诉他们生气没有用。她们中的大部分倒是不难再找到工作。

认真说起来，苏博卡和梅耶并没被吓到。他们对自己的做法有信心，他们了解体制的运行。他们知道数字只是幌子，罢工不过是发疯，监察员那套早过时了。他们了解法律。

马特尔立即被提问淹没了。大家问他能不能坚持到底，还有没有办法，如果妥协的话会怎样，还有梅耶提到财务报告是什么意思……

“再说，”他试图挣脱出来，“我们晚些再说。”

他寻找着布鲁斯，最后总算看到他，一把将他拉到一边。刚才开会的工夫，马特尔考虑过了。没有其他办法了。

“比想象的更糟糕，”他说，“厂子完了。”

“怎么回事?”

“我们得干。”

“干什么?”布鲁斯嘟哝着。

“班巴莱克的活儿。只抓一个，行不行?”

生怕布鲁斯听不明白，马特尔抓住他的胳膊。布鲁斯马上赞同。

“我来安排。我跟你保证不会有事的。”

“我提醒你这次别搞砸了。”

不知怎么的，马特尔看起来似乎变年轻了，可是给人的安全感也减弱了很多。

晚上，布鲁斯用西斯龙[①]按摩了很长时间被马特尔捏过的胳膊。淤青的印子足足过了一个星期才开始消退。

---

① Synthol，一种合成醇，一般被健美运动员用来刺激肌肉生长。

第二部分

但是到最后，我知道你会是挺立到底的那个人。

《洛奇 4》

丽塔

他们并排把车停好。“曼哈顿”的停车场，那是圣迪耶出口的一家僻静小酒吧。天黑着，预报明天将至的暴风雪已飘下第一批雪花。酒吧绿色的霓虹灯招牌反射在潮湿的路面。一间酒吧，五盏路灯，二十个停车位。看上去够惨淡，丽塔有点不确定是否该选择这里。

马特尔提出和她一起喝一杯。她推了几次才答应。总得做做样子，矜持一下。其实她等着他迈出这一步有段时间了。最近几个星期两个人相处的机会不少。维罗希亚的裁员安置计划起码还有这点好处。

马特尔弯腰把身体凑得很近，发出邀请。这是他特有的方式，贴上来和人讲话。一开始丽塔不了解，还以为他在打什么主意。

“我小时候得过中耳炎。做过手术，一个耳朵不大灵光。”

“您要是需要我可以大声点。”

“现在挺好，不用麻烦。”

她没再接话。然后他提出一起喝一杯，仅此而已。于是现在他们就到这儿了。

丽塔从租来的标致206里出来，把风衣拉链一直拉到鼻子底下。她觉得兴奋，同时又有点烦心。明天她要把女孩领到警察局去，她禁不住老去想这事。不然又能怎么办呢？维多莉亚没有身份证明文件。她不能独自出行，注册学校，上驾校，更不能找工作。不能再当保姆了，得面对现实。

马特尔来到她身边致歉：“地方是不咋地，不过至少不会碰上厂里的熟人。”

“我觉得挺好，别介意。”

他们朝入口走去，肩膀几乎碰到一起，两个人都特意目不斜视。

刚推门进去，老板就让他们留心把门关严。一百二十公斤的大块头，浓重的八字胡，目光坦然，有点像只海狮。百威啤酒的霓虹招牌反射在他光亮的头皮上，给他的肤色抹上病态。门口处，一个穿着慢跑服和篮球鞋的家伙在玩电子飞镖。一个衣着低俗的女人在吧台喝着香蕉汽水，两个少年在稍远处的里间打台球。此外就没人了。马特尔提出到吧台就坐。八字胡调低广播等他们点单。丽塔犹豫着点什么。

“我来个皮康。”马特尔说。

“那我也一样吧。”

马特尔把高脚凳往前挪了挪。老板打开啤酒机。

马特尔穿着一件崭新的皮衣、牛仔布衬衫。丽塔从没见过他如此打扮。这让她想起电影《落水狗》里面的一个人物，英俊的棕发男人，背有点驼，前额布满横纹，目光清澈。回去她要上网搜一下照片。

他们碰了杯，无声地喝着。

“总之，多谢您所做的一切。”

丽塔耸耸肩。她没做什么特别的，不过是提醒人力资源总监遵守劳动法，再说后者和自己对劳动法一样清楚。不过那个过分自信的女人确实让丽塔有点恼火。她一度需要跟她说：“既然有机器自己长腿溜了，您需要证明您的诚意。”

“我们遵照法律办事。”

“我知道。不过您可以想象一下被媒体报道出去的话会怎么样。我要是您的话，会在时间上通融一下。还有，裁员的标准依然有待商榷。”

“我们无可指责。”梅耶坚持说，薄薄的嘴唇紧抿着，看上去终于不那么可爱了。

“听我说，这些我都知道。厂子是你们的，你们想怎么做就怎么做。然后我完全可以展开我的调查。不止一项。可惜我人手不够。眼下到处裁人，处理起来需要时间。如果人人都做好自己份内的事……”

最后，梅耶做了让步，关厂日期延后一个月。有更多时间应对。

“您最好找个会计师。”丽塔的酒快喝完了。

马特尔示意老板再满上。丽塔脱掉风衣，要了纸笔，写下她认识的一位会计师的联系方式。

“给他电话。很能干的一个人。不要期待奇迹，不过他很擅长裁员安置计划。他会尽力的。”

“您说‘不要期待奇迹’是什么意思？”

“逃不掉的。厂子完了。”

马特尔等着她说下去，说点正面的，令人鼓舞的。并没有。他们继续喝酒。马特尔想着工友们。延期关厂让大家头脑发热。厂方能让步，也许又有希望了。他们要捅到媒体去，向市长施压。但监察员从一开始就不抱幻想。马特尔已经想得出野孩子们朝废弃的厂房扔石头砸玻璃取乐的情形。要不了两年就将是一片瓦砾。

喝到第三杯，八字胡请他们吃橄榄。

“要不去里面桌子坐吧，”马特尔说，“说话更方便。”

她跟上他。经过台球桌，马特尔冲其中一个少年打招呼。

“你爸爸好吗？”

“还行。”少年红着脸回答。

“我有段时间没见着他了。”

“他上早班了，我想。”

马特尔没再接话。帕特里克·罗卡戴利已经一个星期没上班了。好几个人都是这样，床都懒得起了。

“替我向他问好。”

“嗯嗯。”

马特尔和丽塔坐到洗手间旁边的雅座。墙上挂着一幅画，是狗在打扑克，他们不禁微笑。

“您好像谁都认识。”丽塔说。

“我还特意找了这儿，以为不会碰见人。小地方，躲不过。”

“反正无所谓。”

“起码别让您丈夫撞见。”马特尔玩笑道。

“这倒不会。”

“您没结婚?”

“没有。”

俩人都有点醉了，说话更放松。玩电子飞镖的人击中了二十分的三倍区，标靶一下又是放音乐又是闪灯。

“这是怎么了。”老板笑着问。

“我上了一千分，布鲁诺。”

“那你也许可以趁此机会请大家喝一杯。”香蕉汽水女人说。

老板笑起来，大拇指插进皮背心。玩飞镖的人请了客，一杯啤酒，一杯基尔。

已经晚上七点钟了，人多起来。广播里放着比利·乔尔的老歌。进来两个男人，像当兵的，头发两侧剃平，前面正中留一小撮。都穿着飞行员夹克和防水靴。两个人各要了一品脱啤酒，坐在玩飞镖的人身后。他一下变得笨拙起来。

马特尔和丽塔谈论各自的人生。他们疲惫，互相信任。自然而然地，他们向对方吐露了不轻易说给外人的话。家事，性事，还有心底的恐惧，虽然平日竭力掩藏，但其实它比其他任何东西都更能定义你这个人。

“企业委员会主席，我也是偶然干上的。我挺喜欢，不过从没觉得自己称职。不得不装模作样，其实和在学校里差不多，不懂装懂。然后有时候又碰上裁员这种变故。就像我母亲生病那会儿。太真实了，让人难以置信。”

丽塔听着，一丝微笑挂在嘴边。

“您有孩子吗？”马特尔想也没想地问道。

“没有。”

他迟疑了一下。

“您遗憾吗？”

“肯定的。呃……我也说不清楚了。”

吵嚷声打断了他们的交谈。两个当兵的要玩电子飞镖，原先那人本来已经要走了，这下却不愿意了，满脸通红地抗议着。

马特尔回到座位。他竖着不太灵光的耳朵听着。

“他们在说什么？”

“没什么，胡闹而已。”

他似乎要站起来。丽塔伸手抓住他胳膊。

“随他们去。我们不在乎。”

马特尔感到一阵轻松，有点像缠绕的鞋带终于解开的感觉。

“我们吃饭吧。”

丽塔没有反对。老板的女儿开始工作，此时正好过来收拾他们的桌子。

“要添吗?”

“不知道。”马特尔扬起眉毛说。

“随您吧。”丽塔说。

“那添吧。”

桌子下面，二人的膝盖碰到一起。丽塔看了一眼表，站起身。

“我忘了，我有事，得走。”

“不能推掉吗?”

“不行。”

她镇定下来，掏着浑身的口袋，找出标致 206 的钥匙，又看了一下表。

“实在不好意思。我说好了和我妈妈吃饭。我必须去。”

“好的。”马特尔大度地说。

“我去下洗手间，然后出发。”

他看着她走过，忍不住想象她只穿内裤，光着长腿，黑色棉布衬着略微松弛的白色臀部。他想抱住她的下身，把脸贴上她的私处。她把手放在他肩膀上。他闻着她阴部的气味，她的手抓着他的头发。这想法让他胆怯，因为完全有可能实现。他起身去把酒钱付了，回到座位。

“由您来做饭吗?”

“本来这么打算的。不过看时间够呛了。”

“我知道您家附近有个不错的餐馆。”

她好像愣住了。

“我送您回家过一次。您的车，不记得了？”

现在丽塔真的想走了，但马特尔从钱包里拿出一张纸片，在上面写起来。

“餐馆地址。山里的披萨店，叫卡布里。没什么惊人的菜式，不过我挺喜欢。不放音乐，桌布是格子图案的。”

丽塔已经穿上风衣。她看了一眼马特尔递来的纸条。

“您的号码我有了。”

“知道，”马特尔说，“那是工作需要。我写上了，您下次好约我吃饭。”

丽塔摆弄了一会儿拉链才拉上。

“好了，再见。”

“回见。”

他们有些笨拙地犹豫了一下。她朝他过来，他站起身。最后两个人握了握手。她头也不回地消失了。他一直看着她出门，希望她回头。

外面，刚下起来的雪薄薄一层覆盖了汽车、道路和周围的一切。不多的车在黑暗中急着赶路。广播里提醒司机注意安全。暴风雪要来了。

布鲁斯

布鲁斯迅速跑下九号楼的楼梯，背贴着墙，手里握着枪。他呼吸急促，能感觉到自己的心脏打在肋骨上。彻底离开工厂之后，他时常过量服用可卡因。再加上健身房朋友兜售给他的类固醇，他现在的常态是神经质，紧张，集中不了精力。

就要下到地下室的时候，楼梯间的灯突然灭了。往上几层，有人用阿拉伯语骂起来。不知哪家的一条狗在叫唤，然后灯又亮了。布鲁斯三步并作两步走下台阶，钻进地下室。

底下天花板很低，有十五六个隔间，一股翻过的泥土味，摩托车汽油味，旧木条箱味。从气窗投射进暗淡的光线。布鲁斯侧着身子前行，枪在手中握紧。他走过米科罗家的隔间，那儿有一张折叠沙发床，玻璃瓶装的李子烧酒，一辆从未用过的室内健身自行车。然后他绕过拉吉米家孩子的小摩托车，从上到下好几道锁。再远点是安了防盗门的朗贝尔家装修过的隔间。家里实在没法住的时候，老朗贝尔就在这里过夜。

最后，他来到老克马里的隔间。年迈的养路工去年夏天倒在浴缸里，被强行送去医院，虽然他一再恳求救护人员别管他，让他在自家死去好了。那以后他的子女们就为如何处置他的房子而争斗。一室一厅的小小套间，他们那挣着最低工资的父亲二十年才付清。他的隔间还在，无人看管。布鲁斯站定。腰上的汗把T恤衫浸湿了。他伸出舌头轻轻舔了一圈嘴唇，现在他每分钟要这么做十次。可卡因的效果。老天，他腿脚难受，想奔跑。他张开嘴大口吸气，就像沙地上的鱼。

就在这时，他听到隔间门后抑制住的笑声。想也没想他就用肩膀把门撞开了。里面狭小阴暗，响起一片喊叫和咒骂。天花板上亮起氖灯，一时照得人睁不开眼。布鲁斯暂时丧失了方向感。惊惶中他拿枪对着前方连扣十下扳机。有人倒地。手枪的击铁继续空响着，咔哒咔哒咔哒。

“我把你们全干掉!”布鲁斯叫着，眼睛瞪得老大。

在他面前，两个孩子仿佛在垂死挣扎，可又老是不咽气，就像电视上演的那样。

“滚你妈的。”第三个孩子诺诺斯叫喊道，朝他投掷了一颗硕大的铅弹。

布鲁斯轻易躲过，他正处在极度兴奋的状态，重机枪射过来也穿得过去。

“没中，该死。现在有你受的了。”

他试图掐住孩子的脖子，不过挨打经验丰富的诺诺斯闪避过去。布鲁斯来不及收手，撞到铁架，一只冰鞋滚下来砸到尤奈斯头上。疼痛使他立即停止了在地上的喊叫和抽搐。一个明显的印记出现在额头，殷红的血先是几滴，然后成股地流下。尤奈斯大哭起来，嘴里不停叫着妈妈妈妈。

“哎，闭嘴。”布鲁斯用恳求的口气说，用空着的一只手去捂他的嘴。

“哇，妈妈肯定把我们一顿好打。”穆尼尔撑着手肘站起来说。

布鲁斯骂着，抓住尤奈斯的胳膊想把他拽起来，可是后者挣扎着，叫得更欢了。

“哎，闭嘴。闭上嘴我就把手枪借你玩。”

布鲁斯把手枪给他。孩子看着枪管。他的肩膀抽动着，不过眼泪已经干了。他把玩着枪，他哥哥拿自己的袖子给他擦鼻涕。小尤奈斯浑然不觉，像过圣诞节一样快乐。

“你的枪老掉牙了。”诺诺斯的语气中有些许妒意。

“你会给我们拿子弹来吗?”穆尼尔看看尤奈斯的额头，不无忧心。

“当然了。”布鲁斯许诺。

尤奈斯点着头，又吸了几下鼻子。在他的小手里面，手枪焕发出震撼的美感。

布鲁斯急着在孩子们之前回到房间。他收回了手枪，派穆尼尔去药店买药包扎弟弟的伤。他让孩子们不要马上回家，等血止住再说。玛丽-罗丝正招待女邻居喝茶，见他经过走廊，便大声招呼："哎，孩子们呢？"

布鲁斯没有理会，径直走回自己房间。厨房里，两个女人气愤地嚼起舌头来。她们又有新的谈资了。

已经两个星期了，布鲁斯就这么住在维罗希亚临时工阿米德家里。一开始，布鲁斯问能否借宿一两晚，阿米德不太情愿。可以理解，毕竟他家也就是个三居室。他老婆还不好说话。不过布鲁斯给了五百欧元。当然，他打算待上两个月，五百欧也不多，不过再怎么说，五百一张的钞票不是那么常见的。紫色的，不怕折的质地，票面上有个斜拉桥。事情就这么定下来了。

大儿子穆尼尔让出了自己的房间。两个孩子仿佛添了个奇怪的表哥，神经质，谈不上聪明，可人确实很好。布鲁斯给他们演示各种花招，比如卷大麻，偷 CD 之前用两欧元硬币挡住监控摄像头。他还给他们买了 X-BOX 游戏机和游戏。玛丽-罗丝抓到三个人凌晨两点还在玩，那以后规定了熄灯时间。看看孩子们第二天去学校时是什么模样，就知道完全必要。

"你不能让他在你家这么混下去啊。"女邻居愤愤不平。

"哎呦，别提了！"

布鲁斯听着她们讨论自己的命运，想着该怎么办。五百块钱是不够的。不管怎样，农场是回不去了。外公发现手枪不见之后气急败坏，多年以来第一次大发脾气，打了他。这么老的一个人使着大劲儿打人，那情形看上去真的非常可怕。布鲁斯宁愿离开。尤其是老家伙还说要把警察找来。

是的，布鲁斯受够了被命令能干什么、能见谁，受够了这个老东西。不过他还是注意不当面把这话说出来。

因为外公毕竟是个人物。布鲁斯之所以能和附近小混混们打成一片，也是仰仗了自家的姓氏。对很多人来说皮埃尔·迪吕伊就是一个传奇，他的名字与暴力犯罪和逍遥法外联系在一起。从孩提时代起布鲁斯就眼看着流氓、邻居，甚至警察和外公打交道时毕恭毕敬的态度。尽管他们的生活方式、农场、他妈妈都是那个样子。不过布鲁斯滥用了这个优势。

他父亲走掉以后，外公不允许布鲁斯去找他。是的，父亲确实不怎么样，据他所知总是背叛母亲，可是再怎么说也是他父亲。布鲁斯少年时代碰见过他几次，都是些特殊场合，火车站咖啡厅、酒吧、夜总会。每次不期而遇，父亲都慷慨地请他喝酒。有一次父子二人甚至还一起和妓女开房。不过现在再也见不到他了。布鲁斯不知该到哪儿去找。反正他不是孩子了，父亲怎样无所谓了，他自己能应付得了。

确实，自从搬出来之后，布鲁斯可没浪费时间。他跟埃皮纳勒优先城市化改造区的一个批发商搭上了，现在他的可卡因和大麻已经卖到全省。演唱会他不干了，精力集中在夜总会和中学。尤奈斯和穆尼尔零星地出手一些。人人都很满意。

布鲁斯沉迷于这档营生给他带来的价值感。在内城，孩子们拿他当托尼·蒙塔纳①一样崇拜。晚上，他穿梭在夜间活跃分子之中，浪荡子、穿着光鲜的小流氓、逛街逛累了的漂亮女孩。一

① 阿尔·帕西诺主演电影《疤面煞星》的男主人公。

些金发美女，将来会成为律师或心脏科医生，现在和他贴面打招呼，大家听着法瑞尔·威廉姆斯的新歌，喝着莫吉托。人们搂着他的肩膀在他耳边说话。他大摇大摆进入各种场子，表情透着游走于市井和上层的嚣张和从容。别无所求了。

为了做事更像样子，他添了辆二手车，12.5万里程的标致V系列。成了圣迪埃一家新开的健身房的会员。大量服用药物之后，他的肌肉超常发达，不过腿部不行。只穿着短裤的他身形像只灰鹤。没关系，他往大腿注射激素，每周蹬三小时自行车健身器，很快会充起来的。他成天到处逛荡，敞着怀的皮夹克里面穿着“金牌健身房”的跨栏背心，瞳孔像圆头图钉那么大，磨着牙，随时准备看谁不顺眼就上去找麻烦。

时不时，他去学校接上尤奈斯和穆尼尔，三个人在楼底下和街区其他半大孩子厮混。布鲁斯向他们显摆肌肉，背部、腰部，曲着胳膊上下带动三头肌。他甚至大冬天也干这种蠢事，还感冒了。可是孩子们的崇拜和药物一样让他欲罢不能。

女邻居一走，玛丽-罗丝就直奔布鲁斯房间。

“这又是怎么回事?”她砸着门高喊，“孩子们去哪儿了？你当是自己家呢，什么都不管，啊?”

天还早，布鲁斯不打算马上出门。他戴上耳机，放上迈舒加乐队[①]的音乐，吸食了少量可卡因，脱掉衣服，做了三十个俯卧

---

① Meshuggah，瑞典金属乐队，组建于1987年。

撑。肌肉绷紧之后，他站到镜子跟前摆起造型。不识相的可以来招惹他，这么壮的胳膊，他怕谁？他手心朝上把手臂伸直，胸部像朵形状奇特的花一般伸展开来，他把这姿势保持了一会儿。手机响了，马特尔的。他立即接起。门外，玛丽-罗丝还在喋喋不休。

两天前，布鲁斯和十几个孩子在九号楼下无所事事的时候，马特尔来了。当时天已黑下来，不过布鲁斯一眼就认出了沃尔沃。他想走掉，真走的话也来得及。可是马特尔不紧不慢地走着，一步一步。他觉得是好兆头。他让孩子们走开，自己站起来。

“你们走开。我要见人。”

“你走开。”

“很显然。”

“别闹了，老弟，你以为你在哪儿？”

孩子们骂起来，最激动的是两个女孩子，一个扎着辫子溜旱冰，她胖胖的姐姐扶着她防止摔倒。最后布鲁斯选择先发制人，走上前去迎接马特尔，朝地上吐口水，试图摆出大佬的做派。

“嗨，伙计，见到你很高兴。我正想给你打电话。”

“你找着那女孩了？”

黑暗中，马特尔的眼中闪烁着周围高楼的灯火。从他的眼神看不出是生气还是茫然。

布鲁斯夸赞马特尔的皮夹克。好看极了，是新的吗？哪儿买的？马特尔没有回答，而是立即把他拉到一边，为了方便说话。二人就这么面对面，无人打扰。马特尔坐在秋千上，布鲁斯离他有段距离站定，脚后跟在地上画着。

“我去见你外公了。”

“什么时候？”

“你难道不该问‘为什么’吗？”

布鲁斯僵住了。马特尔趁机点上烟。优先城市化改造区的十一幢高楼竖立在四周。绝大部分窗户都亮着灯，透出电视屏幕的荧光。天很冷，远处传来国道的噪音。马特尔接着说：“早知如此，我不会同意干这事的。”

“老东西跟你说什么了？”

“说什么不重要。只是这种情况下需要互相信任。可你没影了，不回电话，不回家。你觉得我会怎么想？”

布鲁斯犹豫着。

“你可以相信我。”

“去你的吧，布鲁斯……”

马特尔看上去筋疲力尽。他吸了最后一口，把烟头朝布鲁斯扔过去。

“我们不能就这么完事。得找到那女孩。这是你的活儿。”

“为什么是我？”

布鲁斯的声音听上去都变了，仿佛被布置了额外作业的差生。在他看来事情已经过去了。那个小骚货人间蒸发了，便宜了她。还钱的事，再说吧。如果班巴莱克兄弟坚持要，他总能想到办法。他这么对马特尔解释过了。

“我想你没明白。你伙计们的车在我家楼下不走了。天天晚上如此，老弟。我还得操心工厂裁人的事。女孩得你去找。我不是在求你帮忙。我是在告诉你你份内的事。”

马特尔慢悠悠地荡着，谈话继续了一阵。为了早点把马特尔打发走，布鲁斯什么都说好。谈到工厂时，马特尔把最近的情况告诉他。布鲁斯也把自己住在阿米德家的事情说了。阿米德的孩子，还有成天嚷嚷的玛丽-罗丝。

“好，我走了。”马特尔站起来。

二人面对面，布鲁斯往前几步，面露微笑，轻松了不少。他们又成了好朋友，不必互相躲着。他们握了手。

“你怎么老吸鼻子，”马特尔忍不住说，“生病了还是怎么的?”

布鲁斯耸耸肩。马特尔微微一笑，布鲁斯也笑了一下，然后感觉手上一阵剧痛，一下跪在地上。马特尔正掰着他的大拇指，松开之后布鲁斯感到马特尔的大手又掐上了自己的喉咙，他立刻眼冒金星。

“蠢货，你给我听着。你吸毒，和小孩子们找乐子，做地头蛇，这我都不管。不干我事。可是班巴莱克很危险。他们不仅仅是找麻烦。那帮人不择手段，就为了让人把他们当回事。你懂吗?”

布鲁斯点头表示听懂了。马特尔蹲下来，贴近他的耳朵说话。他说了短短几句，每句都重复一遍，等着布鲁斯点头。最后问他是不是都明白了。

“明白了。”

“明白什么了？”

“必须找到那女孩。”

“什么？”

“不惜一切代价，妈的。”

“这就对了。”

作为纪念，马特尔本想把布鲁斯的拇指向后扳，直到折断。疼痛让布鲁斯全身扭动，叫得牛一样大声，马特尔也不得不放手。这时他才看到现场不止自己和布鲁斯。还有其他人。

几米远处立着十几个人影。有的戴着风帽，有的光着头。孩子们过来了，鞋子搓着地面。每人都拿着手机。马特尔试图看清他们的脸，可是手机的光不够亮，他看不到面孔。他们围上来，没有恐惧，一言不发。他们身后，高楼直直伸向天空，仿佛庞大的援军。布鲁斯屁股着地向后爬，试图与他们会合，寻求保护。

“你们最好回家去。”马特尔说。

“你回去还差不多。”胖胖的女孩反驳道，护着她溜旱冰的妹妹。孩子们一边按着手机一边往前走。

“走吧，伙计。”

马特尔不自觉地后退了。

“那女孩，布鲁斯。”走之前他最后说了一句。

一看是马特尔来电，响第一声布鲁斯就赶紧接起来。电话那头的马特尔没问好，没说客套话。

“女孩的事怎样了？”

这是他唯一感兴趣的。

“还算顺利。”

“什么意思？”

“我在找。有线索。”

短暂的沉默后，马特尔说：“刚才我收到一条留言。”

“然后呢？”

“很奇怪的留言。”

布鲁斯有点怀疑马特尔是不是在考验他，就像学校老师问那种双关的问题。比如“你觉得白菜和胡萝卜能加在一起吗”之类的。一般这种问题最好别回答。于是布鲁斯没说话。马特尔接着说：“听着好像小孩子的呻吟。”

“可是你没孩子……”

“妈的，问题不在这儿。我不想收到这种留言。我不想跟制造这种留言的家伙打交道。我们必须摆脱他们，尽快。”

“不要担心。”

“布鲁斯……”

“嗯？”

“我不会放过你的，你要知道。”

马特尔

马特尔到家，把咖啡煮上，钻进淋浴间。

他在曼哈顿餐厅待到大约八点半，差不多醉了。两个光头找玩飞镖的人的麻烦，让他颇为恼火。老旧的沃尔沃把他安全载回家。不过从车库到他一居室的三层楼梯对他来说要更难。电梯已经坏了两个月，不过马特尔给共有财产处打过招呼了：这种破事我一个子儿也不出。物业代表格格笑了出来，确实，犯不着动气。

灼热的水柱下，他渐渐清醒。肩膀麻木，像是攀过岩，后颈僵直。每天早上醒来，都比前一天更加疲惫。他靠大量咖啡撑着，还有零食。他需要考虑裁员安置计划，布鲁斯，那个女孩。他看着自己的手，感到自己老了。水冲刷着他的皮肤，纹身变得比平时更明显。

一生大部分时间，马特尔都在逃避各种参与。他远离集体度假，足球俱乐部，太固定的女友。他是参过军，不过仔细想来，部队其实恰恰不要求参与，决定是别人做的，他只需要执行。

每次他都想起罗伯特·德尼罗和阿尔·帕西诺主演的那部电影，他看过不下十遍。里面德尼罗说一个真正的亡命徒要能在一分钟之内舍弃一切——车、房子、朋友、老婆、孩子。任何不舍都会将你断送，成为线索引领着警察找到你。故事的教训显而易见，占有者被占有，有产者被剥夺。这种剥夺的伦理曾经很合马特尔的胃口，因为他自己几乎什么也没有。

可是自从他退伍之后，生活就充满了羁绊。

首先出事的是母亲，不能自理了。现在他束手束脚。他害怕房子漏水，担心经济危机，害怕流感，生怕坏了名声，丢了车钥匙。他欠班巴莱克的债。此时那伙人的车很可能就在楼下等着他。他呼吸困难。要是监察员……

洗完澡，他在腰间围条毛巾。手指抹掉镜子上的水汽。他的面孔上依然是那种迷失而自得的神情，好在酒精的效果已开始消退。他穿上牛仔裤和T恤衫。新鲜咖啡的味道在房中飘散，让人心安。他倒上一杯，走到客厅往下面的停车场看。雪花大片飘下，不过越野车不见踪影。谢天谢地。现在他该怎么办？等着布鲁斯打电话来，就像之前的那些个晚上？也许他应该亲自去找那女孩。但他更想待在暖窝里。或许可以看个电影换换脑子。克林特·伊斯特伍德的，比如说。马特尔端着杯子审视自己的DVD。西部片，《警探哈里》，或者凯文·科斯特纳演的关于绑架的片子。

实施绑架行动的那天，布鲁斯很早就来找他。天还是黑的。目的地：斯特拉斯堡。按事先安排，布鲁斯弄了一辆大马力通用车，酒红色标致 605，六缸发动机，百公里油耗十六升。这种车可以轻易开到二百公里的时速，穿墙都撑得住。

布鲁斯一路上坐立不安，不停地吸鼻子，眼睛盯着后视镜。马特尔打开广播，想听新闻，可是时间太早还没开始播，他只得听着呜呜咽咽的爵士乐。

“日出前必须赶到。”马特尔说。

布鲁斯点点头。

天边，夜色开始丝丝缕缕地褪去。

“你话不多啊。”

“没什么可说的。”

马特尔看着路面，双臂交叉，嘴角堆着阴郁的皱褶。

“有件事让我不解。”

“什么事？”

“为什么是这条街？为什么是这两个女孩？为什么还要关她们一个星期？”

布鲁斯耸耸肩：“跟阿拉伯人有什么好讲的？反正我们已经上船了。”

马特尔缩回座椅，闭上眼睛。布鲁斯说的对，现在只能继续了。

他们接着开了一个小时，之后布鲁斯把车停在路边。后备厢里有个装满土的塑料箱和一个盛了水的汽油桶。他往土上浇水，用手和匀，把新鲜的泥浆涂在车牌上盖住号码。完事之后马特尔拿着桶给他把手冲洗干净。

“妈的，手冰死了。”

“得零下五度。下面我来开车。”

他们把汽油桶忘在路旁了。马特尔开得很快，行驶在马路正中，转弯必打灯，不过一个人也没碰着。

六点刚过，他们开到巴斯德河岸。些许雾气萦绕在市区大岛上。另一边是一堵遍布涂鸦的墙。人行道上，树影开始变长。

“连个人影也不见。”马特尔说。

“正常，太冷了。”

“哦？那她们在哪儿？”

标致605以步行的速度往前移，马特尔话音未落，车子几乎迎头撞上一个妓女，浓妆艳抹，在一辆停着的车里等着。

“这么冷的时候她们躲在一边。”布鲁斯解释道。

“你知道到哪儿去找那俩人？”

“就在那儿。”

布鲁斯食指指向一辆蓝色福特福克斯。他们开到和它平齐，速度依旧。

“我看见两个。”

“我也是。”马特尔说。

“现在干什么？”

“再绕一圈。”

"之后我把车开到'蓝象'。"布鲁斯说，刚才有泥渗到指甲缝里去了，他正抠着。

"什么?"

"车牌好恶心。"

"不是应该烧掉吗?"

"哦对，该死。"

到了梅纳凯姆-塔菲尔河岸，马特尔掉头回来。仔细观察的话，倒也并不是真的没人。沿街停着的车里要么有人影晃动，要么亮着灯，要么在挡风玻璃后可以看到打火机和香烟的闪光。马特尔恍惚觉得在洞穴里：眼睛慢慢适应了黑暗，开始看出犄角旮旯里的种种。

不过还没有主顾。妓女们裹在厚厚的毛衣里，听着广播，抽着烟，墨镜架在脸上，等着夜晚过去。白日渐升，她们疲惫不堪，浑身无力，喉咙里隐隐有想哭出来的冲动。

马特尔再次把车开到和福特车平齐，停在距其几米的地方。他调整后视镜好看得更清楚。街对面一辆大众面包车里出现一张女人胖乎乎的面孔，朝他们这边看。标致车的发动机轰鸣着，女人往车窗上哈气，画出一个心形图案，招呼他们过去。马特尔两手放在方向盘上，像在驾校学的那样："好了，开始。你去吧。"

布鲁斯把两手指节按得啪啪作响，下了车，走之前不忘小心翼翼地关上车门。

马特尔打开手表上的秒表，两手重新放回方向盘。十分之一秒飞快地累计着，时间一秒一秒过去。后视镜里马特尔看着布鲁斯走过一辆辆汽车。到福特车的时候，布鲁斯呵气暖手，试图打开副驾驶一侧的车门，未果。他马上从上衣里掏出三十厘米长的一根铁条抽打着车窗。玻璃碎了。他转过头去以免伤到眼睛，又砸了两下，然后把手伸进去打开车门。

马特尔一点声音也没听见。他用鼻吸气，用嘴呼出。一分十秒。布鲁斯打开车门，扔掉铁条，抓着女孩的头发把她从车里往外拽。这是一个亚洲面孔的女子，穿着银色滑雪衫，网眼长筒袜，很高的高跟鞋。她并未挣扎。

这时，马特尔从外后视镜看到另一个女孩从远处一辆车里出来。街道上出现了无声的忙乱。车门打开了，身影相继出现。马特尔迅速扫视地形，估算距离。他换到一挡，踩一脚油门，随时准备松掉离合器。

“妈的，他怎么回事？”

那边，布鲁斯任银色滑雪衫女子跑开了，整个身子钻到福特车里。驾驶座一侧的车门开了，马特尔看到很黑的头发在风中扬起。第二个女孩企图逃跑。红围巾，黑衣服，长腿。布鲁斯从车里窜出追上去。人行道上其他妓女犹豫着。其中一个平头非洲女人带了防狼口哨。尖利的声音如闪电划破天空。天突然大亮了。

“妈——的！”

马特尔调到倒车挡，右胳膊绕到副驾驶座椅的头部，标致605忽地冲出去，发出一声长叹。车子立即赶上奔跑的女孩，超过了她，然后马特尔把车一停，冲出车外，张开胳膊把她迎面抱住，想都没想就给了她太阳穴一拳，被击中的女孩立即像个布娃娃一样瘫软下来。

“赶快。”马特尔跑回车里，向布鲁斯叫道。

此时人行道上已聚集了十来个大声叫嚷的妓女。人人都拿着手机，有的打电话，有的拍照。非洲女人还在用尽全力吹着口哨。

布鲁斯把女孩扔在后座，自己从前门上车。听得到叫喊声，有人在说“警察”，还有咒骂。马特尔踩油门，一挡，二挡，三挡。他以一百三十公里的时速在河岸狂奔，尽量走直线。好几辆对面过来的车被迫靠边停下。标致车在清晨的空气中鸣响，奶油色的光线笼罩城市。后座上女孩的身体来回撞着两边车门。他们很快开上了东部高速。马特尔开始严格遵守限速规定。

他们在第一个出口下了高速，走了复杂的路线以确保没有警察跟在后面。现在，他们已经平稳地行驶在省道上。再过两公里就进入孚日省，差不多妥了。布鲁斯已经移到后座，用胶带把女孩绑了起来。

“你认识她吗？”马特尔问。

布鲁斯从后视镜里看到马特尔的目光。他转过头。田野是褐色的，脏脏的，路边是铁丝网篱笆。灰色的天空占据了几乎所有空间。

“问你呢。”

“不认识。”

“你怎么了？”

“什么怎么了？”

“为什么没抓第一个？”

“不知道。我对自己说另一个更年轻，可能更好对付。”

马特尔重新把精力集中到开车上去。

“你他妈就不能擤擤鼻涕吗？老听你这么吸鼻子叫人发狂。”

后来，马特尔在路边停下。

“你要干什么？”

“没事，尿尿。她醒了？”

布鲁斯看了一眼他盖到她身上的毯子。

“看着不像。你那一下够她受的。”

“闭嘴。别碰她。”

“为什么？”

马特尔的尿液浇落地面，冒着白气。他思考着。一开始他就觉得有什么不对头。班巴莱克兄弟装在信封里的两个妓女的照片。接着事情就启动了，一环接一环。他太需要这笔钱了，没来得及好好考虑。

而那笔钱，现在一点不剩了。从他决定一试的那刻起，一切就烟消云散。他对企业委员会的资金动了点手脚，可他得到了乐趣。皮夹克，约翰尼·卡什和杰瑞·李·刘易斯的唱片，电影，布朗宁运动猎枪。还有蓝光影碟机。他特地又买了《野战排》看看效果。他觉得DVD和蓝光是一回事。

他翻找着口袋，其实香烟在车里，于是他回到标致605。布鲁斯还在摆弄那女孩。

“你搞什么鬼?”

“没什么。”

“放开她。”

马特尔把烟递给他，自己也拿出一支。

“把她放后备厢，我给你买杯咖啡。我们得谈谈。”

“什么意思?”

“别再演戏了。我的每一个问题你都装听不懂。现在乖乖回答。”

“不先把女孩藏起来？快到了。”

“把她放后备厢。我要先处理问题。”

马特尔先给布鲁斯点上烟，再点自己的。

留着一头凌乱灰发的女人给他们端来咖啡，回去接着起劲地鼓捣她的洗碗机，一会儿说一句“怎么可能”，仿佛她的生活已经没意义了。

没有别的客人，马特尔话音低沉，近乎耳语。二人的杯子放在桌子的红色树脂垫上，还有马特尔的手。布鲁斯则把手插口袋里。他的咖啡一点没动，两眼通红。

“别这副模样。”

“什么?”

“跟我说实话，老天爷。我从一开始就觉得这事蹊跷。”

“我只是听见一些传言。也改变不了什么。”

“当然能改变，我们现在夹在两者之间，俄国帮和班巴莱克帮。”

“怎么说?”

“绑架女孩的事，肯定是找那家伙算账。”

“托卡列夫?”

“可不是嘛。”

“所以呢?”

马特尔愣住了，一字一句从牙缝里说：“所以这个托卡列夫为了给班巴莱克找麻烦会拿我们开刀。我们被卷进去了，不知道具体什么事。你那些阿拉伯人已经不是省油的灯，可是俄国佬完全是另外一个档次。”

“无论如何，他们不会找到我们的。他们从未见过我，我也不认识那帮鸟人。”

“小声点，”马特尔确定吧台的女人没听见什么，“刚才那些妓女把我们拍下来了我告诉你。你的模样好像没那么大众化。”

布鲁斯不无得意地挺直了身子。太忙乱了，他差点忘了自己的胸围已经超过一百二十厘米。

“接下来一段时间你要低调。我们把女孩交出去。希望顺利。”

“肯定顺利。”

“擤擤鼻涕，妈的!”

女人从柜台后看了一眼。大块头听从了，另一个转身离去。

透过门口玻璃她看到后者踱着步打电话。他个子很高，身材结实。俩人大概是亲兄弟或表兄弟。反正高个子抬高声音的时候大块头没和他对着干。两杯咖啡，一上午就这点的话她生意还怎么做。如果洗碗机这个劳什子再修不好，干脆关门算了。那年轻人老吸鼻子的确令人讨厌。

马特尔决定看《洛奇》。不过他几乎一点也没看进去。集中不了精力。生活太操蛋了。要等到厂子倒闭他才能遇上一个喜欢的女人。和丽塔在曼哈顿餐厅的谈话，他在心里重温了不下十遍。他想不出她有什么缺点。和人力资源总监站在一起也毫不逊色。梅耶可是相当标致的。

马特尔猛地一惊。有人按门铃。已经十点多了，又是周五晚上，不会有人在这种时候上门。他走到窗边查看。越野车不在。他光着脚，找到拖鞋穿上，从猫眼看出去。漆黑一片。门铃又响了。

“马上。”马特尔说。

他犹豫着。要不要跟个老太太似的问“谁啊”。算了，妈的，我还不至于。他拔下门锁链条，打开门。没人。没灯。可是门铃第三次响起。

布鲁斯

和马特尔有了电话里那番对话之后，布鲁斯认真调查起来。动辄好几个小时开着车转悠，目光散漫，听着枪与玫瑰乐队的歌。

时常，在白色的天空下转过一个弯道，让他有种世界末日的感觉。似乎一只手在他胸膛上越抓越紧，奇奇怪怪的想法像火车一样穿过他的身体。他看到马特尔、妹妹、外公，尤其是母亲。然后忧伤涌上来，他倒喜欢一边咀嚼这并不难受的感觉，一边听着蝎子乐队[①]或布鲁斯·斯普林斯汀的歌。他把声音开大，想着手套箱里的手枪。他可是个人物，这点确定无疑。

他不得已从阿米德家搬出来了。当尤奈斯回到家，额上一个鸡蛋大的包，玛丽-罗丝不相信什么从楼梯上摔倒的说法。她大吵大闹，布鲁斯只能走人，东西打包到一个袋子，其他的不要了。他在一个赛车场过了两晚。很不舒服，尤其是还得随时担心班巴莱克那帮人，或者马特尔找来。已经习惯吸食的可卡因也只能加重他的疑神疑鬼。现在，发动车之前他都要掀开整流罩，查看座位底下。有一次他发现车上的广播在调频情歌，可是他明明只听天空摇滚和卢森堡二台。罗拉·普西妮的声音让他差点尿裤子。

终于，布鲁斯的运气来了。毕竟这个地方太小太闭塞，早晚碰得上。他去勒克莱尔超市的时候就是这感觉。总能遇见熟人、老同学、认识你母亲的女人，等等。在这个穷乡僻壤逃无可逃。

当时是周四晚上。他已在明亮的天空下驾车行驶一个小时。气温很低，空气干燥，能感到降雪将至，空气里时不时有股烧木柴的气味。布鲁斯脑袋空空地开着车。他不想回去，又无处可去。最后来到离农场两三公里的一个荒僻村庄。一条街，二十来座房屋，一个肉店，一间叫"邮局"的咖啡馆——破破烂烂的，一到周末却很热闹。附近的年轻人喝着比利时时代啤酒，吃着热吐司三明治，玩台式足球。大音量的音乐一直放到凌晨一点，里面大都是男人，想打架的话不愁找不到由头。关门之前，大家喝上一杯黄香李酒再离开。每年都有常客栽倒在沟里，有的因此毙命。感谢上帝，出于维持乡村小商业的需要，道路安全有时就顾不上了。

布鲁斯不太光顾这类地方，除非是为了展示他的厉害，他可是不屑喝淡酒，只吸可卡因的。可是那天晚上他无精打采，浑身疲惫，邮局咖啡馆招牌上那老旧过时的字体让他感到亲切，就像

---

① Scorpions，德国重金属摇滚乐队，组建于 1965 年。

看到小时候的电影字幕。而且他认识吧台侍者，一个叫乔纳丹的瘦子，留着小胡子。他们以前是同学。布鲁斯决定进去歇歇，把车一下停在门口，尽量做得招摇。

对于工作日的晚上八点来说，生意可以说惨淡。两个五十来岁的酒糟鼻男人，喝着回家之前最后一杯掺汽水的红酒。一个肉店学徒和一个长期失业者玩着台式足球，等着没喝完的摩纳哥啤酒变温一点。吧台后面，侍者拿着裁纸刀和强力胶更换台球杆的皮头。明天他要去班莱班参加比赛。他急着等关门好早点睡。

“大家好。”布鲁斯进门打招呼。

侍者微微一笑，看一眼手表，又看看墙上的钟。

“你好布鲁斯，喝点什么吗?”

“来杯啤酒吧。”布鲁斯把胳膊肘支在吧台上。

他很快喝完，拿眼角瞄着其他人。大腿在凳子上紧张地抖动。广播里欧仁·萨科马诺扯着嗓子拼命上高音。布鲁斯热死了，可是不敢脱掉外套，他里面只有一件背心，肩膀上全是粉刺。往大腿上注射的激素催出来的。他又点了一杯。

“放点音乐伙计，我受不了这帮足球迷。”

乔纳丹换了个电台，两个五十多的男人也点头示意离开了。罗伯塔·弗拉克唱起《温柔地杀我》。肉店学徒和失业者不玩了，也来到吧台。

“你们来点什么，伙计们?”布鲁斯说，右腿在地上点着。

二人耸耸肩，要了啤酒，努努嘴对他表示感谢。

咖啡馆气氛平和，与世无争，这让布鲁斯显得更加突出：硕大的骨架，口中的问题，图钉般圆睁的眼睛。

“你们是干什么的？我怎么没见过你们？”

“我在科利尼翁，那个肉店干活，”学徒抹着上唇的啤酒沫说，“曾经在。”

“你呢？”

“我这儿干干那儿干干。”失业者略显尴尬地回答。

“哦，”为了心安布鲁斯又问，“你们最近没看到什么怪事吗？”

其他三人交换了一个难以置信的目光，不晓得布鲁斯是不是拿他们取乐。

“没有。”

“怎么个怪法？”

“没什么，我随便问问。”

乔纳丹擦擦吧台，拿起失业者的空杯放进洗涤池。

“喂喂喂，没结束呢朋友，”布鲁斯说，“再给我哥们来一杯。”

失业者点头表示谢意，一口干掉一半。

“你也来一个，”布鲁斯下命令似的说，“算我的。”

乔纳丹给自己开了罐可乐，众人借机嘲笑他从不喝酒，没有女人，只有摩托车。过了大约一刻钟，三人又喝了一轮。失业者和学徒已经和布鲁斯熟络起来，嬉笑着，打听布鲁斯的车，这么酷的车肯定很带劲吧。布鲁斯一度脱下衣服，俩人惊奇地捏着他的肌肉。

“伙计们，重要的不是肌肉的大小，而是质量。”

“那是。”学徒很懂行。

“有人举哑铃，水得很，一拧就完蛋。过来，给你瞧瞧。”

失业者没有过于勉强自己，很快在掰手腕中败下阵来。

将近十点的时候，他们开始喝威士忌，气氛更加活跃。播放平克·佛洛依德乐队吉他曲的时候，学徒站上吧台做出弹吉他的假动作，惟妙惟肖。侍者想让他下来，可是布鲁斯和失业者已经开始叫他“小裤裤”有一会儿了，现在他被命令闭嘴。

后来，失业者开始思考人生，谈论起女人、政治、移民、购买力。学徒对这些不甚了了，转而讲起肉店的离奇遭遇，到访的女监察员，逃跑的老板娘。他正要接着往下说萨博车祸的事情，被失业者打断了。

“要不是中国人到处抢我们的市场，我们也不至于这么惨！”

三个人笑了，为侍者的健康干杯。后者拿牙蹭着胡须，等待一切结束。

他们继续喝了不短的时间，已经快成世界上最好的朋友了。最后又来了一杯咖啡，说是醒醒脑。咖啡馆的门面在荒僻的村子里散发着慵懒的黄光。从外面看进去，三个男人趴在吧台上，目光呆滞，头缩在肩膀里。突然，学徒想起被失业者打断之前想说的话：“哎，伙计们，跟你们说个事儿，可别不信啊……”

布鲁斯对在林中裸奔逃命的女孩的故事深信不疑。他追问着细节，心想这下马特尔该满意了。他想立刻给马特尔打电话，又觉得还是给他一个惊喜比较好。

为了庆祝一下，布鲁斯在吧台上摆出三份可卡因，卷在一百欧元钞票里，递给失业者，然后是学徒。之后他们搂搂抱抱，相约很快再聚。学徒突然倒地，脸色蜡黄，汗流不止，人不停打颤。侍者激动起来，一再强调学徒不能再待下去。失业者提议带他回自己家。布鲁斯趁机说也跟着去。虽然不大乐意，对方还是同意了。再说他也有自己的小算盘。

已经到了周五。布鲁斯觉得这会是收获满满的一天。

丽塔

维多莉亚盘腿坐在长沙发上翻看最新一期《大都会》杂志，塞着 iPod 耳机，赤脚打着节拍。茶几上堆着一摞摞的杂志。她用剪刀剪下一些图片，粘贴在一个螺线圈装订起来的大本子里。

她的黑眼圈淡了些许。充足的睡眠让她恢复了很多。她甚至讲起一点蹩脚的法语。丽塔从厨房里看着她，手里端着杯子，无绳电话贴在耳上。

“妈?”

“亲爱的?”

“听着，我刚下班，晚上做不了饭了。请你们去餐馆。”

“哦，我没衣服穿。”

“有内裤就行。又不领你去利兹。”

“听着亲爱的……”

“妈，你来我会很高兴的。还要介绍人给你认识。”

“哦?”老太来了兴致。

“嗯，放松，不是你想的那种。”

“那太糟了。这样的话，你弟弟也来。从他的反应来看，他对免费吃上一顿热的没意见。”

“好，那就告诉他一起来。还是让他接下电话吧。”

维多莉亚已经下地了，猫一样在客厅来回走动，漫无目的，摩挲家具，手指划过架子上的书。隔着好几米丽塔也能听到她耳机里的音乐。有时维多莉亚闭上眼睛，好听得更投入。

短短的时间她变化挺大。身体的曲线更明显了。可以感觉得到她紧绷，不安分，精力过剩。她左摇右晃，搔首弄姿。洛朗一来干脆完全失态。上次他还没反应过来就被她爬上了腿。她想被注视，想出门。

最让丽塔不悦的是她的不尊重。所做所为像十四五岁的少女。衣服扔得房子里到处都是，在卫生间里一打扮就是好几个钟头，在饭桌上修脚指甲，指甲油打翻在沙发上，放声大笑，莫名大哭，妆化得又浓又丑，想去美国，想当歌星，想恋爱。况且她确实坠入情网了——洛朗，不是吗?！还有丽塔，某种意义上，虽然她同时又有些讨厌丽塔，尤其是后者有时不借给她衣服，或者中午把她从床上拽起来。

等待弟弟接电话的当儿，丽塔看着维多莉亚在客厅逡巡，冒失而又性感。要把这孩子怎么办呢？让弟弟看见她，没有比这再蠢的事了。

“喂？”

正说着他就接过了电话。

“喂，格里高利？”

“听说你今晚介绍新的克莱贝尔先生给我们认识。我一定要到场。”

“你没有同好在寻找新的帕斯卡尔·奥维斯波吗？你们晚上边喝马利宝酒边创作忧伤的歌曲。”

“摇滚不是生活的全部，老姐。还有家人。”

“尤其是到了月末。”

“你到处都能看出问题。”

“行了听着，”又一番来回之后丽塔打断他，“我会和洛朗一起来，还有他一个女性朋友。你向我保证不会胡来，可不可以？”

“你现在还请前任的女友们吃饭了？”

“不关你的事。再说也不是他女友。可以说是个联络人吧。”

“联络人？”

“对。”

“可是……”

“我还没说完。我请客。你可以来个披萨饺、巧克力酥球，喝酒也没问题。不过不许耍宝。别哼哼唧唧，别喝醉，别试图独占别人的注意。最要紧一条，别去招惹洛朗的联络人。”

“哎，不要激动……”

“闭嘴。你知道我的意思。如果你表现规矩，我不会亏待你的。行了，把电话给母后，我们要来不及了。”

格里高利象征性地抗议了几句，照做了。

“嘿，你跟他说什么了，国王陛下神情不大对啊。”

“我就指望你了，妈。这很重要。我会给你解释的。是个可怜的女孩子，我和洛朗一起照顾的。她状态不太稳定，我不想看到格里高利占她便宜，你懂了？”

“我尽力，亲爱的。”

“回见，妈。”

丽塔接着拨了洛朗的号码，从厨房看着邻屋亮着的窗户。洛朗接起来，几乎同时，他的侧影出现在落地窗框中，就在二十米外。他冲丽塔做了个手势，她则举了举手中的空酒杯。

“你好克莱贝尔。今天过得好吗？”

“没什么可抱怨的。有件事求你。”

“帮你照看维多莉亚的话就算了。”

“少演戏。你没自以为的那么魅力无限。可怜的女孩好几个星期没见过男人了。你还是好好享受吧，没几天了。”

“你给我打电话就为了让我帮忙？”

丽塔不自觉地把杯子放到唇边，才意识到空了，放回桌上，回到二楼自己房间。

“你记得我明天要带维多莉亚去警察那儿？”

“总算。”

“是啊。不过不管她从哪儿来的，反正回不去了。”

“你要收养她不成。”

“并非没有这种可能。反正不知道警察会不会扣留她一段时间。所以我安排和我妈吃饭，让她见见女孩。”

“你妈？又一个坏榜样，维多莉亚可以学起来了。”

“没错。两代桀骜不驯的女人。不会对她有什么坏处。我眼看要赶不上了。猜怎么着。”

丽塔心不在焉地在衣橱里翻找，最后关上门往床上一躺。

“我弟弟也来。”

“妈的。”

“你说着了。让他看见维多莉亚，一场好戏是免不了的。”

洛朗笑出声。

“别笑。维多莉亚还是个孩子。刚才我回到家，冰箱门大开。她睡着，鼻子底下压着我的T恤衫。明天我不知道她会被怎样处置。我希望一切平安。”

“你希望我的存在能镇住场子。”

“正是。你行吗？”

“你要带我们去哪儿？”

丽塔掏着口袋。马特尔的字迹在小小的纸条上格外分明，像小孩子写的。她念道：“卡布里。山谷里的披萨店。就是普通小餐馆，维罗希亚工厂的一个人推荐给我的。”

“可是有点距离。又是周五晚上。应该提前预订吧。”

“二十分钟以后接我。我的车明天取回。”

“去警局之前还是之后？”

“之后吧我想。明天早上去警局。”

“好，待会儿见。”

丽塔挂断，把电话扔在身旁的被子上，突然感到筋疲力尽。楼下传来声音。窸窸窣窣，像兔子在奔跑。有人。她向后仰倒，闭上眼。右手还攥着马特尔的小纸条。

乔丹

乔丹从曼哈顿餐厅慢速返回，双脚贴地，生怕摔倒。一路上摩托车扬起雪束，一种浑浊的透明，和柠檬冰沙很像。但在更高处，他家那边，雪是粉状的，白，细腻。

他和爸爸住在一栋小小的平房，背靠森林。反正他们家从来都有股灌木的气味。妈妈还在的时候老是折腾着洗涮不停，试图去掉壁橱里淡淡的霉味。敞开晾着，开大暖气，电子香氛，都没用，森林的味道总是再度钻进屋子。

房子不大，造型简单，四四方方，屋顶坡度很大地尖起来。一条小路通向车库，车库正面有两扇窗户，从侧面的门进去。靠墙几摞整整齐齐码成立方体的木块。没什么花哨。

开上小道，乔丹关掉火，熄灭灯，滑行到车库门口。每逢下雪，寂静就格外分明。棉絮包裹着的空寂之中，只有摩托车车轮缓慢碾压的声响。乔丹在距门几米处刹闸，摩托车在粉状的雪里滑停。一个身影从变白的崖柏木块堆后面闪出。

"嘿，老兄。"

是里顿。乔丹从头盔里微笑。俩人疏远了有段时间了，互相讨厌。他没想到里顿会迈出第一步。不过他可是年纪最大的，领头羊，值得交朋友的人。

乔丹把车一放，上前和里顿握手。雪被他的道克鞋踩得咯吱响。

"你在这儿干什么?"

"就是路过。"里顿说。一道口水从他嘴里喷出来，在他脚下的雪地上砸出一个窝。他身后的地上散落着几个烟头和好多同样的口水印，看来他等在这里有一会儿了。

"其实，我想给你个小礼物。"里顿冲他挤挤眼。说着，他从雅马哈夹克里掏出一支大麻。

"怎么样?"

乔丹吃了一惊。他以为会和爸爸老实地待上一晚，简单吃点，随便聊聊，喝上一两杯啤酒。他们都需要这种相处时光。不过乔丹说："酷。跟我来。"

虽然是晚上，乔丹和里顿在雪地里的脚印依然清晰可见，指向邻居花园的小屋。两个少年推开肥料袋和剪草机腾出些地方。弓着腰，牙齿打着颤，俩人轮流吸着，乐不可支，尽量小心不弄出声，这让他们更觉得可笑。

"你能来真好。"乔丹缓过劲，说道。

"放心，兄弟。"里顿在他脑后轻轻拍了一下，抓住他的领子揪得他轻轻摇晃。

乔丹美滋滋的，却要佯作挣扎，里顿不放手，俩人嬉笑打闹，动作笨拙，渐渐较起真来。里顿想显示自己的力气，把乔丹的脑袋夹在胳膊底下。乔丹一下僵硬了，气恼地想让他松开，马上。他抓住里顿的头发，背靠小屋的一面墙，使劲朝后弓起身体，想让对方失去平衡。一声巨响，各种金属工具从架子上掉落，轰鸣立即响起，铁器滚落，简直像马群奔腾回厩。两个少年清醒过来，赶紧放手，不敢对视，竖起耳朵听，心怦怦直跳。这么寂静的时刻，恐怕世界另一头都听得到响动。邻居以前是游泳教练，身高两米，已经不止一次揪着领子把乔丹提溜起来，因为摩托车的噪音让他厌烦。乔丹从不敢告诉爸爸，不想让爸爸去面对那个两栖傻大个。

片刻之后，里顿捡起大麻掐灭在墙上。一大团带着火星的小球落在地上，被风吹得滚来滚去。乔丹冻得要死，没心情了。他把工具摆放回去。里顿看着他忙活。

“我得回家了。”乔丹检查了一下说。

“等会儿，不用这么急吧。”里顿隔着一段距离瞅着他，眼睛充血，神情有些不屑。

“你可真是没胆子。”

“好了，放开我。”

乔丹累坏了，而且他真的想暖和一下，哪怕丢面子。里顿跟他说了，是马斯特里赫特的货，质量上乘，能让你笑一晚上。显然，吸这玩意的时候最好不要被惊吓给坏了兴致。乔丹感觉无力，僵硬，担忧，浑身像散了架一样。里顿津津有味地享受着他的苦痛。他低着头，用奇特的神情看着他的朋友，仿佛刚刚得知他又尿床了。

“我几乎都后悔了。”

“你说什么？”

乔丹绝对需要喝杯酒，去除一下嘴里的怪味，土味和胃酸的混合。他需要可乐，加冰块，最好再加片柠檬。他绕开里顿向外走。天哪，他要离开，赶快回到自己房间，待上整个周末。他要听米歇尔·瓦扬的旧唱片，吃曲奇饼干，喝好多阿尔迪超市自有品牌汽水。可是里顿纠缠着不放他走。

“你女朋友。迪吕伊。刚有人看见她和卢卡还有萨米尔在一起。炼金术士酒吧。”

“哦，是吗？与我何干？”

里顿笑了。

“你要真能这么想倒好。”

其实白天乔丹看见了莉迪几次，虽然有时是在幻觉中——其实她人不在。乔丹随时随地以为瞥见她，一个马尾辫，一个牛仔上衣背影，楼梯上一个后颈，走廊里一个臀部。莉迪那么美丽、温柔、圆润、温暖，可是他的手触不到这温柔、圆润、温暖。尤其是其他某些人却能抚摸她，和她唇对唇，腹压腹，他们的老二被莉迪的温柔、圆润、温暖包裹着。妈的，这个女孩要让他疯掉了。

“好了，你走吧，”乔丹说，“我爸在等我。”

好在大麻让他又渴又饿。等会儿他要吃油腻的、咸的东西，粘得满手都是，厚重的饱腹感让人忘却烦恼。莫名其妙地，乔丹想起妈妈来。她做饭特别好吃。乔丹想到她拿手的意式宽面、土豆泥焗牛肉。甜点她也擅长。巧克力梨子布丁给他的童年留下了魔法般的回忆。妈妈的味道。等会儿他回屋的时候，她不会在，乔丹感到出乎意料的孩子般的伤心。他眼睛刺痛。戴隐形眼镜以来经常这样。等会儿换回框架眼镜会好些。

"有人看见她和好朋友在一起，"里顿坏人做到底，"那个丑八怪，我忘了她叫什么。她们找人带她们去狮身人面夜总会。你知道她和男朋友分了，开 Clio 的那个。那傻帽好像到处跟着她。"

"让我过去，"乔丹火了，"你的乱七八糟我不感兴趣。"

"嗨嗨，我们得谈谈。我不想让你从别人那儿听到这消息。"

"滚你妈的。"乔丹使劲推着里顿。这家伙真想打一架的话，就让他如愿，反正自己也想找不痛快。

"我说你等等。她对我提起你了。"

乔丹立刻改了主意。

"她对你印象挺好的。你看，没必要生气。我对她可没意思。我们约过几次，没什么大不了的，随便玩玩而已。"

"你们今晚一起出去?"

"是，还有我表哥马尔斯。"

"去哪儿?"

"不一定，到时候再看。"

"马尔斯，也在维罗希亚干活的?"

"对。他搞了辆新车，阿尔法，够狂野。我们开车去接她们，找地方跳舞。"

"你表哥的车不是蓝旗亚嘛。"

"对。"

"而且他还有个老婆?"

"不妨碍他乐意的时候出去找乐子。好了别哭丧着脸。"里顿朝他俯下身，兄弟般亲热地谈起人生哲学：女人来来去去，朋友才是长久的。

外面天气更糟了。棉絮般的雪片落在小屋周围，两个人的脚印已被盖住。

"你觉得你们能过来把我带上吗?"乔丹问。

"我问问表哥。不知道车里还有没有地方。反正我告诉你一声。"

"得了吧，我帮过你多少次。"

"行的话我给你发个短信。"里顿说着打开门，大风立刻钻进小屋。他和乔丹握手告别，眉毛夸张地挑动，似乎在说要尽情玩一番了。他带上门走了，剩下乔丹胡思乱想。

乔丹又待了一会儿，听着里顿的摩托车在雪地上远去。他嚼了一块口香糖，可是叶绿素的味道让他一点也不舒服。

维多莉亚

维多莉亚一般下午三点起床。她和同住的雅蒂一起穿着睡衣吃早餐。两个人用交织着英语、法语和各自母语的混合语言，交流着头天晚上的最新资讯。每句话都伴随着手势、模仿，点头或摇头，使她们看上去像聋哑人在对话。

雅蒂比维多莉亚大十岁，干这行五年了，而维多莉亚才刚开始。这方面雅蒂是她真正的老大姐。维克多安排她俩合住鲁汶街一个翻新的带简易厨房的公寓。一居室，雅蒂睡卧室，维多莉亚睡沙发床。她们从不让外人来这里。主顾，同行，朋友，都不行。有时吉米·科莫尔过来一下。而老板维克多·托卡列夫从不来。他厌恶女人的住处，那些毛绒玩具熊、蜡烛、水彩颜料，所有女人们住进一个地方就堆满了的装饰摆件。当他不得不去找她们，就始终站在门口，灰黄色华达呢外套总是湿漉漉的，有眼袋的眼睛呈水洼色。即使夏天身着鲜艳的衬衫，他也是全身潮湿的感觉，以至于有些妓女叫他“蛙人”，当然是背地里。

把新手和有经验的老手安排在一起是他一贯的做法。榜样的作用是最有效的。老手已经变得顺从认命，因为挨打，因为一次次被“拯救”的幻灭和被真正的混蛋欺骗而懂得了规矩，这些都会对那些来自遥远异乡，一头懵懂尚不知身在何处就要开始“接活儿”的女孩子们起到潜移默化的作用。巴斯德河岸的交通标志牌很快就让她们知道了这是哪里。

雅蒂略微矮胖，褐色头发已有几缕被她刻意藏住的银丝，马天尼酒杯形状的乳房她倒不吝显露。“雅蒂”是“玉”的意思，取这么个亚洲味道的名字大概因为她那双杏眼。她出生于保加利亚。

她们刚住一起的时候，维多莉亚像抓住救生圈一般依靠雅蒂，后者给了她支持，虽然常要坏心眼可还算靠得住。她教给维多莉亚往可乐里加朗姆酒的秘密，这么兑出的饮料像糖水似的，让人感觉好极了，一杯下肚烦恼全消。嫖客们被骗过了，她们真想抱在一起尽情大笑。朗姆酒不能放太多，像一颗糖，吃了又让人笑起来。维多莉亚简直着了迷。

可是维多莉亚的年轻和率直很快得罪了室友。蠢丫头不停地一惊一乍，一会儿开心大叫，一会儿嚎啕大哭。她哭着求人把她送回家，不愿从床上起来，偷钱去买鞋子，狂吃巧克力，生病，偷穿她的衣服，爱上电视明星，和随便碰上的同行妓女打得火热，请求原谅，乞求爱抚。光是看着她这么个作法雅蒂已经被拖累老了。

维多莉亚很快有了个仰慕者，还是个警察。两三次之后，他非要带她去老黑麦街一个他熟悉的酒馆。维多莉亚装作好像没明白怎么回事，然后拒绝了。可是晚上她想象着如果去了会是怎样的情形：头盘，主菜，甜点，中间大桌，白葡萄酒，爱情喜剧片里那种。饭后两个人一同走出门，夜色怡人，他兴许会牵起她的手。不走运，一个莽汉过来，对维多莉亚不敬，警察出手，轻易就把他打趴下。然后送她回到住处，没动花花心思，真正的绅士……

有段时间这个幻想成了维多莉亚每夜的催眠曲。她一直不答应，警察更是执着了，甚至想到拉她出火坑，让她永远幸福。维多莉亚跟雅蒂说起这些，相信自己被拯救了。她开始摆起谱来，甚至拒绝某些客人，嫌丑、胖，声称再不跟残疾人睡。雅蒂由她去，反正长久不了。

后来俩人还真去了老黑麦街午餐。维多莉亚偷偷攒了点钱，买了迪赛尔牛仔裤，普拉达打折的靴子，萨迪格 & 伏尔泰的 T 恤衫露出一侧胸罩肩带。维多莉亚和警察男友四目相对，吃了一份海鲜拼盘，喝了琼瑶浆干白，分享了巧克力香草冰淇淋和水煮梨。然后他开车把她送到公交站。他们在标致 308 温暖的驾驶室接吻。维多莉亚心里很难过。头靠在警察肩上，她想到男人们软软的肚子，硬硬的生殖器，他们的嘴在她皮肤上黏软的感觉。

可是最后警察的态度变了。突然阴沉起来。那是他们第一次真正的约会，在一起而没有上床，这让他对二人的关系有了新的认识。归根结底，他现在要担心的是自己的职业生涯。他老是查看四周，匆匆忙忙，很不自在。临走时他说会电话联系。留下维多莉亚一人在大街上，外套都没来得及穿。外面比车里难受多了。

傍晚五点的时候，维多莉亚回到住处，头有点疼，肚子有点胀。已经误了开工。可是她不在乎，去他们的，她不干了。这可是在法国，没人能强迫她。妈的，她身上这条牛仔裤怎么也一百五十欧呢。

房间里，维克多正等着她。门刚开一条缝他就抓住女孩的手腕把她撂倒在地，冲着她肚子就是两脚，狠狠地，罚点球一般。维多莉亚立刻哭着哀求起来。维克多一脸厌恶，整个鞋底又往她脸上一碾，睫毛膏在脸上糊掉了。

然后他到走廊壁橱里拿出一个金属衣架，掰直，对折，卷成螺旋形。他把维多莉亚逼到沙发上，用膝盖抵住她的后颈，脱下她的牛仔裤和内裤。维多莉亚吓得小便失禁。雅蒂从门缝里看得清清楚楚，维多莉亚泪如雨下，头发因为泪和妆而贴在脸上，发出动物般凄异的叫声。维克多大汗淋漓，汗水从他额头滴到女孩赤裸的皮肤上。每落下一滴她就浑身一抖，叫得更大声。衣架的第一下抽打落到维多莉亚大腿上，让她几乎立刻失去了知觉。

第二天，维多莉亚在浴室的镜子前看着伤痕，呻吟着，往布满血道子的大腿、私处和臀部涂抹杀菌药膏。这顿毒打留下的青紫痕迹后来过了很久才消退。雅蒂像个大姐一样照顾她。维多莉亚卧床的几个晚上，她端来药茶，拿精油给她按摩伤口帮助愈合。维多莉亚最怕的就是伤疤会带一辈子。就好比所有嫖客们的那话儿都长在她身上。维多莉亚哭到没有劲儿为止，雅蒂一直揽着她摇晃着，给她做巧克力酱煎饼，帮她放水洗芳香浴，甚至清洗她尿脏的地毯。不过维多莉亚可以肯定告发自己的正是这个婊子。

这之后，雅蒂和维多莉亚各自过活，表面照常嬉笑，但内心恨死了对方。她们的日常枯燥重复，充满威胁，可以说和被监禁没什么两样。一般早饭过后雅蒂去浴室，维多莉亚开着电视打扫厨房客厅。她偷喝一罐——有时两罐——朗姆酒可乐，再嚼叶绿素口香糖掩盖酒味。然后轮到她洗澡化妆。炭黑和血红是她不变的颜色，这让她的肤色更加白皙，青色的血管清晰可见。她的老主顾们就喜欢她奶白的皮肤，让他们联想到纯洁，或尸体，或小女孩，每个人的兴奋点不一样。

干活的时候维多莉亚总觉得冷。虽说她看起来应该是比别人扛冻的。实际上，斯特拉斯堡有不少来自科特迪瓦、利比亚、加纳的站街女，大老远来做皮肉生意，偿还家里无尽的债务。她们忍受着动物、粪便、各种难以言状的变态。常常受控于老鸨，这些工于手段的老巫婆以她们的亲人相威胁，跨海对他们施展邪恶的巫术。巴斯德河岸的风像刀子一样割在她们身上。踩着高跟鞋，她们抱着胳膊摩擦取暖，愁眉苦脸，膝盖哆嗦。悬着鼻涕，她们憧憬着，幻想着有人来解救自己，幻想着成为歌星、演员，开服装店，不一而足。她们幻想着重拾学业，建立家庭，想着回到住处注射的毒品，冰箱里的白葡萄酒。

维多莉亚大概是梦想最多的。从孩提时起，逃跑仿佛就是她的第二天性。她想象着棕榈树，湖水，豪华轿车，白色地毯。她本来要去做寄宿打工，却落入维克多之手。一有机会她就走神，好几个小时心思在令人快慰的云里雾里尽情畅想，周围的一切反倒变得遥远了，不可信了。因为最需要逃避、最需要遗忘的恰恰是当下。幻想出的日落和朗姆酒可乐背后是回忆的禁地，她初到法国的几周，被驯化的几周。已经模糊了，低下去的叫声，黯淡下去的倒影，霓虹灯光，剧痛的膝盖和肚子，喊哑的嗓子，疲惫的感觉。她一来维克多就把她交给行家，一些保加利亚人，在一座破旧不堪的房子里。他们把抓来的女孩先拿板子打，大腿、胳膊、肚子。然后揪捏乳房直到她们痛得昏厥过去。两三天之后，女孩子们两腿张开，毫无怨言，如同行尸走肉。络绎不绝的客人开始到来。维多莉亚逃避着那些画面，令人作呕的摩擦，暖烘烘的生殖器的气味，嘴里的尿骚味。她听大量的音乐，看电视看到头昏脑涨，她对自己说："一切会好的，我要报仇，先不去想它。"

夜晚随着生意的好坏或短或长。接客八到十个之后，她用分配给她的手机打给吉米·科莫尔。后者很快开着深蓝色雪铁龙Ⅵ系出现，贴了暗膜的车窗，十八法寸仿古轮辋。维多莉亚坐到他身旁。吉米皮肤极黑，很年轻。他听西海岸说唱，穿特别宽松的衣服。一开始维多莉亚以为他会很好，年轻女孩总将英俊的外貌和幸福混为一谈，而吉米相貌堂堂。不过他的瞳孔像不存在一样，灰色的，毫无光泽，像钢珠。光头上一道长长的疤痕。他接过维多莉亚上交的钱，建议她来一支大麻，从她的收入中抽取一万块。吉米跟她讲好了：如果维克多听到一点风声，他就拿刀切掉她的乳头。吉米给她看过那把刀，还比划了一下动作，拇指和食指捏在一起，猛地劈下去。有时吉米戴上橡胶手套伸进她的私处，以防她藏钱。这种摸索对他来说完全无感，既不厌恶也不兴奋。他只是在工作而已。维多莉亚就是个物件。她不哭，有什么用呢？她脑子想别的。

雅蒂认为吉米·科莫尔比维克多更坏，比任何人都坏。据她说吉米来自塞拉利昂，可是他的名字并不像。

“他好像是娃娃兵，这个黑鬼小杂种杀过很多人，用斧头，用机枪，用不知道什么，他就是个畜牲。”

有的时候，雅蒂声称维克多是在一家妓院找到吉米的。反正你别想从他的目光里看出任何东西。从他枕边也不可能。吉米·科莫尔不睡女人。

一般情况下，维多莉亚回到住处的时候雅蒂已经在了。维多莉亚假惺惺跟她打个亲热的招呼，快速冲个澡，闭着眼睛。她坐在电视前面匆匆吃下微波食品，喝兑朗姆酒的可乐，然后吞下一片抗抑郁的赛诺菲，随即上床。冰凉的双手夹在两膝之间，蜷缩在棉睡衣里，脚上穿着网球袜，塞着耳塞。有的时候她会想到家人。

丽塔

在路上开了四十分钟，他们总算看到一个红绿两色霓虹灯招牌。洛朗把奔驰停在卡布里餐厅的停车场。他一路上开得很谨慎，沿着已有的车辙前进。整个行程中丽塔都没开口。维多莉亚则相反，无法掩饰兴奋之情。她抚弄头发，哼着歌，不停回头看着和他们交错而过的车消失在后视镜中。还时不时把耳朵贴到窗玻璃上，听轮胎轧在融化的积雪上的声音。

他们到了。丽塔满脸不悦，洛朗已经在想着回程。

“我们最好别耽搁太久。雪开始积起来了。回去估计不太好走。”

“别担心，我不想多待。”丽塔向他保证。

“还有，你最好少喝点。”

“没事，我会管好自己。”

“是吗？家庭聚会的时候？”

丽塔笑了：“我不喜欢圣诞节，可我也没办法。”

洛朗也跟着笑起来。去年圣诞夜，丽塔非要把柑曼怡力娇酒浇到木柴形蛋糕上点燃，家里窗帘差点因此着火。

“进去之前我先抽根烟。”

她打开车门，冷风钻进驾驶室，洛朗觉得奔驰车要被吹得飞起来了。

“什么天儿啊。”他抬头望着挡风玻璃后面的天空。

尖耸的房顶，木质阳台，窗户上闪动的圣诞装饰，卡布里餐厅看上去更像瑞士小木屋，而不是意式廉价小饭馆。洛朗把车上的广播重新调回惯常设置，丽塔支着肘靠在旁边运河的栏杆上。她往墨黑的水里吐了口口水，就为好玩，看着涟漪泛起又马上消失。雪片落在她的短发里。不远处维多莉亚一边原地轻跳，一边搓着胳膊取暖。

出发之前丽塔给让-菲利普打了个电话，埃皮纳勒的律师，一个老朋友。以前他在南锡大学执教的时候丽塔上过他的课。现在他不教课了，花在读《队报》和吃东西上的时间比案子上多。在法院大家叫他“古斯古斯-威士忌”。丽塔向他咨询维多莉亚的事。一个她偷偷收留的没有身份证件的女孩。下面会如何？警察会把女孩子怎么样？

“哎呦呦，”她的律师朋友一时找不出别的词回应，“你知道，避难、黑户什么的不是我的专长。”

“知道，你大致估计一下嘛。”丽塔说。

作为开业律师，让-菲利普有点糟糕，他不够有条理，不够克制，打动不了法官，说服不了陪审团。不过他头脑聪明，在大学里他的风格从来不乏仰慕者。他在课堂上抽雪茄，午饭后解开裤子第一个纽扣，冬天有时上课也不摘俄式皮帽。特立独行给了他某种光环，不过对他的职业生涯并无助益。说到底，他也并不是那么热爱工作，安于落魄贵族的角色，白天晚上任何时间都醉醺醺的。于是他专注于小案子，邻里纠纷，鸡毛蒜皮。大部分清醒的时间都在一个叫金星的小饭馆打发，就在教堂后面的巷子里，离法院两步路。在那里，他交了不少朋友，还有自己专属的餐巾箍。老板娘敦促他按时吃药。丽塔听得到他的喘息，似乎什么地方阻塞了，给人不舒服的感觉，情况好像不太妙。

“听着，首先，这事儿做得不太聪明，”让-菲利普上来就声明，“现在凡是和没身份的沾边都麻烦得很。她至少不是未成年吧？”

“我不知道。”

“呃，你可真是掉坑里了。扣留她多久了？”

“我没扣留她，我收留她，在她康复期间。”

“我要是你的话马上去警察局。”

“我这不是要去嘛。我就是想知道她会怎么样。”

“肯定先关到什么地方去。如果她未成年还好，否则的话得去拘留中心。”

“正是我不希望看到的。”

“你可以给她请律师。我认识不错的。”

“嗯，我会的。谢谢，让-菲利普。”

“不客气。我们哪天一起吃顿饭。多久没见了。”

这就是丽塔心情低落的原因。维多莉亚的兴致勃勃，她傻乎乎的一面，让丽塔心里更不好受。加上她弟弟又要现身。绝了。

大厅的墙面漆成三文鱼色，十五六张桌子都铺着配套的格子桌布和蜡烛。大多数还空着。里面很暖和，飘着披萨面饼的诱人香气。丽塔的弟弟和母亲在餐厅深处坐着。一看见他们进门，格里高利就站起来，老妇人则打个手势。格里高利穿着皮裤，不是什么好兆头。灰色紧身套头运动衫，黑色西装外套，摩托车靴，几乎每个手指都戴着造型夸张的银戒指。

“嗨嗨嗨!”他叫道，调整着卡在头上的墨镜。

“妈的。”丽塔心里一沉。给双方做了介绍。她母亲拥抱了洛朗，握住维多莉亚的手盯着她看了一会儿。

“别这样妈，你是要给她看手相吗。”

“她很美。让我想起某个人。”

贴面吻的时候，丽塔闻到弟弟的气味，还是有点动容。所有人落座。维多莉亚在丽塔左手边。格里高利换到女孩身旁，马上开始喋喋不休地说些没有实质内容的话，不停地微笑，为了让维多莉亚明白自己的意思，他又是比划又是出怪声。大家都听他说，他欣喜若狂。看他这么容光焕发，丽塔也不禁感到高兴。他不是敢为人先之人，抑郁是家常便饭，喜欢被人怜悯。可是当他真的想讨人喜欢的时候，一定做得到。他置身的房间就成了世界的中心。和他一起的人再不想去别的地方。

维多莉亚不做声。黑眼睛发着光，那神情仿佛八岁的小姑娘在看平德马戏团的演出。

“来点开胃酒吗？”

驼背的侍者递过酒单。他们选了瓶意大利酒，侍者记下的时候，格里高利胳膊搭到女孩的椅子背上。

“妈的，我在电话里怎么跟你说的。”丽塔不快地说。

“怎么了，我又不会吃了你的朋友。”

洛朗孤零零坐在桌子另一头，似乎已经在数秒了。

菜上来了，两个皇后披萨，一个卡布里披萨，一个东方披萨，一份孚日沙拉。丽塔给大家倒酒，除了她母亲，老太太要了半瓶波多气泡水。她一边搅匀沙拉里的面包丁和火腿丁一边问女儿：“所以？”

“所以什么？”

“这姑娘是谁？”

“说来话长。”

洛朗尽责地问格里高利各种问题，试图把他的注意力从维多莉亚身上引开。丽塔趁机把女孩事情的原委全部说给母亲听。

“你没报警？”

“没有。”

“做得很对。”

还是小女孩的时候，老太太和父母一起逃离了弗朗哥统治下的西班牙。作为难民、移民、人权活动分子的一生，她都对穿制服的难以信任。

“不过，明天我就得带她去了。”

“去哪儿?”

“警察局。事情不好办了，现在。没有身份她什么也干不了。我连她多大都不知道。”

“她没跟你说什么?”

“她能蹦几个英语单词，活在自己的世界里。关于她你怎么想象都有可能。”

“那你怎么想象的?”

“我宁可不去过度想象”。

“我和那个组织还有联系，你知道。那儿的女人们可以给你出主意，找律师什么的。”

“这倒可以考虑。你还经常回去看看是吗?”

“哦，没有，年轻人不需要我这样的老家伙了。而且我跟你说，她们太不干练。”

丽塔觉得好笑。在母亲看来，圣茹斯特[1]还不够大胆。

“你这么想，因为在她们这个年龄的时候你们已经解决了不少大事，流产、避孕药，等等。”

“老生常谈。可做的还有很多。工资，比如说。女人现在还只挣这么点儿。”

“这是对她们怀孕生孩子的惩罚。”洛朗没能引开格里高利，

---

① Louis Antoine de Saint-Just（1767—1794），法国大革命雅各宾专政时期的领导人之一，也是罗伯斯庇尔最坚定的盟友。

转回来加入到母女俩的谈话。

“你什么意思？”丽塔问。

“没什么，就想说如果男人不参与对孩子的教育，他们就有更多时间投在工作上，承担更多责任，工资也更高。”

“这想法简单化了。”丽塔的母亲有些居高临下的口气。

“我也没说这种现象是合理的。”

“吼吼，就差这句了。”丽塔说。

“嗯，我随口一说。你们再喝点吗？”

“好，殷勤一点就对了。”

丽塔的母亲把杯子递过来。

他们很快点了第二瓶酒。丽塔看到她的被保护人主动给自己添杯。她像大人一样一饮而尽，脸立刻通红。丽塔还觉察出她的法语比自己原来以为的要好。总之她觉得微醺的维多莉亚确实迷人，过长的头发和长不大的少女脸蛋带给她一种野性。格里高利显然也是这么想的。他和女孩已经在眉来眼去。丽塔看着弟弟的把戏，如何让维多莉亚自在起来，如何触碰她又让人看不出来。丽塔越来越恼怒，不停揉搓着温斯顿烟盒。因为不能抽烟，她一杯接着一杯地喝酒，就这么喝完整一瓶。瓶底的酒一股辣涩，让舌头刺痛。她受够了：“见到你很高兴，格里高利。”

年轻人住了嘴，面带微笑，不过已经警觉：“我也是。”

“你最近做什么有意义的事儿呢？”

“你是说？”

“事业方面，荣耀，摇滚，生命灿烂，英年早逝，之类的。”

格里高利笑容愈发灿烂，推开椅子站了起来："我出去透透气。"

"哦，是吗。"

他示意维多莉亚跟他去外面一起抽烟。女孩立即照办。

"哎等等！"丽塔叫着。

母亲拉住她："别管。他不会伤害她的。我能肯定现在他是更投入的那个。"

不过丽塔还是穿上外套跟了出去，没到门口就点上了烟。责备的目光从大厅各个方向射来，最后落到老太太和洛朗身上，二人装没看见。

格里高利很清楚他让姐姐烦恼，很多人对他的生活方式颇有微词。不愿付出相应代价的人惧怕自由，从来都是这样。他这么对自己说。

好几年了，格里高利在各地的青年文化中心和剧场打零工。服务生，收葡萄工，巡演劳力。但他从未停止创作音乐，写歌，对自己做的事情深信不疑。

他好动成癖，步履不停，老友日渐稀少，但路上也结识新朋，都比他年轻，对他充满崇拜之情。夏天，他们到处去参加音乐节，一直跑到西班牙布拉瓦海岸，在沙滩上卖带馅煎饼，露宿，开派对，做爱，不理会因酷热而皮肤通红的游客。不是所有人都知道怎么享受户外。

小时候格里高利给一个不刺激眼睛的洗发水拍过广告。那时的他一头金发。他从未真正走出来。上了学成绩一直很平庸，时间都用到约会女孩、学习音乐上了。一天奥利弗·斯通拍了部致敬大门乐队①的片子，那以后格里高利就爱上了皮裤。

令人惊讶的是，他是个敏感的人。忧伤的歌曲总让他哭泣。想到那些他该爱而未珍惜的女孩令他哭泣。想到不能理解自己的家人他也会哭泣。

通常他不是住旅馆就是借宿朋友家。他不会久留一处。毫不在意别人对他的看法。眼看快四十了事业没什么突破他也无所谓。所谓的成功对他没那么要紧。只要打开盒子取出吉他，身在何处对他来说就没区别了。

格里高利很爱丽塔。也有点可怜她。时不时在她面前扮演自由人的角色，口袋空空的卖艺者。他明明一无所有，还敢对她居高临下，丽塔痛恨这点。

事实上最让她不自在的，是当她累得要死，或者看电影看到流泪，或者在音乐会上鼓掌吹口哨的时候，她会问自己是不是弟弟才是正确的。好在她马上又得知格里高利从母亲那儿骗了十万块，或者打牌输掉了靴子，于是先前的动摇烟消云散。

外面雪下得更大了。道路，停车场，一片白茫茫，让人看了就想到厚厚软软、踩上去嘎吱作响的情形。只有运河还保持着暗色，仿若裸露肚皮上的一把刀。

---

① The Doors，美国摇滚乐队，组建于 1965 年。

丽塔看见维多莉亚和弟弟在楼下交谈。两个人抽着烟，烟头一亮一亮，让人瞥见黑亮的眼睛，一闪而过的嘴唇，颤动的皮肤，整个脸庞。为了取暖俩人紧挨着，手插兜，缩着脑袋。维多莉亚的小脸几乎完全消失在红围巾里。格里高利搂着她的腰贴上去。看上去像校园走廊里的两个中学生。格里高利正要吻上去，一辆车从外面大路上拐进停车场，黄色头灯照射下，花了眼的两个人本能地分开了。

丽塔转身往回走。她厌了，想回家。路上可能出车祸的想法竟让她有种隐隐快意。

“你呢洛朗，你怎么想？”

“不知道。丽塔对她有感情了。分开不容易。”

“那别人呢？”

“谁？”

“我想穿着内裤在林子里跑不是这女孩自己的主意吧？”

“我们没深究。”

“你给丽塔的枪还在她那儿吧？”

洛朗看似要笑，不过马上明白老太太不是开玩笑。

“我不认为有这么危险。到需要武器的地步……”

老太太思索了一下，干瘪多皱的手搭到洛朗肩上：“你说得对。我想多了。冬天无聊闹的。”

“老年人真麻烦，”洛朗想着，“不知道他们是要哭，还是眼泪不受控制了。”

莉迪

六点钟，收音机闹钟照常响起，莉迪在被窝里伸着懒腰，听着碧昂丝的最新单曲。她不是早起的类型，不过周五不一样，太特别。它是周末的初演，有着一周最好的派对。一切变得容易起来，有意思起来。随着时间的推移，她的身体愈发像个导体，被周遭的电流穿过，从大腿到小腹，从脊背到脖颈，有时她要拼命控制自己，才不至于像个疯子一样在学校走廊上奔跑起来。

而且，周五上午她和娜嘉一起上工业绘图课。一想到这个，莉迪就像只胖猫似的蜷成一团。这学期来了个年轻的新老师，戈麦先生，超帅。莉迪和娜嘉对他想入非非，停不下来。他比她们大不了多少，身材不高，非常健壮，略长的栗色头发。他的手，像医生的手，看着就让人忍不住浮想联翩。

整一堂课，娜嘉和莉迪一边贪婪地盯着老师一边咬耳朵。娜嘉更是过分，不停地举手，说没听懂，要求老师单独给她讲解。戈麦先生便走过来，离她们那么近，听得到他的呼吸，闻得到他的气味，运动沐浴乳和可以持续两天的除味香水混合的味道。她们在座位上扭动，强忍住狂笑，厚厚睫毛膏涂抹的眼睛向上偷瞄。两个人最后坚信是老师主动来找她们的，很明显，他喜欢我们，必须的。

不过下午，伊什先生的三小时技工课就难熬了。莉迪也不敢太放肆。灰白头发抹着发胶，说话舌头伸不直，这位老先生一股生烟味，一遍一遍发号施令，让人不胜其烦。一说话嘴角便泛起白沫，看着实在恶心。

反正周五是特别的一天，毫无疑问。莉迪掀开被子，穿上拖鞋和运动裤，夹着洗漱包进浴室。外公已经起来了，听得到他在楼下煮咖啡。莉迪喜欢早上的日常，让人安心的各种响动，一成不变，烤面包片的香味，桌上的碗，咕咕嘟嘟的咖啡机，显得那么正常，和别人家一样，和电视里一样。

浴室里，莉迪清空洗漱包，除味香水，粉红色剃刀，磨砂瓶装着的面霜，乳木果油香波，蜂皇浆护发素，爽肤水，卸妆棉，牙刷，皮筋，头绳，发卡，指甲锉刀，拔毛钳，甚至还有点上给房间熏香的椰子油蜡烛。每天早上她都把全套用品再带走。这样她不在的时候布鲁斯就没法窥探她的东西了。

洗漱柜里有个旧飞利浦收音机，平时就在那儿招灰，她找到专放舞曲的电台，又把暖气开到最大。她打开热水，等雾气模糊了镜子再进去。同每个周五一样，她慢悠悠地洗头。每次洗、吹、梳好久，几乎要误了公交，外公开始没命地催她。可是总得把事情做到位。釉瓷砖地上，掉落的长发在她脚间蜿蜒，她团起来扔进垃圾桶，不然外公又要找茬。让她担忧的是发根颜色越来越深了，难道要变成黑发，那可是世界末日。她吹着头发感伤一番，接着修甲，全神贯注地细细描画。最后刷牙。

穿衣服的时候，她发觉还是老样子，找不到配套的胸罩和内裤。只能凑合，她站在镜子前挺起胸脯，看着自己。得让他们看了全都硬邦邦，要死要活。

得了，外公开始叫唤了。她听到他在楼下嘟哝着搬椅子。莉迪赶紧扎起头发，穿上肥得晃荡的运动裤，三步并作两步下了楼梯。

和外公吃早餐一直是听卢森堡电台，俩人都低着头。

“没有你哥哥的消息？”

两个星期了，老人每天早上都问。其实也不是真的问，更像陈述事实。莉迪摇头表示没有。

老人倒杯咖啡，开始抽烟。烟味让莉迪做了个鬼脸。他看着她不说什么。时不时喝一口，接着抽烟。目光始终没有离开她。

“他在哪儿你总知道吧？”

“不知道。再说我才不关心。”

“别这么说话。”

可这是事实。以前，布鲁斯开车带她去学校的时候就是这样，再也不会了。现在她和别人一样乘公交。可是嬉笑融洽的时光其实没过去多久。布鲁斯会到她房间，俩人无所事事地看电视，抽大麻。瘫软在地毯上，他们抨击电视节目、名人的衣着和私生活八卦、为了令人艳羡而说的不靠谱的事情。秀出来的幸福，斑斓的色彩和光影，优美的线条，让人惊叹。可是你恨透了他们，虽然他们没对你个人做什么坏事情。最后俩人总是在电视机前咒骂一番。

有时布鲁斯提到父亲，这让莉迪不快。毫无相关记忆的她不喜欢看布鲁斯瞎编乱造，显得自己能耐。

布鲁斯也会谈到母亲，不过不多。这个话题总能让他情绪低落。直到他十三四岁被迫去少管所之前，情况还好，可是从那以后母亲就对什么都撒手不管了。她总说“我的癌症”，就像在谈论一只毛茸茸的让人忍不住爱抚的宠物。可她明明痊愈了。布鲁斯长期坚持举哑铃就是出于这个原因。他害怕发胖，他必须流汗，把她放进他们心里的毒素都排出来。

反正布鲁斯现在心里有气。没好脸是他一贯的风格。他们都还小的时候，他也是动不动就生气。当莉迪跟他说再也不能动辄不敲门、衣冠不整地来她房间，他两个星期没跟妹妹说话。她和男人出去让他暴跳如雷，甚至还跟踪过她。这也是为什么莉迪现在总把身后的东西收拾得干干净净，房间上锁。毕竟，她不知道布鲁斯是因为什么原因被中学开除的，反正所有人都不愿触及这个话题。

事实上，在维罗希亚上班让他变了一个人。那个马特尔还有他们那些破事，让布鲁斯自命不凡起来。相较而言，莉迪宁愿他像以前那样，一副阿拉伯人风格，听嘻哈，穿带风帽的卫衣，举止动作像电影里那样。他甚至叫她“表妹”，很搞笑。不过外公可没觉得好笑。他卖掉了布鲁斯的轻骑。布鲁斯气疯了，两个指头做枪管状指着外公，嘴里发出砰砰的射击声。牛脾气。

现在，这个傻帽在托尼·蒙塔纳和贝桑斯诺之间摇摆，在快钱和最后的斗争之间反复。肯定是那个马特尔把他给蛊惑了。最糟的是他还要和外公谈论政治。老人会激动，显得恶毒，恨恨的，似乎怀着疯狂的快意在设想最可怕的情形。这种时候莉迪总是赶紧躲回自己房间。

莉迪吃过面包片，把早餐碗碟洗好，擦过蜡质桌布。外公在听新闻了。她开始给母亲准备茶和蓓恩巧克力饼干，听到收音机里卢森堡电台的开场音乐，“咚咚咚咚，现在七点整，早上好……”她要晚了，拿起托盘往楼上跑。收音机里那远离此地、远离冬天的愉快声音开始谈论世界大事，外公又点起一支烟。

在母亲房间里，莉迪又闻到灭菌剂和发霉的味道。她没敲门，用不着，沉溺于药物和酒精的母亲鼾声如雷。莉迪走到窗前把百叶窗大开。冰冷的风打过来，她马上起了鸡皮疙瘩。

“赶紧关上。”母亲哑着嗓子说。

莉迪等了几秒，照做了。

“亲爱的，可怜一下……”母亲说。

莉迪走过来坐在她旁边，打开台灯，看得更清楚。黄色的脓液在绷带上渗出多处。

“不用换，今晚再说。”母亲说。

“还是换吧，我想现在就做。”

“哦对了，星期五，大小姐很忙。”

“别动。”

因为酗酒，丽丽安娜的伤口结痂很慢。从右太阳穴，经过胸部直到髋部，塌软的皮肤黑、黄、紫，像深不见底的沼泽，完全没有皮肉的颜色。像是腐物之下蠕动的某种新生命，尚未成型，忽而缩进忽而探出，不停变换。有时莉迪感觉母亲的烫伤仿佛农场的另一位住户。

莉迪换药的时候母亲叫了几声。莉迪看看时间。她还要换衣服，车七点半到达。可是母亲拉住了她：“你会早回来吗?”

“别担心。”

“几点回来?”

“我不知道，妈。我会和娜嘉逛一圈。”

“你外出太多。看看你妈妈，出去的后果是什么。”

“妈妈……”

“看。”丽丽安娜努力想坐起来，让自己到灯光下。

“好好好，我早回。”

“保证?”

“当然了。”

母亲拿没受伤的胳膊碰她。嘴巴微张。莉迪熟悉她的夸张套路，等着一切结束。

“没人比妈妈更爱你，你知道。”

剃光了头发的胖女人开始轻轻哭泣。莉迪倒退着出了房间。

母亲已经对她视而不见，专注于品味自己的悲伤。

在自己的房间里，莉迪打开电视，正播着蕾哈娜的音乐短片。她开大音量，化妆，换装。西部牛仔衬衣，湖蓝外套，饰有粉色缝线的黑色紧腿裤，黑色高跟鞋。最后是毛皮领皮衣。她打开窗户，让清晨进到房内。她浑身发热，激动得微微泛红。她把音量又开大一点，跳起舞来。胯部跟随着低音贝司的节奏，头在肩膀上摇晃，咬着嘴唇。那种感觉，从腹部涌上来了，很好。镜中的她美丽，满足，有点挑逗，嘴唇是口香糖的颜色。她在离农场千万里远的地方神游。

“又在搞什么鬼?”

啊呀，外公竟然跑上楼来了，就为了让她赶快开路。

“好了好了，就走。”

他又牢骚了几句，好在马上下了楼。莉迪则像往常一样从阁楼梯子爬下，手里提着高跟鞋，嘴里叼着书包带。要是让老家伙看见她的打扮，可就走不了了。

莉迪像走T台般上了车。娜嘉在后排等着她，她经过时两三个男生忍不住回头看。她一屁股在娜嘉身边坐下，口香糖嚼得啪啪响，手伸进包里翻找。娜嘉看着她：“嗯哼?”

“星期五了，宝贝儿。”

“那还用说。”

“戈麦……”

“可恶的变态！”

“得了，”莉迪说，“今天晚上跳舞。”

她说着就扭动起身体，手臂举在空中，闭着眼睛。

“就是这样。”

“啦啦啦啦……”

莉迪讨厌别人说教，这方面她算幸运。娜嘉简直称得上她的另一半，长久以来跟她形影不离，一副哥特式装扮，女孩子家穿道客鞋。头发一侧剃平，永远戴着耳机。音乐品位更是特别。喜欢暗黑系，最适合跳舞的大概只能是马诺·索罗。从来不满意，必须强制她做事情，撒谎成性，对男生态度恶劣。顶多八十斤，可是一言不合就和他们打架，满不在乎。不过莉迪喜欢。娜嘉也跟没爹差不多，这更加拉近了两个人的距离。

行程在沉默中继续。天还是黑的。年轻人迷迷糊糊打着瞌睡，车里听得到他们耳机里震耳欲聋的音乐。晨光开始从起伏的山峦上升起，乘客们逐渐交谈嬉笑起来。男孩们已变声。他们谈论机械、体育，高地口音很重。女孩们围成一个个小圈子，低声交流着秘密和流言蜚语。有时可以看到座位上方伸出两条胳膊，那是有人在伸懒腰。汽车向下驶向山谷，拐弯时如大象一般从容不迫，每停一站都要费力地再启动，发出长长的液压排气声。每次停下，车厢里就窜进一股寒气，惹得乘客抱怨。司机装听不见。

娜嘉和莉迪最后下车。俩人过去的时候，挤成一团取暖的男生回头看她们。她们若无其事，去洗手间补妆。莉迪重上一遍唇彩。两颊通红让她一副村姑样，烦死了。她扑些粉上去，不过遮不太住。俩人合抽一支烟，深吸几大口，掐灭在洗手池里。开始的几口味道确实很差，可是终究得上课去了。出来的时候一个年轻学监叫住她们："哎，你们在里面鼓捣什么呢？"

"我把长筒袜拉上。"娜嘉答道。

可是她腿上明明是牛仔裤。

"你们知道抽烟的后果吗？"

"不就是癌症吗？快点来吧，因为我受够每天早上看到你那副尊容了。"

学监脸色一变，抓住她的胳膊："你不该这么对我说话。"

"你不该跟学生谈恋爱，老兄。"

莉迪没留意俩人的对话。她心里有更要紧的事。学校院子中间聚集了一堆人，奇怪的是他们平时是根本不往来的。一般来讲，学校的交际圈相对固定，每年一开学，学生就会按脾性相投结成一个个小团体，分别占据学校的某个角落。台式足球爱好者们在学生中心周围。卡麦尔团伙贴着一个垃圾箱站着，像养在桩子上的牡蛎。里顿和他的哥们儿则背靠墙壁，一待就是几个小时，往地上吐唾沫。莉迪和娜嘉的专属地是一个窗台。整个课间俩人坐在那里说着同学的坏话，哀叹没有生活在别处。

所以今天这帮人的扎堆颇让人意外，尤其是还都显得挺满意，兴致勃勃，和平时因为打架而激动的情形完全不同。

莉迪走过去，娜嘉立刻跟上。远远就听到急切的声音，七嘴八舌的提问，问题之后的沉默。“你是哪儿的?”“在这儿待多久?”“你叫什么?”

“哦，好吧。”娜嘉明白了。

“对，肯定的。”莉迪也说。

来了个新同学。

她们很快就得知他昨天刚到。寄宿生已经和他认识了，向大家报告好消息。乔·德卡拉，他爸爸隶属机动部队，他们来自塔希提，可不是闹着玩的。工作调动到孚日省，一路从努美阿、尼姆、巴斯蒂亚过来，经历了真正的冬天。乔长得像美剧《越狱》里一个角色，不过肤色更暗，毕竟是混血嘛。莉迪立刻明确了自己下学期的努力目标。

上课铃响了，乔没来得及看到自己。莉迪站在原地，任凭娜嘉和其他学生走向教室。乔身边的人散开了，他们的目光终于相遇。莉迪马上转身冲进走廊，像飞一样。乔简直太迷人了，那么新鲜，那么异域情调。

上楼梯的时候，一个影子凑上来，喃喃地和她打招呼。人流在他们周围拥挤。是那个有些奇怪的男生，长长的睫毛，好像总在等待什么人似的。自从他们因为在游泳池后面抽烟被叫到校长办公室那次以后，这家伙就黏上她了。当时她对他印象不错，他把过错都揽在自己身上，为他们避免了很多小时的惩罚。可现在她感到在学校的每个角落都会看见他，一副乞求为她效劳的模样。她眼也不眨地回了个“你好”，总犯不上跟他贴面吻吧，更何况她刚刚爱上一个人。

半点钟正是食堂人满为患的时候。莉迪端着空空的托盘跟娜嘉一起排队，试图看到新来的人。

“这个混蛋!”

“谁?”莉迪问道。

“戈麦!”

“当然。”

“反正我不管，我不会去。”

“是的，显然。”莉迪重复着，眼睛一遍遍扫视着桌子。

“再说我可一直是保持冷静的，你看到了。”

“嗯，非常。”

当天早上的工业设计课，娜嘉离开座位直接去找讲台前的老师。她本不是惹是生非的人。除了个别时候，无聊和家里的烦心事让她受不了，这时候不守纪律就变成了对抗心烦的药方。她站起来，若无其事地径直朝前走。

“留在你的座位上。”戈麦说。

“没事先生，我只想跟您说点事情。”低笑和暗示的声音在教室升起。戈麦惊讶地直起身子：“娜嘉，请留在你的位置上。我马上过来。”

“别担心。”女孩回答说，继续往前走。

“你的家长联系手册。马上。”

娜嘉以一种苦恼的表情摇了摇头，就像看到她弟弟试图往圆孔里塞进一个立方体。

“您不明白，先生。”

教室里的兴奋度立刻跃升，眼看就是暴风雨了。

“好吧，”戈麦说，“如果是这样的话，全班罚两个小时。”

“什么?”

“哇，先生!”

“不，哦!”

愤怒像点着的炸药一样蔓延开来。突然间，二十五名学生个个都成了正义之士，说老师滥用职权，说自己什么也没做。拉迪夫·迪奥普，身高超过一米八、体重一百公斤的大块头，已经站起来去抓娜嘉。

“你给我坐下!”

娜嘉徒劳地挣扎着，又有学生站起来，大部分是为了鼓励拉迪夫。戈麦几乎跳上了讲台，试图将巨无霸食客和脾气火爆的麻雀分开。

“别担心，先生，”男孩说，把娜嘉拽在身后，“我逮着她了。”

其他人口哨吹得更响，戈麦让他们安静，而娜嘉被所谓“逮着”的说法气坏了。

“放手，混蛋。”她手指插进男孩运动衫的领子，用尽全力去拉，衣服一下扯破一个大口子，年轻人毛茸茸的胸膛和肥嘟嘟的肚子在氖灯下霎时暴露无遗。他立即开始辱骂女孩，猛敲她的头。戈麦不知该怎么办了，自己鼻子上也挨了几下。学生都站了起来，大喊大叫，扔东西，叫骂，乱成一锅粥。

最后闹得旁边上课的老师也不得不过来，花了半节课时间才基本恢复正常。

娜嘉和戈麦都被校长叫去。戈麦又惊又怕，差点哭鼻子，没用的家伙。校长照例把他那套说了一遍，红脸白脸一人唱，然后惩罚的时间落了下来。

“二十个小时！你认为他会为我说话吗，婊子养的戈麦？”

“显然。”莉迪接过食堂女服务员的牛排配土豆泥。

“谢谢。”后者拿着盘子嘲讽地说，她身材瘦削，眉毛拔得过细。

“谢谢。”莉迪也挤出一个微笑。

娜嘉拒绝任何食物，以示抗议。

“这是正当防卫，说真的。”

“显然。”

莉迪手捧托盘找位子。那个新来的能去哪儿呢？长睫毛怪人又出现了，试图冲她微笑。

“你在干吗？”娜嘉问道。

“没什么。找地方坐。”

“地方有的是啊。坐那儿吧，我还没告诉你最糟的。这个婊子养的迪奥普什么惩罚都没有。学校大男子主义的人太多了。”

她们刚刚坐下，新人就出现在食堂的入口处，身边围绕着一群不知道该怎么取悦他的人。吸引力太强。毕竟不是总有机会遇上来自世界尽头的人，穿着这种衣服，长得这么迷人。成为他的朋友就像上电视或买到最新款范斯鞋子。一个高个子红头发的家伙忙着帮他取了托盘，给他解释自助餐是怎么回事。新人边听边点头。他看起来有点尴尬。莉迪早先没注意到他个头挺矮，其他人都起码高他一头。不过乔已经有了成年男人的比例，而挤在他身旁的男孩子们则像蒲公英的茎秆，或者散架的牵线木偶，蹩脚、残缺。莉迪仔细打量他，连帽滑雪衫，浅色牛仔裤，卡特彼勒鞋子，巴宝莉风格的围巾。外面下了一点雪，他的鬈发上有些薄片正在融化。

莉迪把叉子往盘子上一扔。突然间，牛排土豆泥厚重到不可承受了。

“恶心。”她皱着鼻子说。

“你才觉得啊，”娜嘉道，“我早就被恶心到了。”

“我们走。”

“嘿等等！我们刚到。”

莉迪端着几乎没碰的食物走向出口，心里希望乔能看到她的背影。为了显得不在意，她走得很慢，两眼直视前方，仿佛远处有什么别人都看不见的好东西。

在这所破学校，其他女孩叫她婊子，这是必须付出的代价。还有她宁愿忘记的亲吻，不老实的手，阁楼上一边整理衣服一边强忍着不哭出来的记忆，流言蜚语。无所谓。从十三岁起她就提前过上了特殊的生活。男人们驾车带她去一些禁止未成年人涉足的地方，给她买喜欢的东西。她和已经有公寓、工作，或者领失业救济的人一起出去。大多数吸食大麻，对她不错。一般来说，她在他们的聚会上并不活跃，宁愿待在一边，最好不说话，这样人家反而会以为她很有心计。她有自己的范儿，走起路来像食人族的女王，对自己的魔鬼身材信心十足。

但娜嘉把她拉回现实。

“瞧，新来的在那边。”

“谁?”

“行啊，你就装吧。”

在娜嘉的坚持下，莉迪回过头去。乔袖子卷起，在用手吃炸鸡。他发觉莉迪正在看着自己，马上放开了指间的鸡腿，表情有些茫然，然后笑了。食堂里所有人都把这一幕看在眼里。莉迪感到自己脸红了，飞快往前走。心中升起奔跑和尖叫的强烈欲望。

“我说。”俩人走到院子里，娜嘉开口。

“什么?”

“得了吧，你不是想着那个新来的嘛。”

不早不晚，就在此时长睫毛怪人再次出现。他这样不断冒出来有点令人毛骨悚然了。

“嗨。”

“嗨。”

这一次莉迪心情不错，甚至和他贴面吻了。娜嘉也是。他开始嘟哝游泳池后面的事情。莉迪心不在焉地听着，很快将他晾在那里走掉了。奇怪的是，娜嘉没有立刻跟上，而是和那人待了一会儿，不知说了什么。

“你干吗呢?”

“没什么。那男孩挺好。”

“什么?”

“啊?”

“你抽大麻了还是什么?”

娜嘉没再言语，俩人去学生中心买可乐和薯片。她们饿坏了。

下午休息时，莉迪喜欢跑到五楼躲着，和娜嘉一起脸贴着窗玻璃观察院子里的情形。走廊里什么声音都没有，只有充满共鸣的沉寂，和医院差不多。有时开关门的响动或底下大厅的一声喊叫在楼梯间响起，留下短暂冰冷的回声。从这里往下看，院子里的学生动得很慢，像在梦中，人也小得像蚂蚁一般可以忽略不计。这么看着他们，莉迪觉得自己在咀嚼一段记忆。

“该死的，我真提不起劲儿。”娜嘉说。

“为什么?”

“不知道。反正是没劲。该死的学校。”

“是的，显然。”

她们沉默了。莉迪往后退了退，站在后面，手放口袋里，嘴巴吹着口香糖泡泡。娜嘉额头贴着窗户上，眼睛什么也不看。

“今晚我们做什么?”

“不知道，再看吧。”

娜嘉半张的嘴唇前，窗玻璃起了一层雾。她叹了口气，一下直起身，用手背抹去了所有水汽。

“看!”

“怎么了?”莉迪问道。

“新来的。和其他家伙一起。”

确实，他和里顿以及后者的两个朋友。三个男孩拍着他的肩膀在他周围转悠。

“确实不赖。”娜嘉说。

“嗯，还行。”

“你拿我当傻子吗？你不会放过他吧？”

“不知道。”

娜嘉轻笑着开始往玻璃上吹气，然后用手指在雾气上画了一个巨大的男性生殖器。

“干什么你？”莉迪笑着试图抹去图案。

“别动，你不懂，这可是艺术。”

娜嘉再呵气，并在直立的生殖器下方写下莉迪的名字，作为徽章的题铭。

“啊！恶心。”莉迪边喊边擦了个干净。两个女孩推着抱着笑成一团，然后铃响了。

“哎，我实在不在状态。”

“显然。”莉迪说，最后回头看了一眼新来的在干什么。

他确实和里顿也太亲热了点儿。

课后，莉迪决定在车篷等里顿，靠在他的摩托车上。娜嘉并不想喝酒，可是既然无其他事可做……她也跟着，板着脸，戴着耳机。里顿和他的两个朋友回来了。

“嗨，姑娘们。”

“嗨。你们今晚干什么?”莉迪主动问出来，虽然在她不是那么容易。

里顿很灵光，立刻抓住眼前的机会。半小时后，他们已全都在“炼金术士”——靠近火车站的酒吧——落座。里顿负责点单，两杯摩纳哥，一杯冰茶。两个朋友抱怨说为什么不问他们想要什么。

“我又不是你们的妈，自己点!”他们照做了。

里顿毫不含糊地对莉迪大献殷勤。同伴带着啤酒回来时，他已经把座位调到背对他们。他不停地说，花言巧语，得意洋洋，牛皮吹得恰到好处。

这是“炼金术士”的高峰时刻。星期五的傍晚，学校的所有学生都充满期望地来了。这个时候一切皆有可能。之后大概会到隔壁烤肉店吃一顿，相约在某个地方见面。哥哥、表兄弟开着车过来，去往埃皮纳勒、雷米雷蒙，更厉害的人去南锡。那些够年龄、有交通工具、有钱的幸运儿稍后会聚集到当地的迪斯科舞厅。一般来说，莉迪是其中之一。“帕帕加约”“狮身人面”“高卢人”，在这些地方几乎肯定会看到她，身边是些不三不四的人，她则晕乎乎的，在间歇闪烁的灯光里做着超出自己年龄的事情。不远处，娜嘉经常一个人靠墙站着，啜饮着酒劲儿不大的威士忌可乐，等着一切结束，身着吊带背心的莉迪使着勾人的招数，头发粘在太阳穴上，希望结束之后她不会又一次卷入停车场的斗殴，或者在标致206里呕吐。莉迪闭着眼睛跳舞，那些家伙们围着她，她却跳得旁若无人，两手抱头，双肘分开。可以看到她腋窝、乳沟的汗。阵阵频闪的光线把所有人都笼罩在点状光笼里，打扮过头的赌徒，傻乐的蠢货，乖儿子，忧郁的荡妇，来错地方的大学生，身着昂贵衬衫、肚子却再也回不去的四十多岁的中年人。娜嘉最后往往自己开溜，莉迪被人送回。周一再见面，两个人也不会谈起。

里顿还在说，莉迪并没有听。她正在等待新来的进入酒吧。然后她会做出无视他的样子。他会来找她，她则顺其自然，一切都会很完美。

“这是个美好的晚上。”里顿说。是的，会很带劲儿。

布鲁斯

周五早上，布鲁斯带着强烈的宿醉感醒来。他足足花了五分钟才想起自己身在何处：头天晚上在邮局咖啡馆结识的一个失业者家里。他没脱衣服在沙发上睡了一宿。当时连脱鞋的力气都没了。他站起来，一边吸着鼻子一边开始四处察看。

至少他现在知道去哪里寻找那女孩了。

客厅里还很暗，但布鲁斯已经看出失业者的公寓对于一个独居的人来说太过讲究了：所有窗户都挂着彩色窗帘，基菲超市买的木雕鹦鹉和思想者，异国情调的地毯，甚至还有几株绿植在角落里缓慢地枯萎。《侠盗飞车 3》屏保在五十英寸的等离子屏电视上亮了整晚，他们睡觉前应该是打游戏了，但布鲁斯已经什么都记不得了。茶几上还有一个装满大麻烟头的烟灰缸，一些汽水罐，特趣和巴里斯托饼干包装。

布鲁斯伸展四肢，放出一个长而病态的屁。他感觉脑袋像个充满了电池酸液的雪球。他继续在公寓里走来走去，扶着墙，直到找到卫生间。浴缸的边缘还放着护发素和粉红色的比克剃刀。失业者显然还沉浸在过去。在浴室柜里，布鲁斯找到了艾德维尔止痛片，吞下两颗，拿冷水拍打脖子，在水池里擤鼻涕，吐痰，开始觉得好一点了。他叫醒所有人，首先是这个地方的主人，因为他饿了，又不打算自己准备早餐，这毕竟不是他的家。

失业者不情愿地推托了一番，但还是做了咖啡，从柜子里取出嘟·喔普风格的唱片。不过肉店学徒明显不对劲。跟他说话没反应，脸色蜡黄，眼下发青。很快就不得不离开桌子回去躺下。布鲁斯和失业者还听到他牙齿咯咯打战。

“我们肯定要把他埋在花园。”失业者恶作剧地说。

“我会在这儿待段时间，”布鲁斯说，“我无处可去。”

他重重喘着气，躲避着失业者的目光。他在夹克口袋摸索，掏出不同大小颜色的药片和胶囊，把它们排在桌子上，就着咖啡吞下。

“这是什么？”失业者问。

“维生素。”

“哦……”

失业者数过了，七种。

“你会待很长时间吗？”

“看看再说。”

“我想我女朋友可能不会同意。”

“我们会向她解释。如果她还回来的话。”

布鲁斯把失业者的咖啡杯再倒满，给自己也续一杯。这时他才敢抬头。

“我得打电话。让我一个人待十到十五分钟比较好。”

失业者面露不悦，犹豫了一下，终于还是耸了耸肩，拿起杯子和《七天电视》小报去洗手间了。

布鲁斯拿着手机和电话簿坐到沙发上。碰上肉店学徒是他的幸运。小伙子把自己知道的和盘托出，穿着内裤从林子里跑出来的女孩，劳动保障监察员发生的车祸。只能说一切太凑巧了，不然按照他本来的节奏，找到这个小婊子还早着呢。

布鲁斯开始翻阅电话簿，然后意识到不知道自己在找什么。他试着整理思路。首先，最好什么也不要对马特尔说。如果搞砸找不回女孩，马特尔肯定冲他大发雷霆。他可以变得很可怕。自从他们开始干这件事，布鲁斯就认不出马特尔了。最好先找到监察员，然后找到那女孩。然后再看。

为了更有章法，他按外公教过的准备起来。他在一张方格纸上写下要联系的人的姓名和要问的问题，还在页面顶部添了一句礼貌用语，以免临时忘记。他稍微鼓捣了一下小抄，第一个电话打给罗卡戴利。

罗卡戴利很高兴有人打给他，感觉得出他在家里像老鼠一样无聊。他立即确认来他们厂的监察员叫克莱贝尔。难搞的女人。长得还不错，就她那一类而言。哪一类？不要去招惹的那类。罗卡戴利笑了起来。他很惊讶布鲁斯没有在车间见过她，裁员安置启动以来，她已经来过几次。

布鲁斯听他讲了一阵。妻子去世、工厂完蛋之后，罗卡戴利儿童化有一段时间了。他得跟人说话。他告诉布鲁斯关于安置计划的来龙去脉，各方的斗法，争争吵吵，而监察员处于这一切的中心，当然还有马特尔。这个克莱贝尔，乖乖，总经理都在她股掌之中。苏博卡完全反应不过来。人力资源总监境况好点，她属于能领会微妙之处的人。罗卡戴利缠住布鲁斯说个没完，“你看，”他至少已经重复了三次，“这厂子让我们吃尽苦头，但最后我们还是会怀念它。”

“还没有结束呢，”布鲁斯出于礼貌说道，“必须战斗。”

“是的，但已经不是一回事了。曼冉想要去南方。如果工厂不关并且允许他们自愿离职的话，他会拿钱走人，搬到佩皮尼昂，他在那里有家人。”

“他去佩皮尼昂能干什么？”

“开一家披萨店，做游客生意。似乎没那么难。”

“说得轻巧，曼冉离开？这个傻帽连车都没有，他骑自行车上班的。”

罗卡戴利笑了。

“来看看我们吧。我们现在和临时工都不来往了。感觉怪怪的，以前习惯了一起厮混。”

布鲁斯答应着，尽快挂断了电话。合同工一直在临时工头上拉屎，现在他们的宝贝厂子要拆了，这帮人又讲起感情来了。一群混球。

布鲁斯接着打电话给当地的修车铺，寻找萨博的去向。两通电话搞定。南锡的家伙们说得没错，孚日真是巴掌大的地方，两个电话就摸个底朝天。布鲁斯皱着眉头读他的小纸条。

“你好先生，打扰了。克莱贝尔夫人的车好了没有?”

“哎呀，”机械师咕哝，“我已经告诉过她需要多久了，您太太有点夸张了吧。”

“不是我太太。”布鲁斯立刻说，以免对方进一步抱怨。

“哦，是的，她自己处理自己的事情，她是这么跟我说的。”

然后，布鲁斯在他的苹果手机上找到了监察员的地址和电话号码。她的房子在阿尔什和丹奥泽之间。谷歌地图上显示得很清楚。从空中俯瞰，房子几乎是个完美的正方形，周围一小片土地，背靠森林。只有一条路通向那里，从一五七号省道蜿蜒经过房子，穿过农田，再通向居梅尼、吉罗梅尼之类的小地方。令人吃惊，房子着实偏僻，监察员可以说是离群索居。方圆数公里不见人影，除了附近的另一栋房子，位于道路的同一侧，大小基本相同。仿佛开发商本来规划了一个小区，建了两栋又改了主意。

布鲁斯截了几张图。蛇行的道路，绿色的草地，监察员和邻居的房子构成密林背景上相对清晰的两个点。布鲁斯决定当晚就赶过去，看看她把那个女孩怎么样了。

白天流逝在电视前。

当肉店学徒离开时，布鲁斯和失业者开始抽着大麻玩《使命召唤》。已经两三年没碰电子游戏的布鲁斯对目前的技术效果颇感惊讶。图像质量和暴力渲染的逼真令人难以置信。从西西里岛登陆直到攻占鹰巢，他们一口气连续作战九小时，轮流上厕所，以阿尔迪超市的薯片和可乐充饥。布鲁斯甚至把钱给失业者让他去把吃的买回来。后者也抽得迷迷糊糊，但布鲁斯不想听他推三阻四。那家伙穿上鞋、夹克，拉下帽檐去了街角超市。一个小时后回来，带着热狗面包、奶酪、香肠、多力多滋玉米片和可口可乐。

“来吧，饿死了。”布鲁斯说。

“打到哪儿了？”

“刚过阿尔卑斯山。我刚才不太清醒，飞机在教堂上空坠毁了。几点了？”

“五点。”失业男子答道。

“酷，还有时间。”

“瓶子里是什么？”失业者问。

“我懒得去尿尿。”

“什么？”

“好了，别烦我。把香肠煮煮。卷上一根三张纸的大家伙，包管五分钟叫你忘了自己姓什么。”

“我的货，放心。”

“狙击手任务，老兄，别坏了我的事。”

一整天，公寓里充斥着机枪声和装甲车的爆炸声。布鲁斯和失业者红着眼睛，卧在地板上，猪猡一样吃东西，吸大麻，打至酣处高呼“万岁”或“混蛋”。有时隔壁气不过，便敲打墙板报复。两名战士沉醉其中。室内接近二十五度，光线柔和，什么都不缺，而外面则是其他的一切：寒冷，人群，以及正常人应该做的那些事。但邻居一发动撞击，布鲁斯就按下暂停键，一切沉寂下来，俩人盯着对方等待下文，心跳加快。失业者这才注意到布鲁斯脸颊上粘着一枚玉米片。因为一直都在吃东西，他的 T 恤衫上满是碎屑，褶皱之间甚至有些干芥末。他毫不在意地在牛仔裤和沙发上揩手指。玉米片的事把失业者逗乐了，布鲁斯却不觉得好笑。

夜幕突然降临。八点钟后，他们停止了游戏。他们没有玩到最后，没时间了。他们待在那里，精神很差，陷入过满却又虚空的感觉。被图像轰炸到迟钝，消化系统负担过重。

“我得走了。”布鲁斯郁闷地说道。

“去哪里?”

“做事。”

“我不离开这里。”失业者马上宣称。

这句话激怒了布鲁斯。

“给我拿件干净的 T 恤衫和运动衫，我不能这样出门。”

“我的衣服你穿不进去。”

布鲁斯在口袋里摸索着拿出车钥匙。

“下楼把我后备厢里的袋子拿来。”

“你自己不能去吗?”

“赶快，我告诉你，我要冲个澡。”

失业者忿忿地瞪了一眼，还是服从了。

就在开门的当儿，布鲁斯问：“对了，你叫什么，老兄?”

布鲁斯随意听着广播里八〇年代的流行歌曲：让-皮埃尔·马德尔，治疗乐队[1]，《艾诺拉·盖》。经过那样的一个下午之后，真的很难恢复。即使窗户半开着，外面又冷，他仍然觉得很累。

他知道一个安静的角落，预留给会计师事务所工作人员的停车场，周末从来没人。他去那里停下车。从那里，可以看到五十米外的小超市周围的来来往往。他在头灯和满满的购物推车的混乱中沉浸了一会儿，关了暖气让自己清醒一点。温度下降得很快，嘴里呼出的白气让他觉得好玩。他让自己打了十到十五分钟冷战，直到背痛。正要重新启动，一群少年从他的引擎盖前穿过，卫衣帽子拉在头上，胳膊下夹着滑板。走在最前面的跳到板上向前滑。同伴们也一样。个头最高的也就一米五。布鲁斯看着他们滑入黑暗中，滑板撞击着沥青路面。第一簇雪花落在挡风玻璃上。车里的广播唱着《远离洛杉矶》。他母亲喜欢这些老调子。他很小的时候，莉迪大概还没有出生，母亲整天听收音机，永远在厨房准备吃的，牛肉青豆的味道，煨的酱汁，周三早上不上学，可以听到挂钟报时，卢森堡电台的背景音乐。母亲在哼唱。她谁的歌都会，萨尔杜、勒诺曼、戴尔佩什。父亲也在，至少他记得的是这样。每天傍晚，吃完下午点心，他都会在打蜡的桌布上做功课。完成作业可以吃个奇趣蛋。外公抱怨不该在晚餐前给孩子乱吃。蛋里面有所谓的"惊喜"，通常都是廉价货。从前的世界在他身上的某处延续，成为他的仪式，橡胶靴的味道、院子

---

① The Cure，英国摇滚乐队，组建于 1978 年。

里的栗子、引擎盖、午餐前窗户上的雾气、胸前带警长徽章的睡衣。

“该死。”布鲁斯说着，启动车子。

他的手探进烟灰缸。在烟头和灰烬中找到玻璃纸包裹着的两克可卡因。他用信用卡在《黑色专辑》的背面准备了两份纯的。粉末在唱片的黑色封面上呈玫红色。他卷起一张二十欧元的钞票，连续两次吸进。

他“啊”地喊出声，眨眼，不过纯属走形式。

接下来是等待。开大音量，手指在方向盘上弹动。所有这些白痴都推着购物车，哈哈。他的头在肩膀上乱晃，兴奋地舔着嘴唇。真不该吃那些垃圾。有什么好处？最好就是这样，感觉自己像一把剃刀的刀片。他在后视镜中看着自己，双手捂住后脑勺。剃短的头发摸上去扎扎的。他准备好了。不过，他还是吸了第三道。电台里放着《享受沉默》。现在，他觉得自己坚硬、冰冷，像一块墓碑。他检查手套箱里的枪，打开前灯，倒车。车在地面的薄雪上划出长弧。确认了监察员的地址后，他朝丹奥泽驶去。

到达目的地时还不到十点。车停在通往车库的砾石路上，头灯熄灭。房子的确漂亮。布鲁斯郁郁地想象着其中的生活。有意思的是旁边的房子几乎一模一样。两栋房子都没人迹。大玻璃窗后面一片漆黑，像充满阴影的巨大水族馆，不安的动物潜在深深的水底，互相贴近游动。

“该死，”布鲁斯说，“来得不是时候。”

刚刚在路上，他已经吓了一跳。他接到了马特尔的电话，可那头又听不到声音。也许因为下雪，或者因为乡下这个破地段。另一头的空寂……还是想点别的吧。女孩可能在这里。

布鲁斯等了一会儿。他聆听着夜晚，风在杉树林后面呼啸，吹得车直晃悠。路上一直在下雪，后轮多次打滑。布鲁斯非常紧张，想把香烟塞进嘴里，下颌竟然张不开。他调低音乐，拨了监察员的电话号码，眼睛盯着房子。隐约可以听到电话在屋内响起，回荡。他想象着。没光，没人，什么都没有。答录机开启。布鲁斯挂断再拨。一样。房子没人。

他开出两百米把车停在高处。下车之前，他把手枪别进腰里。然后检查香烟、手机，犹豫了一下。去他的，干脆再吸一次。然后又是一次，因为他觉得无力，内心正被对黑暗的恐惧所占据。

一开车门雪花扑面而来。他拉紧衣领，弓腰逆风而行，鼻子一直吸着。大片雪花落在他脸上。靴子陷入雪中，可以感觉到湿气穿透皮革。回程会很艰难。但愿女孩在，别让他白跑一趟。

走上通向房子的车道之前，他改变了主意。必须确保邻居不会制造麻烦。如果对方在，他就说自己在两三公里外抛锚了，快要冻僵了。那人会给他一杯咖啡。到时候再对付他。屋外的邮箱上写着“洛朗·德贝夫”。布鲁斯敲门。无人应答。布鲁斯再敲，猛按门铃。刺耳的铃声在门后空荡荡地回响。大约十秒后他停了下来。没人，可以放心了。

然而有些事情让他不安。他朝手心呵气暖身。令人不快的感觉挥之不去，像有人从背后看着他。

他转身朝向森林。杉树的墙壁。他浑身一颤。是那种静寂。当雪来临时，静寂也不再一样，变得更厚，像一件满是褶皱的织物，隐藏着我们不愿去想的东西。风声也大起来。

布鲁斯往地上啐了一口，略为慌乱地走向房子。前行困难，腿快迈不动了。他把枪从腰间拔出给自己壮胆。被注视的感觉更强烈了。突然，他听到了一声耳语。又似乎没有。他加快步子。声音冲着他的脖子。他开始在雪地里奔跑，手伸进夹克口袋摸手机，但手太凉，机子滑脱了。他不得不跪下来在雪里摸索。他得赶快，他想打电话给什么人，也许给马特尔。几秒钟后，他终于找到了他的苹果手机，但没有信号。布鲁斯独自一人。一个声音响起。在雪的后面，树林深处。

布鲁斯突然有小便的冲动。他站起来迅速来到监察员家门口。回头望，他的足迹深深印入雪中。他再也忍不住了，不顾危险解开前扣尿起来，两脚之间形成一个冒汽的火山口。还没完事儿那声音就回来了。他匆匆系好裤子走到房子北面，面向树林。屋檐下没有雪。踩上硬草让他感到安全。几何外观的房子过于简朴，与周围环境显得不合拍。他贴到玻璃窗台上，手搭在眼前，试图看到里面。声音再次响起，变得更精确，布鲁斯开始恐慌。

他十几岁的时候，经过一番折腾，别人把他送到那个中心，声音便开始时不时在夜里出现。有一阵子他不胜其扰，他甚至尝试在淋浴时用剃刀刀片切开自己的血管。一名维修人员发现了他，已在冰冷的水下失去了知觉。之后，精神科医生不断纠缠，布鲁斯差点把一切都告诉他。不过想到外公的反应，他宁愿闭嘴。反正声音后来消失了。至于自杀企图，在那地方司空见惯，人人都一样，一点小事就能引发，诸如烟被没收了，遥控器被大孩子夺去了之类的。一个孩子因为任天堂掌上游戏机被盗而上吊。布鲁斯很多年没想起那地方了。

他吹起口哨给自己打气。他把枪收起来，试图推开玻璃落地窗，但显然是从里面反锁的。他退后一步思考。他的双手在磨砂玻璃上留下了两个明显的痕迹。天太黑了，手印看上去像等候在玻璃另一边的什么人按下的。布鲁斯开始在周围搜寻任何可以用来撬开或击破窗户的东西。他再次面对森林。现在似乎更近了。他抬手擦去落在脸上的雪片，断断续续地呼吸。他宁愿不惜一切代价到个暖和的地方。他集中精神，唤起以前的圣诞回忆。外面下着雪，甚至比现在还要大，而他在室内。厨房里，炉子像锻炉一样轰响，热到可以穿着汗衫看动画片。母亲像笼子里的狮子一样跑来跑去。而他专注于屏幕，体验炉子的温暖，其他一切似乎都消失了。他几乎闻到了柑橘的味道。

马特尔

马特尔刚刚开过门。没人。可是铃声第三次响起。他按下走廊开关，灯却没亮，楼梯仍然在黑暗中。铃声响毕，黑暗更浓重了。马特尔从口袋里拿出手机给自己一些光亮。楼里半数住户是闭门不出的老妇，如果他在楼梯上摔伤，很难会有人出来帮他。要是真的摔断腿，暴风雪肆虐的周末的楼梯间可有他受的。手机又振动起来。他看着号码，屏上的蓝光照在他脸上。班巴莱克。

他犹豫了一下，转身回家。但他没来得及迈步。不知哪里冒出来的人影在他身后升起，将他推下楼梯。他根本站不住，头朝下栽了下去。他想转过身来用手缓冲重力，但没能做到，滚下第一段楼梯，头撞到对面墙上。但最糟糕的是他的膝盖。膝盖骨撞上栏杆的一个金属角，痛到超乎想象。他想要尖叫，却喘不上气。

马特尔趴在地上，仿佛路面上一条试图呼吸的鱼，四肢颤抖着。他的手机继续在地板上响着，巴赫的一支超级有名的托卡塔曲。人影走下楼梯，身材壮硕，腿有些罗圈。一束光从手电筒中射出，落在马特尔脸上。他舌头上尝出了血的味道。他在瓷砖地面上爬行，靠到墙上大声呼救，不过马上意识到可笑之处，随即停止了叫喊。回荡在楼梯间的尖叫声听起来很不真实，像捉弄邻居的小孩子发出的。

手电筒后面的家伙乐了。

“我要是你，就不会这么鬼哭狼嚎。”

“你想要什么，老天?”

马特尔用颤抖的手摸着疼痛的膝盖。然后他看到自己食指的形状不对头。有些畸形。他举起右手对着光好看得更清楚。它看起来像一把脱臼的长号。强光下他看到一滴血从手指滴落到地上。他头有点晕，不过不碍事了。他突然非常口渴。蠢蠢地，他想起丽塔。她是那么遥远。

“你还挺能扛嘛。”那家伙说。声音沙哑，显然一天起码要两包烟。

“你想要什么?”马特尔再问，努力不让声音颤抖。

“你应该接电话，马特尔先生。”

“班巴莱克派你来的? 是吗?”

他试图站起来，像野兽一样呻吟了一声又轰然倒下。

“你很痛苦。”那声音说道。

“妈的，我告诉他们还有几天就办好。”

“别费劲了老兄，我不知道你在说什么。我只是提供服务的。我刚开了六百五十公里来这儿。可是不近。特别是没想到天气这么糟。”

那人抬起脚，让马特尔看他的韦斯顿软皮鞋。黄褐色的皮革因为雪地行走浸出了一圈白色的裂痕。

攻击者痛心疾首地叹气。

“嗯，这还没完。别装死了马特尔先生。你不是孩子。否则下场更惨。”

“我们会找到她的。”马特尔说，他想到布鲁斯，那个小婊子，事情的前前后后，他突然被打乱的生活。

“得了，我不用知道什么。你的事与我无关。我拿钱办事，告诉过你了。我来做我份内的事情，如此而已。”

那人向他解释了自己的行当。据他说，这个自由的营生赚得不赖。随着全球化的到来，个体户不能抱着过去的想法了。当然，要过活得尽可能往高里要价，但就他而言，没什么可抱怨的。特别是扣除路费以后，还有百分之八十到百分之百的毛利率。

马特尔听不懂这疯子在讲什么。

“班巴莱克让你来的吗？”他再次问道。

“我现在得走了，”那家伙说道，“手电给你，算礼物。再给你个建议，不要试图看到我的脸，那是犯傻。”

那人把手电筒放在地上，光束向下。马特尔听到韦斯顿皮鞋往下走了三层楼。根据他的轮廓，他的步伐，他的脚步声，这人体重大概一百二十到一百三十公斤。当他经过时，马特尔把头扭向一边。

楼下大门关上了，带进一股冷风。马特尔没动。他等着。停车场传来快速倒车的声音。马特尔还在等。确定对方已离开，他打算起身。但肾上腺素已经消退，疼痛回来了。他巨大的身躯在颤抖。鼻涕在流，他强忍着不让自己吐出来。他扶着墙站起来。腰直不起来，双腿软得像棉花。他左手拿着手电，开始在地板上寻找手机。还好摔得不厉害。马特尔把手机放进口袋，一瘸一拐地回到公寓。

上好两道锁，他瘫倒在沙发旁。汗如雨下，牙齿格格打战，阵阵疼痛袭来。他拨打布鲁斯的号码。对方总算接起来了，可马特尔发不出声。

“喂喂，是你吗？”

布鲁斯的声音听起来像机器。“喂，”他机械地重复着，“是你吗？”

马特尔张开嘴，但喉咙里没有声音。他的头在旋转。他挂了电话，扶着墙，同时注意不让折断的手指触碰任何东西。这时他才意识到裤子被小便浸透了。

他缓慢移动到厨房，借助剪刀把高领毛衣、T恤衫和裤子除下。他试图快点，尤其是尿湿的裤子。用左手不容易。剪刀咬着织物。他的鼻子呼哧呼哧，大汗淋漓、气喘吁吁，身上又冷又热，不听使唤的恶心感觉。最后他总算脱光了。

然后他去浴室，水开得很热，冲洗脸、后颈、全身，除了受伤的手保持不沾水。水流了很长时间，直到变温，变凉。他站着，低着头。从这个角度，他的阴茎显得很小。

抹去镜子上的水汽，他检查伤情。除了肘部和背部几处丑陋的瘀伤之外，脸也伤痕累累。整个右脸都沾着墙上的灰浆，眉骨上方的额头切口很深。他用手指探进伤口，不知为什么这么做并不特别疼，但是手指头戳到肉里的景象让他一阵恶心，在水槽里呕吐起来。他挪到床上，赤身盖上被子，将受伤的手靠近自己保护起来。有时，颤抖将他从床垫上惊起。他的牙齿还在咔咔作响，感觉冻得要死，然后被子下的温度逐渐升高，马特尔终于睡去。

刚过十一点，他一下惊醒，浑身是汗。他马上看一眼手机。语音信箱有布鲁斯的留言。他之前没有听到，现在也没有勇气听。然而情况紧迫。那两个家伙给他派了人来，他们必须有所行动。他给布鲁斯发了一条信息，没用缩写，确保那傻瓜能完全理解：

对班宣战。稍后给你电话。

小睡让马特尔恢复了一点力量。他抓紧消毒伤口。右手的食指和中指断了，呈青紫色。冷水冲洗让他感觉好了一点。不过在伤口上倒入消毒剂时疼得几乎受不了，他不得不紧紧抓住水槽才不至于摔倒。镜子里的自己面目全非。五官软塌下陷，像有着三层黑眼圈的酗酒女人。他的眼睛看起来像得了帕金森，游移不定、轮廓模糊。皮肤是介于淤泥和雾之间的泥层色。自己会死在浴室里吗？马特尔不能排除这个可能。

他坐在浴垫上等待痛感消退。然后穿上内裤、袜子，走到厨房，顺便检查前门是否关好。他好些了，甚至有点饿了。冰箱几乎是空的，沙丁鱼罐头、黄油、不新鲜的沙拉叶、芥末、泡菜、蛋黄酱、啤酒。他站在灯下，金属罐子没法完全打开，就用手指掏着把沙丁鱼吃了。他在水龙头上喝了些水，感到需要强刺激性的东西。他在冰柜找到一瓶没喝完的野牛草伏特加，用牙齿打开瓶子灌了几大口。胃里热起来，他觉得下巴收紧了一点。他拎着瓶子、依然只穿着内裤和袜子走进客厅，跌坐进椅子，点上支烟。他思索着，盯着脱节的手指，鼻子吸着气。不时喝一口伏特加，瓶子很快见底了。他的思路慢慢恢复清晰。

这帮垃圾没放过他。那个穿皮鞋的家伙完全可以杀了他。房间里静极了，马特尔每吸一口都听得到烟草燃烧的声音。想到尿裤子，他禁不住做了个鬼脸。

现在，知道自己肯定不能全身而退，反而让他某种程度上松了口气。躲起来等事情发生有什么用？毕竟，他没什么可失去的。香烟末端在黑暗中闪烁，照亮了他的脸，反射在电视屏幕上。恐惧正在褪去。他又和以前一样了。那时他还没有奔波在工厂和勒克莱尔超市之间，没有抱怨太多税收和过多的阿拉伯人，脑子里没有只想着休假和三十五小时工作日。真是疯了，他的生活方式、他的烦恼，图啥呢？微不足道的工资，企业委员会的小金库，厂子完了，把他选上去的工人除了抱怨和批评什么都不懂，本该在林子里撞死在树上的小婊子。还有班巴莱克。他妈的班巴莱克。他笑了。

退伍后，马特尔游历了不少地方，在尼日尔赌场、意大利夜总会、南部海岸做过保安。他了解这行当的人。相比之下，班巴莱克兄弟并不特别可怕，无足轻重的地痞，很危险但还能对付。不过和他们打交道一刻也不能放松警惕。

他家里总有人当兵。一九五五年赴奥雷斯的堂兄再没回来。母亲保存着当时的整套《巴黎竞赛》画报。奥兰，菲利普维尔，帕莱斯特罗。黄色和绿色的老旧封面。一种根植在他童年的感觉。自然而然的词汇。对北非阿拉伯佬的各种侮辱性的称呼。在山上，他们屠杀了整个村庄。男人，女人，孩子。甚至狗。“动物都不放过。”母亲摇着头说。女人的肚子被剖开，没出生的孩被杀死在里面。年轻士兵的尸体横陈在阳光下暴晒，睾丸被切下塞入口中，全身爬满黑蝇。孩子们被扔进面包炉。在那之后，他们不得不回国，过浑浑噩噩的日子。看新闻就知道了。监狱人满为患。班巴莱克，贫民区的孩子，学校，社区，四十年后一切照旧。相比之下，关闭工厂的股东算得上绅士了。

穿上干净的牛仔裤之前，马特尔喝了几口啤酒去除香烟的涩味。他还是饿。甚至有一种渴望，一种做恶的快感从心中升起。该轮到他出击了。

他在衣橱里寻找宽袖子的衬衫，容易穿又不会伤到自己。只有一件合适，带有黄色兰花的潟湖蓝色。也只能将就了。然后他叫了一辆出租车去医院。他穿上皮夹克。手表显示差一刻钟到午夜。出门之前，他用一条围巾系在脖子上把手托住，然后开始在房间里翻找。在贮藏室吸尘器口袋的后面，他终于找到了在 ebay 上购买的二手防爆手枪。模仿柯尔特警用手枪的样式，木制枪托，短枪管。他把它放进口袋里。在银行取消他的信用卡之前，他从网上买了不少东西。这把小枪发射气弹，不会造成太大伤害，但把它放在口袋里让他感觉很好。进入了角色。

出租车赶到差不多是夜里十二点半。一辆白色的拉古娜，在雪地里几乎要看不到了。马特尔离车门只有几米，低着头，试图将受伤的手藏在夹克下。他坐在司机旁边，让他开去急诊室。

那家伙点了点头，车在厚厚的积雪中慢慢开始前行。马特尔盯着司机。个头不高，头发鬈曲，橄榄色皮肤。阿拉伯人，真他妈的讽刺。他把左手放进口袋，摸了摸手枪。他思忖着。过了一刻钟，他打破了沉默：

“停下。”

“什么?”司机担忧地看了一眼。

“停在车站前。我先吃点东西。”

在两个土耳其人开的小酒馆前，拉古娜无声地停下。一模一样的相貌、八字胡、秃头，大概是一对孪生兄弟。

马特尔下车叫了一份多加奶酪的美式汉堡，到后面的桌子坐下。餐厅看起来像走廊，薯条又油又烫，牛肉带血。马特尔吃得很快，来不及咀嚼，心中只惦记着跳动的出租车计价器。双胞胎看着他。吃完他向外看了一眼。出租车司机正在做数独游戏。他太矮了，几乎看不到。马特尔出去敲了一下出租车的车窗，车窗闷声降下。

“刚才的时间必须扣除。”

“什么?”

“吃饭时间不能算。”

小个子盯着他看了一会儿，笑了笑。

“好的。”

“我们走。”

进了车，马特尔朝司机倾过去，体格高大的他俯视对方，平静地说；“你很幸运。”

司机没有说什么，直视前方等待着。他不敢点火，挡风玻璃逐渐蒙上水汽。

“我不乐意跟您客气。”

“明白。”司机说。

他转动钥匙，发动机开始发出呜呜声。

没什么好惊讶的。这个点儿的客人总是醉醺醺的，在后座就能乱搞起来。司机想到等在家里的母亲。她法语说不好。白天睡觉，好在他下班回来时醒着。

“我现在就带您去急诊室。”

在路上，他们交流了几句。马特尔指路。拉古娜非常缓慢地行驶，每次过红绿灯，可以听到轮胎在雪地上的摩擦声，然后发动机的声音盖过夜晚的微弱声响。

司机开车到急诊室的入口，一直没挂过三挡。在离开之前，马特尔让他等着。司机从一个固定在仪表板上的箱子里拿出名片："您完事儿后给我打电话。"

马特尔拿起卡片并大声宣布："不行。等我。"

急诊室接待台，一名金发胖护士在值班。马特尔再冲她挥手指也没用，他必须像所有人一样排队等待。他要发火了，他疼得很。可是给他镇痛药他又拒绝。他害怕入睡，夜晚远未结束。他还得联系布鲁斯。他越想越觉得必须马上处理班巴莱克，这是唯一的办法。好在急诊室人不算多。一位母亲和她的孩子。一个年轻的家伙，穿着外套，风帽拉在头上。在他的椅子下面有一只小狗。一个女人独自一人，拄着拐杖，头发脏脏的。一个睡觉的胖子，身穿圣诞节毛衣。没人说话。母亲不时在男孩的头发上吻一下。马特尔在通讯录中搜索了丽塔的号码，继而又犹豫了。经过整整一个小时的等待，到他了。

年轻的医生已经秃顶，眼镜颇为时尚。先在他眉骨上缝了三针。

"护士会给您包扎，告诉您如何消毒。"

然后医生让他脱掉衣服听诊。当摸到肋骨时马特尔不禁呻吟出声。

"需要给手和腹部拍个片子。今天晚上先简单处理一下，但这还不够。"

马特尔默默穿上衣服，医生不放心："您明白我说的吗，先生?"

马特尔点点头。护士给他上夹板和包扎，但这一切并没有让他感觉好起来。一米九五的个头，散发着油炸食品的气味和酒味，二月里穿着夏威夷衬衫，马特尔知道自己形象傻透了。护士一直皱着鼻子，告诉他服药期间注意别饮酒。马特尔没接话，起身穿上外套走了出去。出租车不见了。他看了一下手表，两点过几分。好在雪没那么大了。他点燃一支烟。天很冷，但是风停了。他调整了一下支撑手臂的绷带，然后出发。他的身影从霓虹灯的晕环中离去，沉入黑暗之中。在厚厚的积雪中，他的每一步都伴随着裂响。在他身后是一串深深的脚印。一看就是四十七码的鞋子。

维克多·托卡列夫

已经两周了，每天早上，维克多·托卡列夫都来到公路咖啡馆前台坐下，跟红发栗眸的女招待打招呼。热咖啡的香气弥漫在大厅，他尚未开口，服务员就把他的杯子满上，每天都一样。维克多太需要一杯咖啡了。他头天晚上顶多睡了两三个小时。事实上他几个月没有睡过整觉了。他从灰黄色的防雨大衣里拿出一本随身携带的皱巴巴的杂志，抚平感兴趣的页面。这篇文章是在牙医那里看见的。标题引起了他的注意，从那以后他每天早上都读一遍，试图理解不太懂的句子。这番仪式般的努力有点迷信的意味。维克多觉得这文章里的东西可以解决他的问题。他又一次读了标题。

“压力管理：如何脱身”

一个段落尤其引起了他的注意。

达米安成功了。他以优异的成绩毕业于高等商学院，在一家跨国计算机企业工作了七年。高薪，前景光明，年终奖，有家人、朋友，达米安拥有幸福的人所需要的一切。然而……

“我每天在办公室待上十二个小时，为了什么？我们为制订计划而制订计划，浑然不知它把我们带向哪里，用处如何。我们花了很多时间编写没人会瞧一眼的新闻简报，或者做毫无意义的PPT。我和老板说过，但他只是耸耸肩。爬得越高，我越觉得身处一个毫无意义的体系，不知所谓地运转着。”

维克多从不觉得自己跟黑帮电影中的彪形大汉是同类。反倒是这篇文章戳中了他的心。这跨国公司的年轻人简直就是他自己的写照。他也牺牲了一切，生活、时间、精力，为了成功，成为人物。最终，他每晚睡两个小时，指甲啃出血，电话一响就觉得天要塌下来。而这一切是为了什么？他已记不起来。

他揉了揉眼睛。霓虹灯刺得难受。柜台后面，女孩等着开张。无论如何，她很有趣。客人下单仿佛是头等大事，她立刻忙活起来，像一只筑巢的鸟，细致、热情。她大约十六七岁，这应该是她的第一份工作。有时，维克多感觉工作对她就像过家家。他每天都在柜台上留下五欧元的小费。

这是个不错的地方，来的都是懂行的常客，完全不同于那些游客蜂拥、多半为如厕才被光顾的低劣连锁店。酒店保安推荐给他的。凯尔[1]的一家酒店，距斯特拉斯堡十分钟车程。拉多米拉和两个男人一起消失得无影无踪之后，他取消了所有公寓的租约。女孩们当然不情愿，但还是回到老办法好。事实证明，给她们自由只会惹祸上身。因此，维克多与凯尔酒店老板谈好，五个女孩从斯特拉斯堡乘出租车过来入住，每个房间五十欧元，他的则免费。早餐他也谈了个总价。他每天早上都来这里。这样颇能省下些钱。不过小费不能省。不是一码事。

女服务员带着香肠、吐司和草莓酱回来时，维克多正忙着用牙签清理指甲。他点点头表示感谢，一绺长发落在脸上。他将头发捋到耳后才开始吃饭，叉子切了一块香肠送入口中，从大衣口袋里摸出记事本。

前一天，他和女服务员交谈了一会儿。她会说的英语有限，也就中学水平，舌头在牙中间发“the”音。维克多问她客人是否让她厌烦。她笑了。不，每个人都很和善，老板娘也是。完成工作就好。她算不上漂亮，皮肤苍白、厚实，嘴周围有痘印。他问她是否有男朋友，她不假思索说“当然”。他也有工作，在苗圃，俩人住在女孩父母家。幸好如此，因为她的父亲已经失业了一段时间，家里需要年轻人的收入过活。她为自己的故事感到自豪。她没有问对方任何问题，完全沉浸在自己的规划里。

维克多感觉到奥西普的手放在他的肩膀上，他合上记事本。

---

① Kehl，德国西部小镇，与斯特拉斯堡只有一桥之隔。

“怎么，还在算账吗？”

维克多没有回答。他把本子放入口袋，把杂志折叠起来，一手拿杯，一手端盘跟着奥西普走到旁边一张桌子。另外还有两个人，卡车司机，一人一边坐着吃早餐，眼睛盯着早间新闻。在讲一起中国煤矿瓦斯爆炸事故。

他们坐下来，奥西普打个响指叫服务员。她刚要走过来，他示意只想要杯咖啡。她还是犹豫着要走过来，奥西普不快地把手一挥，让她赶紧弄咖啡去。她脸红得厉害，扭头奔向咖啡机。奥西普回身转向维克多：

“那么，你明天晚上来吗？”

“看情况。”

这回答让年轻人觉得好笑。维克多深居简出的名声在外。不像其他人，他讨厌扑克，几乎从不踏足迪斯科舞厅。即使他屈尊观看一场足球比赛，也往往是在房间里。奥西普突然露出担忧的神色。

“你脸色不大好。”

“睡眠不好。”

“你应该休几天假，放松一下。”

这么一说，奥西普突然来了兴致，仿佛刚刚发现了本世纪最大的秘密。

去年，维克多借了很多钱在土耳其黑海沿岸建房。他夏天去那里看过。事实上，钱早就花光了，却只建起三堵墙。包工头消失了。他的办公所在地现在是个家电铺，橱窗里满是洗衣机。整个假期维克多都在找那家伙，没有结果。钱的事先不说，这关系到一个原则问题。再说自从其他人知道这事以后，看见他就拿别墅的事情打趣。目前还没有太过分。毕竟维克多仍然让人忌惮。

维克多开口："有人整夜在酒店乱搞。我几乎没合眼。"

"黑人？"

"法国人。"

"一回事。"

两个男人笑了。

"阿拉伯人，"维克多说，"他们得知女孩住在酒店。"

"他们就出现了？"

"根据我的理解，来参加生日派对。"

"女孩们当时在？"

"当然不在。她们工作去了。"

"然后呢？"

"他们开了一个房间闹到很晚，等女孩子们回来。放着他们的狗屁音乐。"

"这些白痴从来没有机会上女人。他们成日无所事事。他们会干的就是朝地上吐唾沫，抽大麻。"

维克多点点头。

"后来呢？"

"没什么。走了。"

"你任凭他们闹了半宿？"奥西普没说完就笑了。

"他们有五六个人。对保安骂骂咧咧。"

“这帮疯子可能有武器。你有没有想象他们中的某一个朝你开枪？”

“没有。”维克多淡然说道。

“那又怎样？无论如何，你没有把女孩留给那些畜牲。”

“大约四点钟，他们开始尖叫，四处奔跑。保安告诉我在他们房间的地毯上发现了血迹。那些小白痴把床单拿走了。”

奥西普沉思了几秒钟。

“下次有这种事，给我打电话。”

“他们不会回来了。”

奥西普的脸亮了起来。

“啊？”

“不过……”维克多没有说下去，闭上眼睛叹了口气。

奥西普没有坚持。他知道维克多一向寡言。苍白的脸色和冰冷的表情是传奇的一部分。他样貌奇特，有些怪癖，外表有点让人恶心，不过没人敢当面这么说。奥西普很自豪能跟维克多这样的老江湖打交道。他的故事太多了。据说他曾把一个人按进垃圾车的转轮里。当然没人真的相信，但它构成了所谓的“人设”。

女服务员送来奥西普点的东西。路上，些许咖啡溅到碟子上。她道歉并用纸巾擦了擦。奥西普恼火地示意她离开。维克多听到身后高跟鞋的哒哒声。

两个人有一搭没一搭地聊着。奥西普经手大笔资金，非常担心经济形势。他成天待在车里，广播听多了，满口冒着诸如“中国的货币政策实在荒谬”或者“奥巴马的重振经济计划规模不足”之类的语句。鉴于他连日常法语都说不成个儿，这就更令人称奇。每一次，维克多都点点头，对方过于宽松的表带晃动发出的金属声让他难受。

过了一会儿，奥西普下了决心：

“怎么样?”

“六千。”维克多说。

“数不对。”

“我知道。”

“你在给自己找麻烦，维克多。”

“我知道。”

“先给我吧。”

维克多将一串存衣柜钥匙放在桌子上。拴着的塑料绳上标着号码 559。每周四晚上，维克多去市游泳池把钱存放在那里，周五由奥西普取走。主意是后者想出来的，他每天早上都游泳。

“很好，”他说，“你知道怎么做。”

维克多知道。他的记事本上，数字一行行排下去，如同顽固的昆虫，精确记录着他的债务账目。他每周必须给奥西普一万欧元。就是这样。他生意启动、买第一批女孩子的时候欠下的。后来又欠了别的，尤其是黑海边那幢房子。每个周五，奥西普来拿走一万，包括利息，以及一种与地头蛇保持良好关系的“税”。当维克多周转困难的时候，交不足的数额又会变成债务。比如说，如果他只付得出六千欧元，那么就等于又新欠了四千，还的时候要算上每周百分之十的利息。他已经累积了数周的延误。记事本方方的页面上，破产正在快速逼近，他每天重新计算十次，写了又划掉。

然而，生意红火的时候，每周付款只是形式问题。过去当他需要离开一段时间，曾经一下子预先还几周的钱。他还借钱给那些还不起债的人。他手头不缺，愿意帮助他们，当然利息少不了，百分之三十到四十。可怜的穷鬼们以为维克多没有他们的债权人那么可怕。然后有一天，维克多旋风般驾到，通常是在大清早，他们才清醒过来。他们中的一些人已经被榨得渣都不剩了。每次维克多都想知道这些蠢货是怎么落到如此地步的。

事情变糟是在放射科开始的。有一段时间维克多弯腰困难，走个五分钟就不得不停下休息。他去看全科医生，开了止痛药，没有什么结论。然后他去看大篷车里用偏方治病的吉卜赛土医。后来那个正规的物理治疗师也没有带来什么效果。所谓的骨科医生其实也是一路货色，只是更昂贵。他的胯部仍然有被钳住的感觉，有时仿佛生锈的铁针在往脊柱里刺扎。最后，放射科医生诊断出椎骨周围长了喙状突。最终可能导致腰椎管狭窄。然后呢？放射科医生似乎非常抱歉。坐轮椅。瘫痪。都有可能。在那之前，只能按部就班治疗。

维克多在沉思，机械地往唇间塞支烟。他打算点着，又改变了主意。他从小就是个烟鬼，坏习惯一个改不了。他把烟放回桌上，心不在焉地听奥西普讲话。这混蛋似乎在讲他的车。维克多继续默默地生自己的气。

看病花钱如流水。与此同时，女孩们在公寓里消磨时光。好在有吉米·科莫尔看着她们，否则这些贱货恐怕要干私活了。无论如何，情况糟透了，医疗费用在膨胀，现金收不上来，新来的小女孩当街被掳走。难以置信。黎明时分，两个家伙，开着酒红色标致605，几乎再也见不到的车型。幸运的是，雅蒂已经认出了其中一个人，一个美国名字的健身爱好者。靠贩售切成小块的可卡因过活的小流氓，有一天突发奇想。他的末日也不远了。举举哑铃，卖卖毒品就以为自己是个人物了，其实狗屁不是。就像被警方做了画像通缉、其实不足为惧的人。尽管如此，吉米·科莫尔还是找到了他的行踪。包括他全家，住在距离边境大约一百公里的一座破旧农场。吉米已经暗中盯了一段时间。他见过那个健身迷。不过没有女孩的踪影。得小心行事。这帮山里人，不知道他们会做出什么。

维克多太过专注以至于没有立即明白奥西普提出的建议。他等待着，什么都没说。

“你考虑一下。”奥西普说。

维克多沉默着，奥西普补充道：“给你个友情价。百分之二十五。有个四五万，你就活起来了，之后再商量。”

维克多开始明白了。

“我为什么要你的钱?”

“那边很担心。银行不好过，都想尽可能多地回笼现金。”

“我不明白跟银行有什么关系。”

“这不重要。你最好和我干，离别人远点。”

维克多沉思着摇摇头，把桌子上的烟拿起点上。旁边两名司机激动起来。怎么回事，这里明明禁烟的。他们怒了，连连摇头，互相作证，朝维克多瞪眼，而后者若无其事地继续，就像什么也没发生。奥西普很满意。他小心地将存衣柜的钥匙放入口袋，摘下手表平放在桌子上，防止一会儿打起来。女服务员躲到洗手间去了。较瘦的司机受不了了，第一个起身。

“嗨！”他说。

维克多平静地拿起杯子，喝了口咖啡，瞧都不瞧对方，而是饶有兴味地看着奥西普。

“你还记得我们第一次见面吗？”

“当然。”奥斯普回答说，突然有些戒备。

“那会儿你还知道自己几斤几两。”

奥西普泄气了。他后悔提议帮这老混蛋。暴力吓不到他。卡车司机更不足道。可是，他从来都不知道托卡列夫清亮的大眼睛背后是什么。虽然听了那么多说法。他抬手摸一下额头，又在大腿上擦了擦。他试图微笑。另一个有肚子的卡车司机也站起身加入他的瘦子朋友。两个人同一节奏，愤怒又犹豫。

电视的声音升了一挡。广告。维克多继续：

“而现在，你想借钱给我。”

“帮你个忙。”

“帮我个忙。”维克多重复道。

他慢悠悠除去粘在舌尖上的烟丝，转向两个卡车司机。俩人吓了一跳，身体僵住了。维克多又转向奥西普。脸色苍白。好几分钟了，他感觉好像有人拿十字改锥在他两根椎骨之间戳。他想到口袋里的可待因片，但他不能在奥西普面前服药。他尽可能平静地继续抽烟。

“你知道为什么他们不会再进一步了？”他朝那俩人抬抬下巴说。

“因为他们怕了。”

大肚子司机确实已经谨慎地回到座位上。这下另一个尴尬了。他轮番看着电视屏幕和维克多。最后决定专注于电视。

“他们拿不准，因为他们不认识我。不知道我会做出什么来。”

奥西普表示认同。

“这点他们比你强，”维克多说着，把烟头摁灭在面前的盘子上，盘里的香肠还没动，“你以为你知道。你以为了解我。你以为你知道我能做什么。”

“犯不着动气，维克多，我只想帮忙。”

“闭嘴。”

维克多声音低沉。他在忍痛。

“这里唯一聪明的是那个躲起来的女孩子。你知道为什么吗？”

奥西普摇了摇头。他对自己发誓迟早要这老东西的命。

“因为她不多管闲事。”

奥西普从维克多肩上望去，女孩还没出来。他讨厌这些女人。她们满足于平庸，屈从于命运，勤奋工作，笑脸迎人。

“一个傻瓜。”奥西普说。

“傻瓜是你，奥西普。”维克多冷冷地答道。

“你过分了。”

“点支烟试试。”

“什么?”

“你会看到的。试一下。那俩人会马上过来。因为他们知道你是个年轻的傻瓜。他们知道你一文不值。”

奥西普在红色的板凳上扭动。他的万宝路就在桌上，钥匙旁边。他犹豫了。

“来啊，试试看。他们了解你。他们知道在和谁打交道。尤其是：他们知道你活该。”

虚假的微笑浮现在年轻人脸上。他瞥了两个卡车司机一眼。他们吃完了，大肚子在剔牙，一只手搭在腰上。另一个在摆弄智能手机，全神贯注，正玩得起劲。

最后，奥西普摇摇头站起来。他试图显得大度，不和维克多计较。后者付了账并留下十五欧元的小费。然后他跟着奥西普去了他的车。奥西普进车的当儿，他们聊了几句。维克多一只手臂靠着车顶，低声说：

“不要为我操心，奥西普。我不希望你担心。”

奥西普耸了耸肩。

“你想让我担心什么，托卡列夫?”

他不屑地说出最后一句话，像是什么荒谬可笑、或者有点恶心的东西。

奥西普的脸消失在电动车窗后面，他离开停车场驶往附近的高速公路匝道。奔驰 600 SL 的大轮子将它们的印记留在停车场潮湿的地面上。维克多在原地待了一会儿，听着十二缸发动机的轰鸣消失在远方。

然后，他从口袋里找到药片吞下两粒。冰冷的东风吹起他的衣角。他进了自己的车，一辆百公里十升的旧奥迪 80。他马上回了酒店，他需要躺一会儿。整个行程中，他必须紧抓方向盘才不至于浑身颤抖。

到达事故地段时，维克多只得慢下来。现在只剩下双色路障、一辆警车和满地的锯末。刚才来的时候他看到卡车、救护车，一名戴头盔的消防队员在路中间操作一个火花四溅的角磨机。当时天刚亮，车不多，开得很慢。穿着磷光背心的警察拿着荧光棒指挥。维克多认出了那群阿拉伯青年离开酒店时开的帕萨特。他们谁也没能打出一枪。

吉米·科莫尔正在酒店门口等他，坐在标致Ⅵ系的引擎盖上。他们一起到维克多的房间，聊了一会儿。维克多告诉他今后必须小心奥西普。吉米脱了衣服，似乎不理会维克多在说什么，径自上床。床单衬得他皮肤更黑了。他立即睡着了。维克多又吃了一点可待因，坐下来拿起一本书，几周前在另一个房间找到的斯蒂芬·金的旧作。被魔鬼附身的狗的故事。妈的，他要有这样的狗，早发财了。赢两三场斗狗，他的债务就将成为遥远的记忆。

一小时后，吉米起身伸了个懒腰。维克多不介意他的裸体，但他还是套上内裤才坐起来。

“孚日的山里人我今晚处理。”

“好。”

“然后再对付奥西普。”

“你想吃点东西吗?”

“不。一杯可乐就行。”

“好。小心那帮人。说不准。”

吉米点点头，笑了一下。呦，他竟然也会笑。可待因也总算开始起作用了。

乔丹·罗卡戴利

和里顿吵架之后，乔丹回到家。父亲在电视前睡着了，嘴巴张开，胸前搭着毯子。客厅的茶几上有一罐喝完了的克伦堡啤酒和一个空玻璃杯。乔丹打开橱柜，看了下皮康还剩多少。他在酒瓶上做记号有一段时间了。

乔丹希望事情早点结束。厂子要关了不假，可现在工厂不都这样嘛。父亲这代人就是无法接受现实。就好比让他们相信强尼不是在街上长大的。

尽管无精打采，乔丹还是被电视吸引住了。一个穿着橡胶靴的家伙穿过一片破败的森林。连根拔起的树木横七竖八。他的狗在前面，左右跳跃，爬上树干等待主人，鼻孔朝天。乔丹想知道，所有这些——工厂，沉睡的父亲，里顿的大麻，电视新闻——是不是一个梦。也许他自己的存在也是别人想象出来的。或许这一切，整个现实，只是一个无限大而陌生头脑里一个转瞬即逝的想法。甚至他自己的想法也可能臆造出了许多个世界，什么工厂倒闭，父子俩相依为命，母亲早逝……

最好不去想。他开始清理茶几。每次嗑嗨，都会冒出奇怪的想法。总的来说，他乐得沉浸其中。但是这一次，里顿讲的夜总会的事让他陷入了一种黑暗和说不上来的郁闷之中，就像《第四维度》某集的剧情。莉迪。

他回到厨房，喝了几大口可乐。气往头上冲，刺痛鼻子。很好。家里又没吃的了。过去，母亲会提前计划一周的菜单，每周三下午带着购物清单去超市搞定，一切井井有条。小时候乔丹陪着她，坐在购物车前部的小折叠架上。只要他乖乖的，结账时就能吃上好莱坞牌草莓口香糖。后来他不再愿意跟着了，母亲依然给他带回口香糖。他的口味从草莓变成了薄荷，但她仍不时会开玩笑地给他买粉红色的。希望儿子是长不大的宝贝。

尽管努力尝试，父亲从来买不好吃的。总是不得不在一周当中再去超市，或连续三晚吃面条。一段时间以来，他和乔丹经常吃火腿三明治了事。或者速冻食品，便宜的芬德斯。

饿劲儿上来真的痛苦。壁橱、抽屉、冰箱要开关两三次以确定有没有东西。每次吸烟时乔丹都把厨房翻个遍。这次，他在冰箱冷冻室发现了意式宽面。微波炉转一刻钟。等待的时候他吃了两块奶酪和壁橱里找到的软了的花生。盐的味道很美。希望它多留一会儿。乔丹把垃圾桶里的花生袋又拣出来，湿湿手指伸进去沾起底部的碎屑和盐粒。宽面好了，他摆桌子，回到起居室叫醒父亲。

后者仍在酣睡。他最近瘦了不少。头发也掉得厉害。他开始看起来像个老人了。不是退休或爷爷辈那种。更像某类保险代理人或餐馆老板，将所有积蓄投入一辆路虎去参加巴黎-达喀尔汽车拉力赛。之后在回国的飞机上，晒得干瘦的他们眼神飘忽，人却很开心。可父亲还不到五十岁。乔丹盯着他看了一会儿，把毯子拉到他肩膀上。父亲喜欢宽面，他会开心的。再说乔丹确信食物的气味会让他醒来。

“你回来了？”

乔丹正在翻阅电视报。他抬起头，发现父亲在门口。他已经吃过了。感觉沉重而满足。

“你看起来很累，我就没叫你。”

父亲一屁股坐进椅子里。脸色阴郁。乔丹熟悉他嘴角那两道苦涩的褶皱。父亲张开嘴，发出闷声。

“给我点东西喝。”

乔丹站了起来。

“我给你热一下宽面。”

父亲做着鬼脸吞下一杯水，然后吃面。因为太烫，用嘴吸着。他一口接一口地吃着，俯在盘子上，一句话不说。

“学校怎么样？”因为乔丹还在，他终于开口问了一句。

“好得很。”

父亲瞥了他一眼。

“你最好努把力。”

“别担心。”

乔丹起身再拿一瓶可乐。

“你不该喝这么多垃圾。你的肚子会像漏勺一样。”

“你也该动动腿脚。”儿子咕哝道。

沉默再次降临。乔丹经历过很多次这种晚餐。父亲等待机会打破沉默。每次都一样，母亲活着的时候就是如此。经过一天的工作，他随时准备发作，借口从来不缺。笨拙的同事，才干了两个星期就挣得比他多的临时工，拿加班费的马屁精。更不用说还要开车回家，急急忙忙冲澡好不耽误晚间新闻，播天气预报的时候已经睡得像死猪一样，直到一切重新开始。一般来说，这种折磨并不足以让他生气。还需要额外的东西，催化剂。可能是法国电力的账单——他不是总跟在儿子身后关灯嘛，怎么还这么高的电费！或者诺埃尔·马梅尔在电视上出现，或者塞纳-圣德尼某个高中的报道。乔丹和母亲知道这些套路，也有应对方法。母亲甚至有时幽默一把，在父亲背后模仿他，翻白眼。但自从她离开后，情况变了。他不再愤怒，取而代之的是一种恨意。

吃完盘子里的面，父亲责问：“没有面包吗？”

“哦，是的，我忘记了。”

“我怎么把汁蘸掉？”

“我给你热点别的？”

“就这样吧。”

父亲试着用叉子清理盘底，后来干脆用食指蘸了一点番茄酱送进嘴里，愣了一会儿。盘底现出一条完美的白线。父亲转向儿子。乔丹仍然不太清醒，逃避着他的目光。

“我打算把车卖掉。”

他的语气带有攻击性。乔丹没有反应。

“我是说打算卖掉 R8。”

“为什么?”

“我们需要钱。因为。”

“它甚至还没完成。”

“照这个速度永远完不了。到时候还不知被你糟蹋成啥样。我宁愿现在就把它处理掉。”

“不要这样,”乔丹说,“我会帮你的。”

恶意的笑声响起,结束了讨论。

“你和你的朋友们。”父亲摇头哀叹道。

乔丹站了起来,准备离开房间。

“等等。”

“怎么了?”

“你拿我当傻瓜是吧?”

“什么意思?”

这次事情严重了。乔丹认出那种表情,嘴巴下垂,目光含混,再也忍不下去的模样,你都怀疑他会不会哭起来。

“你不尊重任何事情。你,还有那些侮辱老师的小白痴。”

父亲把两根手指放在嘴唇上。虚假的笑容消失了。

“你以为呢?我什么都看不见?”

显然。车。那晚回来,雅马哈砸在上面了。

“你认为这正常吗?”父亲的声音尖利刺耳。

不是礼貌问题，不仅仅是说话方式。父亲觉察出乔丹的行为不自然。让他恶心。

“我很抱歉。”乔丹结结巴巴地说。

想一想，父亲此刻站起来打他一顿也不会那么糟糕。但是这可怜的家伙只是双手抱头。

“滚。”

“什么?”

“滚蛋。走开。”

由于他没有动，父亲重复道：“请离开。”

客气的口吻让他受伤。

乔丹退后一步离开了厨房。眼泪涌上来，他恨父亲。他抓起夹克、头盔，匆匆下楼来到车库。R8 在那里，还有他的摩托车。他跳上去，踹了一脚出发了，车库门也没关。一挡二挡三挡，一百二十五毫升的发动机轰轰响着，像一台切割机，声音回荡在方圆几公里。才开出五十米，后轮就打滑了，摩托车似乎在雪地顿了一下，慢慢滑着躺倒。乔丹意识到发生了什么，站起来拍打自己的衣服，朝家看了一眼。附近没有任何动静，一切都很平静。他的牛仔裤现在已经湿了，感到冷。还有事要做。他又跨上摩托车，往埃皮纳勒方向驶去。

第三家酒吧就是他要找的。这么晚了还开着的本来就不多，特别是在这个季节。乔丹冻得不行，先去了“商业”，然后是“惠灵顿”，然后沿美国大道逆行，停在“里沃利”门口。年轻人在外面抽烟，在绿色招牌下互相紧靠着。他认出了一些初中同学。乔丹没理他们，就像从前他们也不理他。这帮混蛋现在上的是普通高中。

酒吧里面放着红辣椒乐队①的歌。环境嘈杂，说话要喊。乔丹瞥了一眼手表。十点过了，许多午夜必须回家的年轻人已经喝醉了。他们在桌子和吧台之间来来回回。地板很黏，女孩子们在洗手间门前排队，一个梳着脏辫的家伙站上椅子，做着摇滚动作大喊大叫。老板佯装要过来，那家伙赶紧从椅子上下来。

乔丹挤过人群，边走边拉开外套。人群中，影影绰绰的面孔似曾相识。很多漂亮女孩。一个端着好几杯酒的家伙推了他。反而是乔丹开口道歉。他手足无措，站在那里，鼻子发红，垂头丧气，而周围每个人都忙着调情，喝酒，大笑。

在里面的一张桌子上，卢卡认出了他，向其他人通报他的到来。里顿和萨米尔转过身。鲍里斯也在。小团体似乎兴致不高。乔丹朝他们走去。半路上看到莉迪。她手肘支在吧台，旁边那个比她年长的家伙叫马尔斯，是里顿的表哥。他们正在等喝的，莉迪像麻雀一样叽叽喳喳，发丝飞舞。看到乔丹，她惊喜地叫了一声冲过来。好疯狂，乔丹觉得像科幻小说。她换了衣服，穿着非常低胸的背心、低腰牛仔裤和方底靴。乳房间有汗水闪烁，太阳穴处的发丝湿润，脸颊通红。

“呀，你来了我好开心!”她一下将他抱住。

---

① Red Hot Chili Peppers，美国摇滚乐队，组建于1983年。

他闻到了她的味道，有点甜，有点辣，他脸红了。

“没看见乔？”莉迪问，仍然贴着他，“你想喝点什么吗？”

她转向一名女服务员，叫了两份“小勒内”，李子和咖啡利口酒制成的本店特饮。女服务员说要现金，但莉迪没钱。乔丹付了。吧台上一个五十多岁的男人问能不能请他喝一杯。他戴着帽子和硕大的戒指。乔丹认识他，这家伙经常在附近出现。总是穿一身黑和牛仔靴。据说他八〇年代曾在一个不太糟糕的乐队当主唱。也有人说他是个瘾君子。反正他从未拿到过驾照，也算奇事一桩。喝醉了就步行或乘出租车。人行道上常见他高高的驼背的身影。总有新一茬的高中生拿他当人物，倾听他的故事：巴拉瓦纳演唱会的上半场，一万块的皮裤，跟蒂埃菲纳一起干掉成瓶的杰克丹尼威士忌。乔丹给他买了一杯。

“妈的，我喝醉了，”莉迪笑着说道，再次拿胸部蹭着乔丹，“你不知道那个新来的在哪儿？”

“你来干什么？”里顿过来揽住他的肩膀，“你爸怎么放你出来了？多带劲儿的派对，嗯？”

乔丹有点反应不过来，不知身在何处。通常，一看到莉迪的雀斑，他就已经头脑不清醒了。现在，她的胸部贴着他，她看到他时的快乐，还有她的气味，他彻底懵了。他又闻了闻。她的气味让人想起棉花糖，接着是那种刺激性的、难以想象的私密之物的味道。莉迪腋下在出汗。他快要哭出来了。

里顿把他们带回了桌子，坐在他俩之间。从厕所回来的卢卡发牢骚嫌自己位置被占了，不过没人理他。裹着夹克的鲍里斯摆弄着他的三星手机，萨米尔和女孩子调情，寻找灵魂伴侣。在外面抽烟的娜嘉加入了他们，双手插在口袋里，摇晃着，脸色苍白，嘴唇毫无血色。她对乔丹微笑了一下，又去洗手间了。其他人看着她过去。娜嘉靠在墙上等待，头顶上方的扩音器里播着布兰妮·斯皮尔斯的最新单曲。她闭上了眼睛。

“她挺不错嘛。”里顿说。

“少打她主意。”莉迪警告他。

又喝了几杯啤酒。乔丹感觉不太好。他的头太沉，很困。里顿兴致勃勃，在莉迪耳边不停地说，后者则越来越频繁地看表。里顿的表哥已经搭上了一个扁平鼻子的金发女郎。

“如果他这样继续下去，待会儿车里就坐不下了。”里顿说。

他把手放在莉迪身后的椅背上，她则让他把爪子挪开。一个小时过去，乔丹听出的歌手有贝克、凯莉·米洛、蠢朋克乐队、皮克西乐队[①]。娜嘉终于从洗手间回来了，整个人灰突突的。

“你看起来不太好。”里顿说。

“闭嘴。”

她的额头湿了，不过还站得稳。

莉迪已哈欠连连。里顿想给她再来一杯杜松子酒，她拒绝了。马尔斯对扁平鼻子的女孩已经得手。其他人看着他们舌吻。连老板都过来一次，让他们冷静下来，说这里不是窑子。乔丹晃

---

① Daft Punk，法国电子乐队，组建于 1993 年；Pixies，美国摇滚乐队，组建于 1986 年。

着脑袋假装对音乐感兴趣。魅影 DJ，正义乐队，金发女郎乐队[1]，奈尔斯·巴克利。很酷。

萨米尔和卢卡首先起身去隔壁的酒吧玩电动弹珠，一个叫“麦迪逊”的台球爱好者的乐园。娜嘉已经说了三四次想走，当她又说了一次时，里顿让她不要扫大家的兴。她太累了，甚至没有接话。鲍里斯的手机在口袋里振动，看过之后他二话不说马上撤了。

“是他妈叫他回家。”里顿笑道。

没有人在意。乔丹再也忍不住了，他下了决心。

“我走了。再见。”

“是的，我们走了。”娜嘉也站了起来，盯着莉迪，希望她跟上。莉迪犹豫了一下，也站起来。里顿抓住她的胳膊：“急什么，时间还长着呢。”

哪怕里顿立刻趴在地上吃狗食，娜嘉也不会多看他一眼。莉迪穿上毛衣，将长围巾裹在脖子上。经过一秒钟的慌乱，里顿站在她面前：“等等，我们去‘狮身人面’吧。晚上才开始，我们会玩得很开心，相信我。”

“是啊，那个新来的也会在，是吧？我累了。拜拜。”

强尼·卡什正在唱《受伤》。应景。

里顿开始生气，抓住莉迪的手腕。与此同时，娜嘉绕到桌边，拉起乔丹的袖子：“走，我们去外面等他们。”

---

① Justice，法国乐队；Blondie，美国朋克风格乐队，组建于 1974 年。

她恢复了血色。她的眼睛很大很黑。乔丹以前从未注意到。她握住了他的手。他感到她皮肤的柔软，任她牵着。

莉迪看到他们出去了，而里顿继续像地毯经销商一样絮叨。她感到难以忍受的郁闷。要回家了，什么也没发生。外面，娜嘉和长睫毛的男生在雪地里等着，肩并肩。她喉咙发紧。她挣脱开，跑到外面的朋友身边。十一点了。夜晚可能真的还没有结束。

丽塔

“不行格里高利，不可能，她得跟我们回去。”

“你没听说过个人自由这回事吗?”

“别跟我扯。为了上这个女孩子你干脆把《人权宣言》给我背一遍吧。唉，唉，你老实待在这儿。”

维多莉亚试图躲到格里高利身后，丽塔一把抓住她。

“晚饭前我警告过你，少来你那套。好了，玩够了，我们走。”

丽塔转身和母亲吻别，手上仍抓着维多莉亚。

“再见，亲爱的。”母亲说。

“再见，奈娜。我会尽快给你打电话。”然后竭力对弟弟挤出一个微笑，“别生气了，吻别吧，你会再见到你的女朋友的。”

格里高利照做了，但心不在焉。他在看维多莉亚。女孩的下巴开始颤抖。丽塔叹了口气。她也快受不了了。几个星期以来她保护着这个女孩，她很可能因此在警察那里惹麻烦，结果呢，这糊涂孩子见个男人就陷落了。告别已经持续了十分钟，还下这么大雪。不过她还是允许维多莉亚走到弟弟身边。后者把她抱在怀里。简直像一对在夏令营坠入情网，在回程的火车站难分难舍的少年情侣。迷失的表情，可笑的真诚，那种对世上其他一切的完全无视。尽管不情愿，丽塔也不得不承认二人有可爱之处。等回到家，也许她会给马特尔发个信息。

“好了，我们不能在这里过夜吧。”

格里高利抓住维多莉亚的胳膊，再轻轻推开，安慰地点点头。女孩模仿他的动作。她试图微笑，但看得出她很快就会大哭一场。

“我反正得走了，”丽塔的母亲说，“我累了。”

“路上当心，奈娜。”

“别担心，我不远。你们路上小心。广播里刚说会有暴风雪。”

“我想我们已经身在其中。”洛朗说。

“夜里会更糟，”格里高利说，“不折不扣的暴风雪。”

他们周围，大片雪花在风中飞舞。卡普里的灯光似乎很遥远，周遭笼罩在黑暗而涌动的物质中。

洛朗最后和丽塔的母亲说再见，老太太慈爱地把手按在女婿背后。想来有趣，现在这两个人感情好得不得了，可是之前好多年他们势如水火。事实上，在他与丽塔的感情出问题之后，奈娜反而将洛朗视为家庭成员了。他们甚至互通电话，汇报各自的生活。丽塔都知晓。母亲确信他们最终会复合。随着年龄的增长，他们会接受现实的。没有人想孤独地死去。

“明天我会打电话。”格里高利对姐姐说。

“我不知道这是不是个好主意。”

“就打个电话。再说。”

“这事很复杂。”

“讲给我听。”

“那你来啊，我给你泡茶。”

这个想法让他们大笑。姐弟俩面对面，犹豫着。他们想再多说一句，或做个什么动作。最后，丽塔往雪里踢了一脚，雪沫飞溅到弟弟的皮裤上。

“小心裤子进水。”

“没事，牦牛皮，进不去。”

众人就这样分别。

维多莉亚一直盯着格里高利，直到他进入母亲车里。老太太按两声喇叭说再见。洛朗和丽塔挥挥手。维多莉亚抓着他们的胳膊站在他们之间。

“别担心，美人儿。”丽塔说着点上最后一支烟，“我们会找到解决方案。”

他们并排走向奔驰车。在他们的背后，雷诺 4L 的尾灯消失在黑暗中。轮胎在雪地上留下了一条薄薄的雪橇印一样的沟。

“跟你弟弟的聚会总有事情发生。”洛朗坐在方向盘后说。

“是的，我宁愿没事发生。”

“不过现在也许并不坏。这下你看见了吧，小鸟已准备离巢。”

洛朗扬扬眉毛，意指后视镜里的维多莉亚。

“瞧你说的。明天去警局。让我们看看她有什么招数。”

沉实的奔驰在雪中前行，氙气灯的强光在黑夜中溅溢。丽塔从半开的窗口扔掉烟头，打开空调。他们开出停车场，轮胎辙有刚才雷诺的三倍粗。很快，洛朗打开收音机。萨尔杜唱着《孤独城市》。

“就差这个傻子了。”丽塔说着解开大衣。

她迫不及待想回家。大错特错。

布鲁斯

“过来，来这儿，宝贝儿。”

狗顺从地跟着布鲁斯，留下带血的爪痕。

“真是我的乖狗，来这边，来，狗狗。”布鲁斯打开厨房门，狗先进去，尾巴拍打着他。然后停了下来，舌头垂下，眼神里充满感情。

“嗯，我的乖狗狗。”

布鲁斯很高兴，这狗可以说救了他的命。无论如何，强烈的恐惧已经完全消失了。他开始搜索橱柜。没有绷带或消毒剂。狗紧跟着，血爪印弄得到处都是。

“不要动老兄。我会好好照顾你的。”

布鲁斯长时间抚摸着它，若有所思。

起初，背后落地窗上爪子的咔哒声差点没把他吓死。一转身，他发现自己和热乎乎、毛茸茸的大狗脸对脸。他简直要喜极而泣。这是一只身体壮硕、脾性乐天的家养狗。双方隔着玻璃就立马互相产生了好感。森林尽可以骇人、呼啸，他俩要互相做伴了。

“嗯，”布鲁斯说着走开去，“你留在这里，我想办法照顾你。”狗想要跟着他，布鲁斯提高声音，手指指向地面，“别动。听话，待在那里。”

它一下子显得格外忧伤，往地上一倒，鼻子埋到爪子之间。

“很好，别动。听话，我马上回来。”

布鲁斯关上了他身后的厨房门，开始搜索房子的其余部分。有他忙的，里面太大了。

布鲁斯进屋的方式简单粗暴。他在花园里扒拉，找到一个雪下埋着的花坛。由一整块花岗岩雕成，估计重达三十到三十五公斤。布鲁斯把它举过头顶，朝落地窗砸去。令他惊讶的是玻璃并没像电影里那样全部破碎。花坛被弹回来，仅仅撞出一个星形的口子。布鲁斯用手枪作锤子接着敲打。里面的狗领会了他的企图，开始跑来跑去，在碎玻璃上欢快地踏着。不久，布鲁斯敲出一个四十五转唱片大小的洞，他肩膀探进去，将法式落地窗的插销拨开。热气扑面而来，还有房子里的味道，木头，烟草，某种熟悉好闻的女用香水，还有狗的味道。它扑上来把鼻子凑近布鲁斯腰间，他笑着挡开，跪下来捋它的毛。有一刻，他感觉它把嘴放在自己肩膀上。

这时他才注意到地板上的血爪印。碎玻璃扎破的。为了一探究竟，布鲁斯把狗夹在胳膊下检查。右前爪伤得不轻，肉垫开裂。他按了按伤口看有多深，狗呻吟了一声。布鲁斯感到沮丧，是他的错。得找东西缓解可怜的狗的痛苦。

说不出为什么，布鲁斯决定从楼上开始。在监察员的卧室里，他掀起被子，打开衣橱，拉开抽屉。某种程度上，监察员的衣柜与男人的没大不同。他期望看到照片，和人对上号。她的内衣也不花哨。他在内裤里翻找，很开心的样子。他拿起一条凑到鼻子上。洗衣液的味道。他拉出每个抽屉，东西全倒在地板上。一盒瑞士莲巧克力摔开了。

“让我看看这个婊子都有什么。”

布鲁斯跪下来。信件，旧明信片，皱巴巴的便利贴，情书。有些用铅笔写的，签名“洛朗”。几张来自日本奈良的精致老式风格贺卡。布鲁斯一封封打开粗粗浏览。还有出生公告，来自妮娜姨妈的信，总是一大堆美好祝愿，特别是祝您身体健康，结束语则是质问为什么从来不去看她。还有一个叫莱奥的孩子的画，名字周围贴着彩色胶纸。布鲁斯找到了一张旧电影票。正面写着《碧海蓝天》，背面是一个八位数的电话号码。然后是其他小装饰品，不值钱的小玩意，一段包装饰带，一个带有牛头的杯垫，阿拉伯硬币，黄色方格纸的回信，来自马达加斯加，每封都以“亲爱的教母”开头。

布鲁斯翻腾了一会儿。他想了想，把能撕的都撕了。他很仔细，花了不少时间，善始善终对他似乎很重要。

在浴室的水池下他终于找到了消毒剂和棉花。他有种奇怪的感觉，沮丧，又不知为什么。毕竟，他有什么好在意的？好一会儿，他望着镜子里的自己。他想到了他的母亲。想到农场。他从玻璃架上取了一瓶卡地亚香水，拧开盖子，全部倒入水槽。牙膏也全挤出来。把一罐抗皱霜涂抹到镜子上。他希望是那种极贵的玩意儿。手机开始振动时，他正在浴室柜里乱翻。

马特尔的一条短信。他突然燥热，像被抓了现行。信息既清晰又含糊：

对班宣战。稍后给你电话。

该如何理解？他读了一遍又一遍，直到这些词失去了意义。早些时候，马特尔试图联系他。布鲁斯闭上眼睛，他必须集中注意力。

和班巴莱克兄弟打交道让布鲁斯觉得走到了镜子的另一面，真正大买卖的世界。在南锡，这些家伙呼风唤雨，势力远至斯特拉斯堡。在派对上，他们手握大把钞票，眼都不眨，似乎已经兴味索然。布鲁斯在火枪夜总会见过他们，给金发女郎买啤酒，她们踩着十厘米的高跟鞋，不穿胸衣，冰镐一样高冷。他记得最矮的那个，在口袋里寻找他的信用卡，撩起的夹克露出红色丝绸的内衬。这就像看到天堂的后台，床上的事儿很脏，但床单总是很干净。昏暗灯光下丝绸的火焰，那种舒适，奢华。

坊间流传着一个故事。来自南锡市欧迪利弗区的一个少年前往埃及学习，三年后回到他的城市布道。这家伙看起来像电视谐星贾迈勒，女孩般的长睫毛，眼睛闪闪发光。而且几乎和他一样有趣，长袍配红色彪马鞋，又可怜又可笑。法国电视三台的记者甚至前来采访他，亲眼看看这个人物。

这对班巴莱克来说不是好事。伊玛目影响力越来越大，本区的年轻人开始谈论道德，甚至出现“把毒贩赶走”之类的胡言乱语。班巴莱克出钱给老人们支付了朝圣之旅：对这些二十世纪七十年代的移民来说，死前去趟麦加是唯一的念想。穿着红色运动鞋的伊玛目对此颇有微词，但那又怎样，这毕竟是件好事。于是，尽管动机奸诈，班巴莱克开始行善了。用大巴送孩子们去海边。之前他们从来没去过比巴勒迪克更远的地方。在邻居日送来三瓶班嘉果汁和一些薯条，给祈祷处添置新音箱，给伊玛目的母亲买平板电视。这有什么，正常的邻里往来嘛。直到有一天，伊玛目开上了一辆全新的标致 307 HDI。好吧，这下所有人都明白一切又不动声色地回到了从前的样子。

说到底，布鲁斯最担心的是班巴莱克找托卡列夫算账。这个混蛋是俄罗斯或保加利亚人，在阿富汗或车臣打过仗。显然，他有个坏习惯。托卡列夫不满足于整人。他会让你的家人也遭殃。布鲁斯想起外公，这让他笑了起来。

狗乖乖任人包扎，喘着气，布鲁斯给它受伤的爪子消完毒，狗舔了舔他的双手和脸。

布鲁斯不知还有什么可做的。女孩无处可寻，他开始后悔搞乱了抽屉，撕毁了信件。他感到困惑，不自在。手插在口袋里，开始在一楼从一个房间转到另一个房间。他看向窗外，变得不耐烦，手心出汗。狗跟着他，爪子在瓷砖上有规律地作响。他时不时检查一下枪是否好好别在后腰上。他大声喊出脏话和祈祷：他们赶快回来吧，最好女孩也在。他甚至想走，可是又能去哪儿？监察员能回来就好了，最好女孩与她在一起。

外面，雪已经覆盖了他的车不久前留下的痕迹。世界看起来很新。他也有些饿了，从冰箱里拿了酸奶吃，然后用面包和火腿做了三明治。一股纸板味。他吃了两口就把剩下的给了狗。他打开收音机，音量放低，让自己不那么孤独。爵士乐。这女人心真大。他把电台找个遍，全是狗屎。无聊。他最终找到了酒，在烤箱里，不知她怎么想的。他拿着一瓶十年的布什米尔斯和一只海绵宝宝玻璃杯回到客厅。瓶里没剩多少了，他坐在电视机前喝完。很快，他感到紧张，兴奋，悲伤。来点可卡因应该没坏处。心情不好。生计无着。忧愁。疲劳。狗在那里，坐在后腿上，大而空的眼睛温柔地盯着他。

“你想要什么？没吃饱？”

它耷拉着舌头，起身，将鼻子放在布鲁斯的膝盖上，任他抚摸。电视上是橄榄球比赛重播，隔壁房间收音机响着，热乎乎的狗依偎在身上。他喉咙发紧。屋外传来引擎声。

布鲁斯立即离开沙发，关掉电视、收音机和灯，走到窗边。狗贴着他转圈。

“嘘！趴下，别动！”

它还是不停，布鲁斯狠狠给了它一下，它惨叫一声跑向厨房。

一辆奔驰车停在邻居家。先从副驾驶出来一个女人，然后是司机。他们说着话，从后座出来第三名乘客。正是那女孩。布鲁斯的心脏在胸腔里狂跳起来，握住手枪。

拥抱告别之后，男人回自己家，两个女人朝布鲁斯的方向走来。女孩脚步沉重，比女主人慢三四步。布鲁斯后悔打了狗。他将子弹推入枪管。这时他意识到鼻子在流血。这想法让他激动。

乔丹

“我提醒你们，年轻人，还有半小时关门。”

乔丹和女孩们一边礼貌地点头，一边找地方落座，老板娘则继续埋头于她的填字游戏。蓝色针织两件套，珍珠项链，她看上去更适合珠宝店或瓷器店，而不是这个有着马赛克地板、橙色柜台和高脚木凳的老旧咖啡馆。连“市场咖啡”招牌上的字体都是熟食铺常用的那种。乔丹、莉迪和娜嘉刚刚鱼贯而入，莉迪走在最前面。光线是黄色的，饮品不贵，法兰西·高正在唱《是的，妈妈，是的》。除了一个穿牛仔夹克、戴棒球帽的年轻人外，没有客人。他吃着一个火腿干酪三明治，面前一杯红酒。乔丹和女孩们出现的时候，他回头瞥了一眼以确保门重新关好了。他们走过的时候，他和女孩们打趣，好在不过分。三个年轻人在里面找了个地方，离洗手间不远。莉迪先发话：“我们在这做什么？我们要做什么？”

娜嘉说：“是你说冷我们才来的。”

乔丹没出声。事实上他也搞不清状况了。从“里沃利”出来，女孩们变来变去，一会儿说回家，一会儿又说不回。莉迪指责朋友白白搅了聚会，娜嘉则说是对方的错，俩人争了一个多小时。

而乔丹只想尽量和她们待得久一点。

他们从美国大街往市中心走时，娜嘉一度挽住乔丹的胳膊。下雪了，她冷。莉迪马上照做。掩饰快乐不容易。就在早上，莉迪甚至还不想跟他打招呼。还有，娜嘉是真的很酷。以前他总是或多或少地认为她是个哥特打扮的怪咖，讨厌男生，成天听着悲伤的歌曲无病呻吟。事实上并非如此。她很聪明，能让他放松。他求之不得，这对追莉迪有利。无论如何，首要的是和她们继续待下去，剩下的交给无聊、夜晚和酒精来完成。要紧的是不分开。

“那我们要干什么?”莉迪再问。

“我怎么知道?”

“从一开始我就说跳舞。”

“去哪里跳?”

“我不知道。狮身人面。”

“好啊，三个人骑上他的摩托车!”

“我可以先带一个过去，再回来接另一个。”

“犯不着。冻都冻死了。”

“太没劲了……”

下周一，他们会在学校再见，一切都将回到从前。乔丹绞尽脑汁。肯定有办法避免这种情况。

一阵茉莉花香把他们的思绪拉回。老板娘等他们点单。讲授教理一般的微笑、耐心，她的脸从内向外闪着信仰的光芒。他们都没脱掉夹克。坐在那儿，下巴缩进领子，鼻子发红，双手插在口袋里面面相觑。

“咖啡。”娜嘉说。

“加三杯水。”乔丹补充，用袖子擦鼻子。

“就这些？”

乔丹点点头，女人转身离去，甚至没有叹气，没有说什么。他们仿佛在收容所。有人照顾，真好。棒球帽以为烧着的咖啡壶会盖过自己的声音，喃喃道：“玛丽-乔，你来大主顾了嘿。”

他的酒杯几乎空了，老板娘给他续上。

“好意思说。你和你的朋友，只点水的次数也不少吧？”

三个年轻人全听见了，有些尴尬。他们开始暖和起来，不过还是不敢脱外套。他们看着彼此。莉迪不耐烦地睁大眼睛，这是要在这儿生根了？娜嘉沉着脸，乔丹无话可说。莉迪耸耸肩。吧台那人从椅子上转过身，面带讽刺的微笑盯着他们。只有莉迪和他对视。

“的确无聊透顶。”年轻人说完接着吃他的东西。

老板娘送来喝的，这时一辆出租车停在门口。

“啊！夫人的司机。”客人说。

老板娘好像没听到似的回到柜台。她微笑着，一个男人进来了。

“晚上好，诸位。”

头发很卷很黑，穿着锈色的粗呢外套。线条硬朗的脸表情温和，脸颊因胡须而发蓝。他搓着手取暖，对每个人点头，向女士们微微鞠躬。

“生意还好吗?”男顾客和他握手。

“马马虎虎，”黑发男人说道，越过柜台和老板娘贴面打招呼。她亲热地揽一下他的肩膀，“这种天气没人出门。除了疯子。”

男顾客向三个高中生挤挤眼睛。

“半小时后关门。”老板娘说着，看看身后的时钟。

“我来喝杯咖啡暖暖。”他有口音，“é”发成“i”。他更起劲地搓着手。

“你做得很对。”老板娘说。

这个女人光彩照人，但似乎有点忧伤。乔丹看着她。他有这习惯，在街上、公交车上、学校走廊里看人。也许实际上是他自己有点忧伤。

“好了，别那样看人。”娜嘉把手放在他的脸颊上让他转过头来。

冰冷柔软的手，短暂接触的一下让乔丹好几秒回不过神。他不知该怎么办，深吸一下鼻子，端起水送到嘴边。成年人开始低声说话。莉迪盘算起来。

“我们不能整夜待在这里。”

“当然。”乔丹说。

“况且再有五分钟就关门了。”

“我们可以去我家，”莉迪说，“从车库进，我外公不会发现。我这么干了几十次了。”

“你妈呢？”娜嘉反对，“她会生气吧？”

“别担心，她什么都听不到。”

“要不我们试试。”乔丹说。

“你当然想去，”娜嘉不快地说，“我们怎么去？”

“我可以跑两趟。”

“哦，是吗。我们还可以朝脑袋开两枪，如果一枪不够的话。”

“该死，总得找点什么做吧。”

“我们可以去酒店。”

“钱呢？我提醒你，我们仨才点了一杯咖啡。”

“是的，去酒店确实有点奇怪。”

他们沉默了一会儿，引起了店主和两位顾客的注意。

“这些孩子……”棒球帽说。

“嗯，这地方年轻人待着是够难受的。”出租车司机说。

“我像他们这么大的时候，总能找到事儿做。”老板娘说。

“比如去井里打水或清洗油灯。”棒球帽笑道。

老板娘拿抹布打他肩膀，出租车司机则摇摇头。

三个年轻人坐着不动。无聊至极。这个晚上没戏了。明天，一切都将从头来过。广播里唱着《努加约克》。

三个人站在咖啡馆的玻璃门前。刚出来已经冻得发抖。路灯斜照下来，刺骨的风扫荡着市场后面的街道。他们跳来跳去，吸着鼻子，不自觉地碰着对方的肩膀。

“那，就这样了？”

“是的。”

“好吧。真不敢相信。”

“我也是。”

“妈的。”

“太对了。”

“十八岁。快来吧。我立马走人。”

还有时间。他们继续等着。逃避明天。

“再说，我没法回家。”乔丹说。

“为什么？”

“和我爸闹翻了。”

“这算什么大事吗？”

“算。这次不一样。”

“也许你可以来我家。”娜嘉鼓起勇气说。

“什么？”莉迪说。

“我妈妈今晚上班。”

“那你现在才说？！”

“不过，她不喜欢我带人回家。”

“哦，是吗？”

“你看，现在他要睡大街，那就不一样了。”

“当然，你妈不在的时候你领个男人回家，她会理解的。”

“你也可以来。不过明天一早必须在她回来之前离开。”

“她几点回来？”

“不知道。通常六点左右下班，然后往回赶。”

“可以，”乔丹说，“我们消停地待一晚，然后撤。”

莉迪不屑地看着他。

“激动个什么劲儿。再说我们走不了，没人载我们。”

乔丹转向咖啡馆，最后两位顾客正帮老板娘把店里的椅子反过来扣在桌子上。

“也许可以问问出租车司机。他看起来有空。”

两个女孩跟随着他的目光。

“但我们没钱。”

“讲讲价。管他呢。”

“那你去讲。”

“是啊，我们又不认识人家。”

“无论如何，我们必须回家，”乔丹也不高兴了，“最简单的是让出租车带我们，明天早上我骑摩托把莉迪送回去。”

她们犹豫了。司机已回到柜台，粗呢外套整齐地折叠在一旁的凳子上。他的肩膀非常宽。灰色毛衣样式特别，上面一道红色条纹。他转向棒球帽。不笑的时候他的面容变化很大。没那么无害了，更英俊，也更令人不安。他的眼睛非常黑。远远就看到目光在闪烁。

“我不去。”莉迪说。

“很显然。”

“好。我去。”

“这帮孩子似乎不想走。”

出租车司机点点头，没有转身。从对面镜子里看得到他们的身影。老板娘把放在他面前的空杯子收走。他们的手碰在一起，一个苍白一个黝黑。两个人都若无其事。

几乎每天晚上司机都在关门之前来喝杯咖啡。一般没多少人，只有老板娘，棒球帽，一两个坐在固定位子的常客。棒球帽喜欢恶搞。无伤大雅。不久前，司机还过着不同的生活。但在这里，他的文凭毫无价值，他几乎已经忘了自己的土木工程学院，地下室的会议，印刷机里出来的海报，油墨的味道，胶水和傍晚的光线，从不关上的门，桉树叶和木炭的气味，与工会工友无休止的讨论。当他们逮捕了他母亲，他没再犹豫。他抛弃了一切，包括莎拉。他现在几乎从不去回想。除了闻到某些气味的时候，尽管那气味和他的国家也没有多少联系。在理发店或停出租车的车库里。有时，一个女人浓密长发的侧影会让他心头一紧。不过地名、人名都在渐渐变模糊。挺好。

很快，他会回到母亲身边。她的腿最近肿胀了很多。她没有抱怨。她耐心忍受着病痛，只对天气发表评论。

老板娘已经整理完了，她站在他旁边，一只手放在他肩膀上。她对棒球帽微笑。

“好了，先生们，是时候了。”

“我不知道他们是否会让我们离开。”年轻人说着，转头示意门的方向。

三个少年在那里十多分钟了，看起来像小狗在等母亲。

“他们想要什么？”

“去问问？”

“可能在等出租车。”司机猜测。

“得了吧，三个人总共点了一杯咖啡三杯水。”

“无论如何，他们看起来并不坏。”司机穿上他的粗呢外套。

“他们像老鼠一样无聊，没别的。”年轻人说。

“你觉得他们想怎样？”

“肯定是跳舞，”司机说，“这个点儿，咖啡馆关闭以后，客人一般要求我送他们去夜总会。”

门两边的人互相窥探，如同水族馆的鱼和游客。

“瞧，来了。”

乔丹开门进来，把门关好才开口。

“晚上好。”

“关门了，年轻人。”

“我知道。”

他低下头，避开三双眼睛的注视。

“我们想知道您是否可以……我们想回沙尔姆，要多少钱？”

“看情况。”司机起身笑了笑。

“是我的朋友们。她们必须回家。”

“你们有钱吗？”

"我们有差不多十欧元。"

"那可走不了多远。"棒球帽说。

乔丹的尴尬把老板娘逗乐了。她可以看到门外的女孩睁大眼睛，等待最后一搏的结果。

"好吧，我们走。"司机朝门口走去。经过时拍了拍乔丹的胳膊。

"我骑摩托车跟着。"后者忙不迭地说。

"很好，"出门之前，司机说，"咖啡的账先给我记着。"

两个女孩的反应让老板娘和棒球帽忍俊不禁。小团体跟着司机消失了。

"好了。"老板娘再度看表。

"是的，"棒球帽边付账边说，"来，他的咖啡我付。"

"好。"老板娘说着把钱放入收银台。

"床上会很舒服。"棒球帽伸着懒腰。

老板娘陪他到门口，吻别。他往圣莫里斯大教堂方向走了，双手插在口袋里，头缩进肩膀。老板娘放下金属卷帘门。留在咖啡壶旁边的手机响了，叮铃铃，有特色的音符。是他的短信。每天都发。明天，两个活儿的空当之间他还会来喝杯咖啡取暖。

三月，四月

闹钟响得太早，才五点半。丽塔头天晚上特意早睡。三月已近尾声。改变作息的时候到了。年年如此。

她站在厨房，身穿白色棉内裤和特大号T恤衫。在她的背后，金发女郎乐队轻蔑地噘着嘴。清晨的柔和光线笼罩着房间，丽塔不紧不慢喝着橙汁。瓷砖地板冰凉，她踮着脚尖走，长腿绷着，从后面看堪称十八岁的身材，除了大腿根，臀线下面略微有点松弛。还是很赏心悦目的。

隔壁房间里，狗一走起来，大金属链就在胸前晃动，发出咔哒声。每天早上它都把整个屋子转一圈，女主人起床之后它的例行活动。有力的短尾巴拍着墙壁。令人安心的声音。

丽塔很困，眼睛疲惫不堪，她只有一个愿望，重新回到床上。也许最好还是不要有这么荒唐的想法。太阳已经升上来，在地面上抛出几何形的金色光斑。外面，草是白色的，雾气像慵懒的蟒蛇，盘桓着散去。丽塔看着微波炉上的时间，下了决心。

在大门前，她穿上紧身裤、运动鞋、莱卡手套和羊毛外套。从右边口袋里找到随身听，将耳机塞入耳中。一旁的狗伸着舌头看着。每次它都想跟着去。

一出门，强光猛地照在脸上，仿佛有道拉链打开，冬天一下冲了出来。她伸伸腰。好几个月没做过的动作。脚跟支撑，下蹲数次，膝盖啪啪响。她挥动手臂，在明亮的晨光里呼出白汽。她可以感觉到嘴里、鼻子里，甚至肚子里的凉气。她颤抖着，脸沐浴着晨光，眼睛被澄亮的天空刺痛。昨天夜里上冻了，她感觉得到寒冷，闻得到它的气味。童年的气味。《约翰尼和玛丽》的音乐响起，她迈步出发，让脚步合着节拍。她的脚踏在沥青路面，她跑起来了，平静、笔直，嘴唇闭着，双手缩在袖子里。

她跑在路中间，成排的蓝黑色冷杉向她致意。沥青路在她前面延伸，鞋底在平坦的路面抬起落下，支撑着她纤长的身躯。她还缺乏力量，每跑一步都感觉膝部受到冲击。她大腿沉重，臀部碍事，腹部绞痛。她仍然犯困。

近二十年来，冬天一过丽塔就在省道上晨跑。不该喝下去的酒，对自己的伤害，烟，怒火，抑郁，所有一切，跑步都能带走。

十分钟过去，然后是二十分钟，已经不那么倾斜的光线溢出了树木顶端。一天开始，道路越来越长，在丽塔均匀的步伐下像地毯一样延展。她不再需要藏着手，也不必再缩着头。她开始出汗了。她有遗憾。她的生活应该彻底改变。她挺着身体，与道路垂直，跑出一条完美的、匀速行进的线条，两条长腿像圆规一样，以至于分不清是她在前进还是道路在后退。

二十五分钟后，她什么也感觉不到了，她已置身高处。远处出现镇子的轮廓，十五栋房子毗邻公路，她将从那里返程。寒冷的气味减弱了，让位于森林的潮味，腐殖土，杉树，腐烂泥泞的黑土，阴凉刺痒。

从蒙彼利埃回来的时候，这种气味曾让她喉咙发紧。

那时她二十岁，从南方回来，可以说颇为狼狈。当初她甩门离家，视父母为白痴。她要过一个自由女人的生活，想也不想就和自己的法律老师跑了。从标致 104 的前挡风玻璃可以看到公路。丽塔握着方向盘，老师在说话。这家伙总有话说。是丽塔想要离开。蒙彼利埃，为什么不呢，老师在那里有朋友，一对同性情侣，环保主义者，人很好。他们本想成立一个小型出版社，结果开了家餐厅。这是丽塔第一次遇到嘻嘻哈哈的活动家。在大学里，那些家伙很拿自己当回事，不停地抽烟，衬衫大敞，恨自己出生太晚，六八年已经远去。他们想打破一切，却宁愿死也不把发言的机会让给一个女孩子。

那对情侣同名，都叫伯纳德。就凭这点，他们最好有点儿幽默感。他们总是吵架，但除此之外再没人比他们更会玩花样了。丽塔和他们通了很长时间的信。

她的老师有个疯狂的社交圈子，几乎人人都有度假别墅，很方便。拉马蒂埃尔，尼斯，昂蒂布，芒通。在蔓藤花棚下人们一边谈论“共同纲领”和房地产，一边喝着桃红葡萄酒。满口高大上的字眼，打的其实是度假的小算盘。老师通常在清晨开溜，留下三行字的便条，为“没时间打扫房间”道歉。他觉得很好笑，但丽塔不。一天早上，他的三行便条是留给丽塔的。他们的故事只持续了一个夏天。

她回来时已是秋天。她记得泥土的气味，雨，提前到来的寒冷。她晒得黝黑，垂头丧气。父母对她讲了一番大道理，不过还算适可而止。她重回大学，不过没上多久。很快，父亲病倒了，而她还沉浸在自认为了不得的琐事中，男朋友、没及格的考试、因雨天或缺钱而搞砸的假期。当她看到父亲枕头上潮湿的头发，睡梦中翻起的嘴唇让牙齿显得奇长，她明白真正的生活开始了。远非如意的生活。

现在，挥之不去的疼痛已成为丽塔感受自己意志的布景。她告诉自己可以无限地跑下去。明天，双腿和臀部会疼，膝盖会让她记起自己的年龄，但现在是她在发令，而身体在服从。耳机中是赶时髦乐队①躁动的歌曲。她感觉自己像一座教堂，一座体育场，喧嚣正在其中升腾。

很快，斜坡逐渐消失，她进入镇上。农机车的驾驶座沾满露水。农场的窗户上，天竺葵架子空着。所有的百叶窗敞开。这里住的全是早睡早起的老人。一个声音从二楼落下。

“嘿!”一个矮小的老头，格子衬衫里的脖子满是皱纹。

他举起一杯牛奶咖啡，祝丽塔健康。丽塔向他致意。

“奔跑吧，年轻人!”老人格格笑着。

他几乎每天早上都在那里，总是哼着选拔赛和环法自行车赛

① Depeche Mode，英国乐队，组建于1980年。

的调子。丽塔很高兴见到他。毕竟这个冬天很长，谁知道未来会发生什么。

她绕喷泉一周。现在返程，镇子入口处的假平坡，然后是上坡。丽塔越来越陶醉。这是最好的时刻，疲惫来袭，被巨大的撕扯的力量控制。喉咙收紧。她从高处眺望下去，就像一只猛禽。她已经站不直了。现在，她的步伐有了意义。必须坚持，与困难斗争。

因为丽塔不属于胜利者的种族。她知道这一点，并不再自怨自艾。以前，在法学院，穿着粗呢大衣的女孩们打击她的骄傲。丽塔在走廊里看着那些打扮入时的、富裕的、有家族渊源的法国姑娘，她们态度温和，好像提前知道一切都会安排得很好。丽塔也梦想拥有豪华舒适的公寓。她的愤怒可能是由此产生的，一种伪装成哲学的愤怒。今天，她清楚地知道自己永远不会属于那个世界，享有特权，不动声色，地位稳固。母亲工作了一辈子，最后收入还不如开始时多。无需多言了。至于父亲，在筒仓中操劳一生，最后死在负压呼吸机里，呼吸了三十年谷物灰尘的人惯常的归宿。无论喜欢与否，丽塔属于那个人们在工作中死去的世界。她看到这些人闭上嘴，接过钱，月末精打细算，却说不出怨言。只要他们能够死在自己家里：一生只为一栋房，为之还债三十年，然后挂掉。无论她做什么，她的下场也不过如此。

丽塔看不出有什么特别值得自豪的。她不会用他们是“地球之盐”之类的说辞来麻痹自己。如同你我的普通人，有好有坏，就是这样。愚蠢的坏人有的情有可原，例如穷人、病人或老人。

但不全是。母亲奈娜来自一个西班牙共和党人家庭，她不说外国人的坏话。但并非绝对不能。在丽塔的世界，这些事都可能会发生。一家人争争吵吵但依然相爱。父母言语之间瞧不上老板，但发烧三十九度依然坚持上班。他们永远不会去看心理医生，却不反对土法接骨。他们谈论高雅音乐，买的书却是法国休闲出版社的。后来他们也像其他人一样离了婚，越来越懒得投票，但他们想象自己是统计学上的参照标准，是“平均水平”。

丽塔跑上坡道，呼吸更加粗重，痛并快乐着。随身听也在帮忙。金·怀尔德唱了一首又一首，连痛苦都那么清澈。她按捺不住，加速前进。

但是，丽塔那类人固执而不安，不断抱怨，移民、税收、限速、临时兵营和专家治国论、无聊的电视和购买力、严冬和酷暑。对她来说这类人的特点是永不放弃。丽塔继续向坡上攀登，咬着牙，汗流浃背，头发脏腻，周身散发着汗水和酒精的味道。她的身体还在服从。她坚持着。终于，她看到了家。再一次，她证明了自己能活下去。

她进了门，去浴室的路上就把衣服边脱边扔，好快点钻进淋浴。热得发烫的水重重砸下。她一边洗一边抚摸着劫后的身体。到处硬邦邦的。她感觉到疼痛在皮肤下跳动，就像小型哺乳动物的心脏。她仍然可以跑。她驱散脑海中父亲的面容。她保证今晚不喝酒。她有一点做爱的欲望。很快，冬天就要过去了。

丽塔

回程漫长，奔驰车里没人发出声音。维多莉亚睡着了。丽塔和洛朗知道，这种天气，这样的大雪，一般的注意力已经不够了，需要谨小慎微，屏气凝神。俩人死死地盯着道路，绷得浑身难受。

直到安然抵达，他们才松了口气。丽塔希望洛朗来家里喝杯咖啡，待上一会儿。有他在旁边还是很好的。当然，她可以靠自己，她知道如何更换轮胎，使用钻头。然而，洛朗毕竟在那里。但是看到维多莉亚的萎靡，她还是决定算了。

“晚安。”

“嗯，睡个好觉。”

“我累死了。她要生气随便，我得上床了。”

丽塔打开门，发出惯常的唤狗口令。通常后者会立刻窜到她腿间，几乎将她扑倒在地。今天却没动静。巴卡拉没过来。她再打口哨，转头招呼拖着脚跟在几米之外的维多莉亚。

“走快点，太冷了！”

她有种奇怪的感觉，就像一个人离开家并且很肯定自己忘记了什么。她正要开灯，感觉到脖子上一股穿堂风。来自屋子内部。

“糟了，窗户。”她低声说。

维多莉亚终于跟了上来，丽塔侧身让她通过。

太奇怪了，这种天气她怎么可能没关窗户就出门。她刚摸到开关手腕就被扼住了。她“啊”地叫出声，人已经在客厅正中四肢着地。门在她身后砰地关上了，她想转过来，同时从不同源头射出的光线让整个房间都泛着明亮的黄色光芒。一个可怕的家伙站在她面前，一点都不像开玩笑。

“你干什么？狗在哪里？”

“您最好闭嘴。”

维多莉亚的钱包掉在地板上，脸被恐惧所吞噬。然后她的眼睛模糊了。她已经魂飞魄散。

“我的狗，混蛋！”丽塔喊道。

“别这么大声，妈的！”

那家伙向前走了两步，用尽全力打了她一巴掌。皮肉的声音像鞭子一样在屋内回响，丽塔仰面倒下，几乎昏了过去。男人低头看着她，双腿分开。他左手拿着武器。丽塔想起身，但脑袋又跌回地上。舌头上有血腥味。她听到狗在厨房拿爪子刮门。

“你对我的狗做了什么？”

那家伙跨过她，把狗放进来，后者扑向女主人，哼唧着，流着口水。丽塔立刻看到它一个爪子缠着绷带，包扎得很粗糙。

“你对它做了什么？”她又问了一遍。

“我照顾它了。”

丽塔依偎在狗身上，互相摩挲着，直到那个人向他们举枪。丽塔发现自己正对枪口，一个完美的圆形深洞，黑漆漆，无动于衷。武器的设计给人一种极速的印象。

“规则很简单，”那家伙宣布，连连吸着鼻子，“如果女孩想跑，我就毙了你。如果你想跑，我还是毙了你。如果你们俩想跑，我就串个门儿过去毙了邻居。懂了吗？”

丽塔点点头。顺着枪盯着他。这副样貌，窄额头，满是粉刺，她似乎见过。当他沉默时嘴巴微张，看起来像条石斑鱼。她百分百确定见过此人。

与此同时，年轻人把维多莉亚困在沙发上。

“待在那儿别动。”

可怜的女孩似乎完全昏了头，脸色蜡黄，看上去像已溺水而亡。丽塔想，从现在起每一秒都对这女孩的未来至关重要。她深吸一口气，试图思考。

“你想要钱吗？”

“不。呃……闭嘴。”

大个子走到前门，从高大的窗户向外看了一眼。枪仍指着丽塔。黑色的枪眼，带着虚假的承诺。

“先等你的邻居睡下。都消停下来。之后再说。”

丽塔继续抱着狗，细看包裹着的爪子。

“它自己弄伤的，”那家伙急忙解释，“踩在玻璃上。我照顾它的。”

说完，他不安地等着。丽塔说声谢谢。

“不客气，很正常。”

第一步结束了。真正的困难来临了：等待。

“它是个好宝贝。有点太好了……”那家伙脸上现出小混混替老太太开门时的那种微笑。

时间一分一秒地缓慢流逝。入侵者不时瞥一眼外面。他紧张，沉默，不停地吸鼻子。维多莉亚似乎吓瘫了。丽塔可以看到她的太阳穴和上唇有汗。可能在发烧。无论如何，这种反应不是好兆头。

丽塔已经躲到楼梯底部，狗蜷缩在膝盖之间，被她不停抚摸着。

必须思考。保持冷静好好想。让她感到惊讶的是自己竟然并没有特别惊慌失措，而是陷入了一种接受现实的迟钝状态，仿佛最糟糕的时刻已经过去。她现在最强烈的感觉是厌恶。看着这个混蛋在自己家里来来回回，她觉得自己像电影《巴比龙》里面被困麻风病人岛的斯蒂夫·麦奎因。麻风病人的领袖说：“有时候给我们送来麻风妓女。”一种难以想象的厌恶。

“你等也没有用。”

“闭嘴。”

“你会待很久吗？”

“闭嘴，这是我的事。”

“他有失眠症。”

“谁？”

那家伙转过身来，狠狠地盯着她看。

“我邻居。他晚上不睡。在工作室画图。看电视。反正不睡觉。”

年轻人的脸突然放松了。

“啊……”

“你打算做什么？等天亮。如果你开枪，他会马上报警。”

“再看吧。现在闭嘴。”

丽塔服从了。她感到后颈升上来的疲劳，眼皮变得沉重。她告诉自己手里还有牌，这家伙看着不是那么灵光。像下棋一样，她要提前设计好下面几步：她会说什么，他会回答什么，如何引导他。计划没做好她的脑子就犯迷糊了，开始打哈欠。终于，半个小时之后，他再次开口。

“这个傻瓜从不睡觉？”

“我告诉你了。”

“妈的……”

沉默。很快，奇怪的声音从沙发上升起，微弱的切割声。狗竖起耳朵。

“她在做什么？”

“牙齿打颤吧。”

“叫她立即停下。”

丽塔爬到沙发边上，那人枪口跟着她。

“我觉得她睡着了。”丽塔说。

“您搞笑吗？怎么可能？”

“我不知道。也许这是她对压力的反应。”

“您真会说。”

丽塔用手背碰碰维多莉亚的脸颊。没有反应。

“怎么样？”那家伙不耐烦了。

“什么怎么样？”

“怎么办，该死的？”

“你不会觉得我会帮你吧？”

他大步走到她身边，拿枪抵在她脑门上。金属触感冰凉坚硬，几乎无法忍受。

“叫醒她。”

“她被吓到了，我无能为力。”

“听着老太婆，我不会再跟你重复。我必须得把这个婊子带走。如果你不帮我，如果你给我找麻烦……”

他像美国电影中的黑人一样将枪转向一边，在房间里朝想象的目标射击。仿佛一个吃了太多甜食的孩子。“老太婆”这个词让丽塔耿耿于怀。她挑衅地说：“小混蛋……你要做什么？杀了我？离你三米就闻得到酒味。瓶子上、杯子上、屋子里，到处是你的指纹。你没有看过《犯罪专家：迈阿密》吗？”

“什么？”他放下枪，贴着大腿，小眼睛狠狠盯着她。丽塔与他对视。像在过家家。最后，那家伙笑了。丽塔没时间享受胜利。她头嗡的一下，倒地不省人事。狗绕着她转圈，呻吟着。那家伙用枪砸了她的太阳穴。他恨不得扭断她的脖子，这个装腔作势的女人。现在他感觉好多了。

是的，布鲁斯很高兴。他终于感觉自在了。

皮埃尔·迪吕伊

吉米·科莫尔进来的时候，老迪吕伊正在厨房玩数独游戏。半导体收音机里播放着美国西岸爵士乐。主人和来客都不熟悉的旋律。老人随意调到的台。他坐在柔和的灯光下，悠扬的小号声中，手里握着铅笔，老花镜滑落鼻尖，聚精会神，与时代脱节的复古感。他什么也没觉察到。

吉米是穿过树林，绕了房子一圈，由从不关门的车库进来的。几天前他注意到这家小女孩偷偷打从那里过。他已经暗中观察这家人差不多一个星期，摸熟了。然后他爬梯子到二楼，牙齿咬着手电，格鲁克手枪别在腰间。期间手机振动了一次。他没有慌。是维克多，他稍后再回电话。从早上起，吉米就对奥西普的事想了很多。他并不担心。只是有一种负重感，又添了一个要解决的问题。该做的他会做。

那天，离开维克多和女孩们住的酒店，吉米在斯特拉斯堡市中心一家游戏厅待了很久，花了大概五十欧元，都是两元的硬币。玩拉力赛。他不知疲倦地开在同样的赛道上，线路早就了然于心。每转一圈都标出自己的轨迹。过了一会儿，他便无需再费心操纵，他终于自由了。这种时候他思考力最强。他认为干掉奥西普不是问题。可是之后要面对其他人。他们都认为自己是地方一霸，表现得却像没见过世面的乡巴佬。当然，吉米可以杀死所有人，但又会有其他人冒出来。这就像企图阻止海潮。

也许可以除掉维克多。快得多。

无论如何，必须从维多莉亚开始，把她找回来，以儆效尤。自从绑架事件以来，什么都不顺。

来迪吕伊家之前，吉米在麦当劳吃了巨无霸、薯条，喝了雪碧。让收银员给他的保温杯灌满黑咖啡。然后他朝农场方向走去。隐藏监视的头几天把他冻坏了，之后他购买了必要的装备，雪地靴、连体保暖衣，甚至防水羽绒服。

然后他等了两个小时，靠在一棵冷杉树上，在潮湿安静的树林里出神。他想到了老迪吕伊。这乡下地方充斥着穿兔皮衣的流氓和长青春痘的少年，他们零售大麻，却把自己想象成毒枭。从收集的信息中，吉米得知老迪吕伊有不凡的履历。像他一样，打过仗，赚过很多钱，和一些厉害人物打交道。吉米瞥见过他几次。他现在不太出门，偶尔到门口透透气。橡胶鞋，小雪茄在晚风中闪着红光，仿佛雷电击中着火的树。他踱几步，咳嗽，清嗓子，看看堆满杂物的场院，返回暖和的室内。老鳄鱼要不起威风了，不过仍然不得不小心。

当吉米终于拿着枪来到厨房时，老人一副不为所动的镇定。

开口之前，他从嘴里掏出熄灭的烟蒂。

“您是布鲁斯的朋友吗?”

吉米没回答。他在老人面前坐下，武器平放在蜡桌布上。老人调低收音机的音量。

“您是因为布鲁斯来的，不是吗?”

吉米点点头。他似乎心不在焉，眼睛扫视屋内，惊讶有人这样也过得下去。老人把一盒小雪茄朝他推了推，吉米拒绝了。

“布鲁斯不在。他不住这儿了。”

“我知道。女孩呢?”

“什么女孩?”

吉米英俊的脸变得冷峻。他不希望老人耍花招。

“她也不在这里了，”老人说着，耸耸肩，“这里没人了。”

“她去哪儿了?”

“我不知道。是我放走的。布鲁斯一无所知，没参与。”

“好的。”

年轻人似乎更喜欢这样。老迪吕伊佩服他的冷静，面无表情。奇怪的是，他很想把手放在那张黑色的脸上。也许是因为他头上的伤疤，叫人本能地想拿手指感受它的凹凸不平，是软是硬。皮埃尔也承认自己的想法颇为古怪。他搓着双手驱散它们。他的皮肤发出羊皮纸般的声音。

“我必须知道女孩在哪儿。”年轻人接着说。

“我帮不了你，年轻人。她走了。”

吉米停顿了一下，舔舔嘴唇。他的舌头在皮肤的映衬下格外粉红。

“我不能这样离开。”他抱歉似的说。

皮埃尔避免看桌布上的枪。年轻人一进房间他就明白了。操弄武器的架式一看就是行家。几年前，也许他会试图掀翻桌子。现在用不着费这个劲儿。这个年轻人本身看起来就是一件武器。可是皮埃尔忍不住对他产生好感。就像一个熟人。

“她走了很久了?”

“是的。”

“您放走的?”

皮埃尔再次耸耸肩。

“您必须告诉我您的外孙现在在哪里。”

“我不能。”

犹豫了一会儿之后，吉米承认他明白了。

他始终没有表现出不耐烦。他没有坚持。唯一显出咄咄逼人是刚开始皮埃尔假装不懂的时候。现在一切都很好。年轻人笑了笑，老人也笑了。他们感觉就像两个来自远方的旅行者，在车站偶遇。周围什么都没有，只有他们俩。他们互相认出了对方。

“给您来点喝的?”皮埃尔说。

“好。热的吧。”

“我泡茶。”

皮埃尔烧上水。

“这里很安静。”吉米说。

水很快沸腾起来。他倒了两杯，没有询问年轻人就加了糖端上来。

“你打算做什么?”老人坐回他的位置。

把杯子拿到嘴边的年轻人没来得及回答。电话响了。皮埃尔知道，这个时候打来的只可能是他的警察朋友。那次车祸后他把萨博的车牌号给了他，查查救走了女孩的好心女人是谁。迄今还没收到过回音。真不巧。老人不想接电话。如果他知道了女人的名字，可能会想要把它交给这个年轻人以自保。把责任推给别人。人性本恶。他宁愿不让自己受不义的诱惑。

吉米没有给他选择，举枪示意他去接起固定在门边墙上的电话。又响了两声才接起来。皮埃尔拖着脚，那头竟然还没挂，让他惊讶。也许对方也期待着找到这个年轻人。

“喂你好。不，我刚才在地窖。不，不，我在等你的电话。是的，谢谢。”

皮埃尔打开梳妆台的抽屉，找到铅笔、笔记本。吉米任他做。

“是的我在记，说吧。”

写的时候他重复每个字母，“嗯……嗯……”最后他安慰似的感谢对方：“是的，一切都很好，不必担心。刮了一下，没什么严重的……就这样，回头见。”之后他回到座位，手里拿着笔记本。一坐下，他就把写着丽塔名字和电话号码的一页小心翼翼地撕下，折成四折塞进胸前的口袋里。

“是谁?”年轻人说。

“无关紧要，一个朋友。”

吉米笑了笑，仿佛老人真的走得太远了。

“好……”

确实很好。炉子在厨房里轰轰烧着，周围几公里没有声息，裹在棉絮里一般……一只猫穿过他的双腿走到暖和处睡觉。吉米有点想聊天，向老人提问。但是楼上远处有一丝响动。两个人机械地抬起头。吉米从桌子上探过身，枪管抵上老人的胸膛。老人紧紧抓住武器，没有丝毫颤抖。茶冷了。猫跑走了，吉米扣动扳机。巨大的爆炸声响彻房间。皮埃尔后面的墙上溅满了鲜血、骨头和肺的碎屑。老人眼睛睁着，下巴耷拉在胸前。子弹从他背上穿出，留下一个拳头大小的洞。

楼上传来女人的叫声。但不是恐怖的呼喊。一个女人在抱怨，仅仅因为家里太吵了。吉米做个鬼脸。他不想在这个到处穿堂风的大破房子里待下去了。但他必须再查看一下。也许维多莉亚在这里。他走上楼梯，背靠墙，枪握在手里。拳头、手枪和前臂上是老人的血。他能感到温暖、黏稠的触感。那个声音继续呻吟，大喊，一个女人的声音，唠唠叨叨，令人不快。突然，另一个声音回应了，一个年轻的声音，毫无疑问是这家的女孩。离他很近。她刚回来。

吉米决定撤。他匆匆下楼。经过厨房时，他看到老人正要从椅子上掉下来。他过去把他重新扶正。子弹正中心口。两秒钟之前老人刚把小纸片放在那里。

乔丹·罗卡戴利

莉迪和娜嘉上了出租车。尽管乔丹已经决定骑着摩托车跟在后面，俩人之间还是刻意留出一人的距离。司机问她们是不是还想去沙尔姆。关系到车费。没人回答，都沉着脸，仿佛里面比外面更冷。司机发动车子，在后视镜中看着他们。

这俩女孩真好意思。愿意载她们他已经够好心了，她们竟然不理他。从倒车镜他看到摩托车的头灯时大时小。那孩子尽量不让自己落得太远。这么大雪不容易。

司机打开收音机，调高暖气，朝着沙尔姆方向开去。这是男孩告诉他的目的地，他也只能做到这一步。他几乎后悔答应帮忙。还不如在市中心转转，找到真正的顾客。哪怕这个钟点可能没什么好顾客。醉鬼、寻找一夜情未果的瘾君子、头发散乱大笑大叫着结伴而行的女子，或者在酒吧刚搭上的男女，周日在床上醒来就是分手之时。这些他见得多了。但至少车费还是能拿到的。

他又往后视镜里看了一眼。两个女孩一个黑发一个金发，一人一边趴在窗上望着外面。黑发女孩五官突出，因为疲劳而无精打采。她的侧脸让人联想到意大利北部的女性，略大的鼻子与厚厚的棕色嘴唇不是特别协调。金发女孩则相反，容光焕发，很圆润，鼻子有点过短，看上去略微好笑，头发打结，脖子上像小孩一样有两道褶。当然，她们的行为让司机不悦。不过年轻就是好。他自己呢，老母亲，流亡生活，油价，以及刚才带到急诊室的精神不太正常的顾客。然后突然，一个年轻女孩出现了，这奇特的生物。女孩子很简单，像由羽毛笔一气呵成勾勒出来的，没有任何擦除或改动。夏天，看到她们走在人行道上，或者骑在自行车上，不管什么地方都好，他总是有点惊讶。就这样，世界总是重新开始。她们留着长发，身穿夸张的亮片服饰，脚上是过去两周一直在觊觎的、决定她们生活意义的靴子。她们个个精彩喧闹，让他感到幸福，同时也有点难受，因为他永远不再是那个骑在摩托车上、从来不睡觉的小混蛋了。后者的轮廓在后窗时隐时现，一会儿浮起一会儿落下。

“你挺会找乐子。”金发女孩嘀咕着，似乎远没想到她的人生还长着呢。

“什么?”另一个转过身，怒气冲冲，“你在说什么?”

“我看穿你的把戏了。”

“你在说什么?”

“装吧。”金发女孩意味深长地说。

“你的嫉妒从何谈起？好几个月了你也没考虑过他。”

“那又怎样?”

“那我现在看上他了。”

“那不是问题。”

“那什么是问题?”

“问题是你像小狗一样黏着我，我要受不了了。”

“嗨，嗨，你脑子有毛病吧?”黑发女孩似乎真的很震惊。朋友毫不留情地看着她，像看着全新牛仔裤上的一个污渍。司机一下子不知怎么好。他低下头，完全忘了刚才对女孩神奇本性的思考。

“停车。”

“什么?”司机问道。

“停下，”金发女孩尖声说，“离我家不远了。他会把我带回去。”

司机还没明白过来，她已打开了门。

后面的摩托车差点撞上突然停下的出租车。摩托车也停住了，金发女孩立即下车向他奔去。司机和黑发女孩默默看着电影一般的场景。外面，夜晚冰冷而静寂。女孩急切地说着什么，他们可以看到她嘴里呼出的白气。黑发女孩目不转睛，双眼像山中的湖泊一样黑。看到男孩点头时，她转过身来，让司机开车。

“你确定吗?”

她艰难地说：“请。我要回家。”

司机看到金发女孩坐到摩托车后座。没手套也没头盔。她把手伸进男孩的风衣下面好暖和一点。司机加速送另一个女孩子回家。她没有哭出来，但没区别。

丽塔

恢复意识的那一刻，丽塔感受到的症状和宿醉无异。她躺在沙发上，头脑昏昏，眼睛肿胀，更不用说舌头上铅和血的味道了。等她发觉牛仔裤褪到了大腿上，才意识到不对头。

她睁开眼睛，在强光下眨眨。两边太阳穴之间像通了铁路一样嗡嗡作响。那个满脸粉刺的家伙正在扯她的裤子。过于专注的他并未意识到自己伸着舌头。丽塔立即试图挣脱，但她的牛仔裤箍在脚踝。她猛推沙发扶手，却只掉下来滚到地毯上。壮汉看着她在地上爬行，试图逃跑。混蛋的目光贪婪地跟随着她的光腿。

“嘿，等等。”他看起来很惊讶。

他一下跳过来挡住她的路，在鼻子下面挥动一串钥匙：“别妄想了。门都锁了。”

丽塔试图退到落地窗。

“停下，我说。您小便失禁了。我只是想帮您脱掉裤子。”

丽塔赶紧检查。她的裤子很干，内裤也是，没有丝毫可疑的痕迹。他却说得一本正经："我不会伤害您的。您不动我也不动。"

丽塔想知道自己昏了多久。她看看 DVD 播放器的时间显示。刚过午夜。不超过半个小时。而且裤子还在身上。她赶紧借机穿好。他应该还没做什么。可是该死，又怎么能肯定呢？她浑身一颤。维多莉亚呢？

"她去哪儿了？"丽塔问，试图站起来。

但是一直起身，她就头晕目眩，脚步踉跄。

"不用担心，"那家伙说，"我把她关在浴室里，她不会有事。"

"什么意思？为什么在浴室？她在浴室做什么？那里门锁都没有。"

"我不知道，"对方不耐烦了，"她很奇怪，让我害怕。"

"什么？"

"她睡着觉说话。我不想看见。我用你的浴袍带子捆了她以防逃跑。狗也一样。"

丽塔发现狗被绑在楼梯下，嘴巴被胶带封住，自知徒劳地呻吟着。丽塔按摩太阳穴，发现头发上有一点干掉的血迹。头晕，恶心。希望脑袋没大碍。

"如果您能看到自己的样子，"那家伙说道，他用食指指着自己的脸，从耳朵到下巴，"彩虹的所有颜色。令人印象深刻。"

"我很高兴你喜欢。"

"别抱怨，是您逼我的。再冒犯我试试，给你好看。"

丽塔低下头。他的行为令人担忧，幼稚，谎言，"您"到"你"的转换，愤怒。如何应对这样一个疯子？他又走到窗户边窥探邻居。

"该死的邻居不睡觉吗？"

"我告诉过你会持续一整夜。"

"这混蛋什么毛病？"

"你想让我说什么？不睡觉的理由多了。"

他转身盯着她，想知道她是什么意思。这让丽塔浑身难受。

"我需要阿司匹林，还要敷一下伤口。"

"待在那里，我跟你说过了，浴室有人。"

"我的床头柜里有多利潘。"

"你听不懂吗？"

他咆哮着，但脾气来得快去得也快。突然又高兴起来。

"好的。我陪你去，反正我们也要休息一下。"

丽塔宁愿不去琢磨他的意思。必须争分夺秒，开动脑筋想办法。年轻人再次握枪示意她走在前面。丽塔犹豫了。她刚想到一件东西：步枪。她的霰弹枪。在沙发下面。

"去吧，走！"

他径直过来了，她只得服从，往楼上走，听到他在身后一直吸着鼻子。最后几个台阶她三步并作两步上去，尽管脑袋还在嗡嗡响。到了楼上，她的访客停在一个藤条花盆前面，里面是棵橡胶植物。他把支撑的木条拿过来把玩，像马鞭一样，对着空气挥舞，假装打向丽塔。她转过身，咬牙说：“别打我。”

他立刻给了她的胯部一记猛击。痛感先是聚集在打到的部位，然后冲击波一样蔓延，眼泪冒了上来。

“赶快，少装腔作势惹我烦。”

回到自己房间，丽塔发现信件被撕成碎片散落在地毯上。她跪下来拾起一些。

“我警告你，不要惹我……”

他用木条抽打空气，对手中的玩意发出的声音感到得意。

“来，过来！”

丽塔没说什么就站了起来，去了床头柜。药应该在这里。

“既然来了，最好换换衣服。”

她假装没有听到。

“快换。尿味儿从这儿都闻得到。”

丽塔喝了一口床边瓶子里的水把药送下去。那家伙一下坐到床上，就在她旁边，心满意足地感觉床垫把他弹起来。从这个距离，她可以看到床头灯在他头上的反射，他的皮肤像一片真空下发光的火腿。他用木条抽打她身体的一侧。

“牛仔裤，内裤，袜子，全换掉。”

“我用不着换。”

“换，妈的！”

他更用力地刺她，丽塔后退了一步，没躲开，他转过鞭子抽向她的左大腿。丽塔疼到窒息，喉咙里一阵反酸。

“你的内裤肯定全湿了。别扭捏了。我有妹妹，我知道怎么回事。”

说完他愣了片刻，试图再次抽打她，但她太远了，木条空响了一声。

“你他妈快点，这事儿用不了一晚上！”

丽塔一动不动。入侵者面色大变。很苍白，特别是他的眼睛。没有表情，死鱼一般。丽塔不敢指望能有什么好事。

她背过身去，拉开裤链，先脱下靴子。然后她往下褪裤子，露出内裤和大腿。她试图控制腿部的颤抖，心里特别抵触，好像在一条德国獒面前张开双腿。必须集中注意力。控制呼吸。思考。动脑。他是不动脑的。他就在身后。鱼眼。

她开始脱毛衣，以拖延脱内裤的时刻。现在她还有什么？首先她这边俩人，她和维多莉亚。但后者被捆起来了，估计早没行动能力了。还有霰弹枪。很顶事儿的武器。另外，这个傻瓜喝醉了，或者吸了毒。外面，洛朗当然可以成为盟友。虽然是一个相对的盟友，因为他一碰枕头就睡着，现在起码打鼾一个小时了。灯光整晚亮着，唬人的，防贼的招数。《知情权》《倾听被告》之类的电视节目让她这位前任变得比退休老人还疑神疑鬼。他坚持让她安警报器。“我宁愿被吉卜赛人绑架”，丽塔当时声称。回想起来她不由感到一丝苦涩。

看起来枪是最简单有效的解决方案。她只需回到客厅。

要脱T恤衫了。她停了下来，眼睛盯着地板，像从前学校体检的时候。她在脑海里模拟逃跑，要做的手势、动作、路线顺序。她敢吗？三步到门前。够悬的。他可以一枪将她打飞。她并不认为他会那样做。但他可能会伤到她。她现在真的发抖了。

“现在脱掉内裤。”

她什么都没换。在她身后，床绷开始吱吱作响。丽塔仍然盯着地毯。她还没有脱掉袜子，她对自己说这是个额外的缓冲，就像扑克脱衣游戏一样。

“来吧，内裤，快。”

她感觉大腿发颤。他拿鞋底踩上她的臀部踢开她。羞辱让她双颊火辣。

“去，快点，对你来说算得了什么……”

“滚你的……”她咬牙说道，声音低得几乎听不见。她听到他在床上移动，随即忽的一声，钻心的疼痛。她差点跪在地上，脸上满是汗水。木条抽在大腿上。她嘴唇抖动着，喉咙很紧，眼泪就要夺眶而出。她告诉自己，沙发下的步枪是上了子弹的。这样更好，因为她不会威胁，也不会虚张声势。拿起枪直接扣扳机，把这混蛋轰成两截。

当她将内裤从腿上滑下来时，这个想法让她感到安慰。从大腿内侧到腰部的皮肤都起了鸡皮疙瘩。她觉得冷，好像死亡在双腿之间穿过。

“停。”那人命令道。

她只得叉着腿站在那儿，身体前倾，下体赤裸。她能感觉到他的鱼眼盯着自己，上下打量。最后她忍不住了，迅速脱掉内裤，从壁橱里随便抓一条，扭动身体尽可能快地提上，来不及把翻卷的布料展平。整个过程不超过三十秒，但她觉得自己简直像切开的水果。

“对您这个年龄来说，算是一双美腿。”

听到他离开床，她转身来。他已经离得很近了。她身后是墙壁，逃无可逃。

“让我看看其他部位是不是一样的水准。”

他用开玩笑的语气跟她说话，好像俩人已经喝了三杯，她邀请他再来一杯。而且他又转用敬语了。

“您可真慢。搞笑。一句话要人重复十次。”

小时候，丽塔常去度假的地方是父母在洛特省一个农场租的房子。那家主人有两条可恶的西班牙红毛猎犬。当时她大概六七岁，两只狗第一次扑向她，被链子末端紧紧地勒住。那之后整个逗留期间她都绕着走，费尽心思远离它们。农场主告诉她野外生存的法则，人越怕，动物就越凶，而不是相反。当时，丽塔不知道这有什么用。然而她始终没有忘记这番话。现在用上了，她要战胜恐惧。

“好了。”

脸上，汗水早就花了妆容，形成了一幅奇怪的景观，就像在牛奶的大海上出现的黑潮。她的眼睛悬浮在上面，发热发红。年轻人伸出手触摸她眼睛下的泪痕。丽塔转过头去。

“我们有时间，您知道。”

“结束了。你可以做你想做的，现在结束了。”

他把她压在墙上，用木条拍着她的大腿。过了某个临界点，恐惧成为一种模糊的感觉，一种失重的状态。

“你最好离开，”丽塔说，“还来得及。只要下楼，出门。”

他的两根手指伸进她的T恤领口，测试弹性。

“让我看个够。”

他正要脱下她的衣服，楼梯上传来链条摆来摆去的声音。他立刻将丽塔推到房间里，放下木条，拿枪指向门口。他呼吸沉重，轮到他出汗了。

狗出现在门口，一瘸一拐。嘴里有咬断的胶布残留。颈圈上系着的布带全是口水。它硬生生啃断的。看到两个人，狗一下坐倒，像从前一样尖叫两声。

“该死的，差点吓死我。”

一般来说，巴卡拉不上楼。因为丽塔禁止它进房间，再说它也不愿意费劲，除非饭碗在眼前让它追逐。只剩三条好腿的它爬上楼梯，真可以说是战胜了本能。

丽塔拍拍手，动物猛地跳到她身边，任她抚拍。

“是条好狗。”那家伙也被感染了，凑过来享受拥抱。

丽塔的手指摸到了颈下的粗钢链。本能地，她寻找接口处。那家伙刚刚跪下来，用闲着的手抚摸着狗。有几次，他的手碰到丽塔的手。她找到了搭扣。她的手剧烈地抖动。

“您怎么了？冷静，上帝。”

他明白得太迟了。链子从狗的黑毛上滑过，他想抓住它，但丽塔反手向他脸上狠狠抽去。他拿手捂住嘴唇，眼睛圆睁，鲜血从指间汩汩冒出。丽塔后退一步又打了他一次，这次使上了劲儿。布鲁斯在地板上蜷成一团，大叫着，丽塔则使出全身力气抽打。几秒钟后，她冲到床边想从门口出去，但那家伙已站起身，抓住她的脚踝。丽塔摔在地上，他却又松了手。丽塔转过身，看到他捂着脸，仿佛害怕看到脸从他的手指中掉出来。地毯上已是血迹斑斑。

“婊子，”那家伙尖叫着，“你搞砸了我的眼睛!”

丽塔犹豫着要不要立即下到一楼，想想还是决定利用机会。她站稳，开始尽可能地狠狠地抽打对方，头骨，试图自我保护的双手。链子哗啦啦作响，然后狠狠落下，发出恶心的声音。这家伙很快开始求饶，但丽塔一直打到房间里鲜血四溅。她的脸上也满是血渍。

然后她冲向走廊。她想到了步枪。楼梯就在走廊尽头。半路上，她打开浴室门检查。维多莉亚在那里，坐在地板上，全身赤裸，被捆着。她来回摇晃，甚至没有注意到丽塔的存在。

“嘿！亲爱的，看着我。”丽塔说。

女孩继续晃动。

“妈的。”

她想要解开她，但那家伙从房间出来了。丽塔可以听到他在走廊里吐痰，呻吟，叫喊。下楼之前她瞥见了他。那张脸血肉模糊，五官已经消失。头上，伤口像嘴唇一样张开。然后是那只眼睛，骨白色。

“婊子!”那家伙再次尖叫，手向前伸着。

丽塔已经开始下台阶了，但她的袜子在橡木楼梯上打滑，她肘部着地摔倒，滚下楼梯。那家伙的呼吸声近了。也许是狗。她不觉得疼，但就是动不了。从她躺着的地方可以看到沙发的一角。步枪。

她感觉到血滴在身上。他就在那儿。

乔丹·罗卡戴利

当莉迪让自己丢下摩托车时，乔丹没有丝毫犹豫。他把车停在林子里的一棵树下，上了锁，其实不上锁他也不会在意。现在是勇往直前的时候，身外之物无关紧要了。

“跟我来。”

他跟上。尽管穿着高跟鞋，莉迪还是走得很快。他提出背她走，毕竟下着雪。

“别担心，不远。”

她抓住他的手，不过主要是为了让他走快点。

莉迪下出租车后，他马上照她的意思做了。某种程度上说挺可惜的，因为到最后他几乎更喜欢娜嘉了。现在他脑子里全是她。有趣。这之前他一直把娜嘉归到不算数的女孩那类，令人扫兴，透明，平庸，有的看起来已经像家庭主妇，有的就知道学习，有的相貌丑陋。没法想象和那样的女孩去看电影。有什么好做的？可是现在，跟在莉迪身后奔跑在十五米高的杉树之间，他却想着娜嘉。他想和她说话，摸她的头发。她有像维也纳面包一样的嘴唇。她其实人挺好。荒谬，他的血似乎在倒流。

再说，现在去的可是迪吕伊家。外公已经不好搞了，哥哥更可怕。几年前布鲁斯也在他们中学，名声少说也是毁誉参半。具体不大清楚，对一个老师做了什么不好的事情，反正第二天就被开除，送到一个专门的机构里去了。倒也没什么，靠社会救济过活的家庭出来的，学校里这种人很多。但布鲁斯不时回来，接他妹妹放学，或者和十五岁的女孩子约会，比和他同龄的女孩更容易上手。无论如何，没有人想见到他，目光像钉子，肩膀巨宽。凌晨两点被他逮住会是怎样一番景象……

莉迪先进去，两分钟后示意他从旁边的车库进到屋里。她撑着门，他踮着脚尖溜进去，连门都没敢碰。她把他留在黑暗中一会儿。黑，冷，怕，他想小便。不敢用手机取光。他想摆脱风的声音，燃料和湿水泥的味道。有一会儿，他觉得好像一个影子从背后经过，这让他浑身一颤。他想到莉迪的胸部。他要在她家过夜了。想起来让人提心吊胆。

十分钟就这样过去，真的好漫长。反正足够让人胡思乱想的。最后，在他头顶上方出现一块正方形的光。接着是莉迪的身影，他爬上一个摇摇晃晃的梯子来到她身边。

“嘘，”她关上门说，“带你到我房间，别出声。”

她关掉灯，拉着他的手，现在他必须跟着她，在一片漆黑中走入长而潮湿的走廊。楼下有声音，不知是人还是电视。乔丹完全依赖他的向导。她的手很小。有一次，她不得不停下来，他觉得她在用力攥他的手。俩人一动不动。也许他们要被发现了。乔丹想象着最坏的情形。很快，光线从一扇关闭的门后面透出。没那么黑了。

“快到了，”她小声说，“小心别出声。”

他们又走了几步，寒冷的房子吱吱嘎嘎作响。突然间不知哪儿传来一声巨响，雷鸣般的回声，一种几乎令人痛苦的噪音。莉迪一下呆住了，停下脚步，乔丹撞上她。

他们一动不动地站在那里，紧贴着，乔丹感到她的心脏在自己的胸膛里跳动。他的鼻孔靠近莉迪的头发。是大自然和哺乳动物的气味。他们就这样静止，沉默，贴着。什么都没发生。水底般的静寂。乔丹觉出她臀部的弹性。没有他想象的那么硬。她开始在他身上搓动，或者也许是他的想象。他很害怕，他的生殖器硬起来。他感到莉迪的呼吸正在改变。她抓住他的右手放在自己肚子上。他闭上眼睛，把脸埋进她脖子，一只手伸到她毛衣下面，感觉到她的皮肤、肚脐的轮廓、下面的绒毛。

一个女人的声音开始在附近尖叫。

“没什么，是我妈妈，”莉迪低声说，“跟我来。”

乔丹退缩了一下，但莉迪抓着他的手腕将他拉到半开的门口，从里面透出电视屏幕的蓝光。

“这是我的房间。”

女人的声音继续抱怨。就像小飞机模型，发动机嗡嗡叫着远离，很快又回转来。莉迪让他坐到床后面。他们低声交谈。

“刚才什么声音?”

“不知道。外公有时会打枪玩。”

“在房子里?”

“不。我不知道。”

“那你妈呢?”

“不要怕成这样，跟你说了没事。”

乔丹僵住，莫名恼火。莉迪继续说道：“她除了抱怨不干别的，但她起不了床。外公几乎从不上楼。你待着别动。”

“你去哪儿?”

“我马上回来。”

他置身女孩的房间。他本以为会是冰冷、遥远的，然而莉迪的房间在物件、毛绒玩具、海报和许多无法想象的愚蠢玩意之间摇摇欲坠。关上门之前，她给了他一个眼色。她确实好看。

他试图听清莉迪和她母亲之间的对话。母亲哀怨咕哝，女儿厌烦作答。一个哼唧，一个呵斥。持续了一段时间。他差点忘了刚才的巨响，老头子在房子里打枪，这可不是好兆头。但说到底，看来莉迪的预告是对的，门又是砰的一声，便再无声息了。

但莉迪并没有马上回来。乔丹不知道该怎么办，他感到不自在，每次响动都担心自己要被这个疯狂家族的某个成员发现了。不知怎么回事，他发现自己已经躲在床下。地毯很恶心，旧床绷的弹簧沾满毛絮。不过这里令他感到安全，像小时候埋伏在自己床底下，身旁有枪、草莓糖浆和塑料望远镜，等着敌人到来。床底下很热。他听见水在管道里流。莉迪应该是在洗澡或洗脸。冲水声证实了他的假设。让莉迪看到自己躲在床底下未免丢人，于是他爬了出来。黑色运动衫沾满灰尘。莉迪刚到门口。

“嘘……”

乔丹的脑袋出现在床后面。她笑了。

“现在好了。”

“刚才的声音?”

“管他呢。”

她换了衣服。慢跑绒裤，白色吊带背心，拖鞋。要睡觉了，这是她的睡衣。而他也在。哇。

她走近，他闻到了薄荷和椰子的味道。她把一瓶水放在窗台上，盘腿而坐。电视机的光落在她圆润的肩膀上。

“楼下有可乐，可是外公在厨房，我不想让他抓住。”

“这个时候他不睡觉吗?”

乔丹看看表，快两点半了。

“老人本来就睡不多，自从他发现数独游戏之后，更不睡了。”

乔丹试图对她说的话感兴趣，也就是说，控制自己不要一头扎进她的乳沟。当她穿过房间时，胸部的晃动让他明白她没有戴胸罩。这念头就像指尖上的橡皮膏一样顽固。

“你确定不介意我在这里过夜?”

“嗯，别担心，他们什么也不会知道。”

“你经常这么做吗?”

他立刻后悔问了这个问题。莉迪假装没听见。她拿过一个珠宝盒放在膝盖上，有条不紊地清空。

“我妈烦了我十分钟。学校怎么样，和谁外出，家里的声响，我吃的东西，其他乱七八糟。看起来把我逼得没办法她才能活下去。我真是等不及离开这破房子了。”

“她不会来吗，你妈妈?”

“你问过十次了。没事的，没人打搅我们。”

“那就好。”

她看着他。乔丹试图摆出一个很酷的表情。莉迪笑了。他还算可爱。她不指望他去把某个前任打一顿，或者背着自己走，但这个光线之下，或者因为疲劳，他看上去挺不错。他没有急吼吼的，难得。长长的睫毛。害羞的家伙。不令人讨厌。

首饰盒里假珍珠和戒指格的下面有个夹层，藏着薄纸和拇指大小的一块大麻。

“有烟吗?”

他递上一支切斯特，她把薄纸拼贴起来，把大麻烘好。

“给，”她把盒子转个方向，一切都准备好了，“你来卷，我不在行。”

乔丹照做。他渐渐放松了。电视机上的光亮影像将他们笼罩在柔和流动的光晕里。她俯身看他怎么做，乔丹斜眼从她领口看下去，一直到肚脐。莉迪发现了，重新坐直。后一种姿势似乎更让他受不了。

“给。”乔丹递过去刚刚制作的双纸大麻卷。

他们走到窗口去抽。风吹进过热的小房间，大麻的烟雾摇晃着，在烟灰缸中燃烧的亚美尼亚薄纸的烟雾也在摇曳。莉迪把身上的夹克裹紧。俩人面对面坐在窗台上，莉迪把脚塞到乔丹屁股下面保暖。

他们默默抽着，话不多。

乔丹真的很想看她的裸体，他考虑着策略。

布鲁斯

“对，是我。”

“老天，你有毛病吗，现在打电话？知道几点了吗？”

“我有事。”

“那个女孩子？”

“是的，出事了。”

“你找到她了？”

布鲁斯似乎喘不过气。这一刻很难不哭出来。布鲁斯坐在雪地里。他的脸很憔悴。他已经洗过脸了，但指甲下、耳朵周围仍留有血迹，还有黏在头发上的。他的眼睛疼。有东西流出来，但不是血，眼皮肿得闭不上了，乳白色的眼球溢出眼眶，看起来有点像熟鸡蛋。刚才他在浴室的镜子里看到的。

“你找到她了？”电话那头传来马特尔的声音。

“是的。”布鲁斯说。

确实也算半句实话。

“她在哪里?”

“那里。”

“他妈的别玩猜谜,”马特尔不耐烦起来，“发生什么事了，老天爷?”

“我找到她了，照你的要求。”

“哪里？她在哪儿?”

“我星期四晚上遇到一个人。他告诉了我一切。那个婊子坐车跑了。”

“什么车，你在说什么?”

“出事的萨博……”

布鲁斯现在哭了。巨大的解脱。他要全说出来，有人会照顾他。

马特尔沉默着。他不明白。他等待着最糟糕的情况发生。他的预感没有错。

“问题是那老女人,”布鲁斯气愤地说道,“我的车也完蛋了。”

这是最让他伤心的事。刚才他用手摸了眼睛。那种感觉难以形容。疼倒不疼。可是指尖上，温暖的蛋状物从脑袋里滑出的感觉让他不舒服。

马特尔试图思考。三四个小时后，太阳将升起，他感觉得到另一种生活即将开始，并不比之前更好，也不会更真实。今晚，某些他坚持的东西消失了。他惊讶地发现这对他的影响竟这么小。他支着一个肘，赤身躺在床上，胳膊吊着纱布。看着收音机的时间。三点四十七。不过这个表有点儿快。也许他苦心建立起来的生活本来也没什么意义。这个想法几乎让他感到愉快。不幸的是，布鲁斯阻止他享受这起飞的新奇时刻。电话铃响时，他正在熟睡。几个月没睡这么好了。甚至还做了梦。

他集中精力，试图理清头绪："你在哪儿?"

"离丹奥泽不远。我不知道该怎么办。"

"撞车了?"

"是的。"

"受伤了?"

"嗯。"

"好，别哭了，我打消防电话。"

"最好你自己来。"

"为什么？有什么事？说清楚一点。"

布鲁斯想让马特尔高兴。实际上他一直以来做的所有事情都是为了取悦马特尔。但现在他不在状态。他起身朝他的车走去。活动一下僵硬的腿脚。再说把女孩一个人留在车里也不安全。

"那女孩，我设法找到了她，但我们发生了意外。我不得不走了半个小时才找到手机信号。"

"她怎么样?"

布鲁斯叹了口气仰望天空。

"不知道怎么说。看起来不咋地。"

"那你呢，怎么样?"

"都怪那个老婊子。"

“集中精力。”

“监察员。”

“什么，警察?”

“不是。劳动就业局那个臭女人。”

马特尔一下从床上坐起来。汗水开始从额头和胸口流下。

“贱人，她几乎弄瞎了我一只眼。”

“到底发生了什么?”

马特尔重复了两次问话。他起身试图穿上牛仔裤。又是手机又是吊着的胳膊，费劲。他想保持冷静，不去责骂布鲁斯，后者听上去已经慌了手脚。窗帘是敞开的，些许光线照进房间。他向外看，目光所及只有厚厚的积雪。

“听着，你必须振作起来。会好的。告诉我监察员想要什么。”

“不要担心，”布鲁斯保证，“我搞定了。”

马特尔屏住呼吸。他刚刚穿上衣服，衬衫已满是汗水。腿上仍然感觉得到行走引起的麻木。从急诊室出来以后他是徒步返回的。很远。他坚持说：“告诉我你对她做了什么。我想知道你对她做了什么。”

“马特尔，你必须来，”布鲁斯回答道，“这儿糟透了。车完了。女孩，我不知道。你必须来。我不骗你，你现在必须来。”

马特尔试图寻找解决方案。

“有没有人看见你？你没有寻求帮助吗?”

“这么大的雪，没有人。”

“监察员怎么样了？我必须知道。”

电话断了。马特尔回拨五六次，打不通。

布鲁斯回身往车那边走，因此断了线。他又孤零零一人了。他衡量着。要么再次走开试着联系马特尔，要么回到车里和女孩待在一起，等着明了情况的马特尔过来找他们。他下不了决心，顽固地盯着手机屏幕，希望电信公司或者不管什么标志突然出现。他伸出手，试图接收到那变幻无常、稍纵即逝的信号，像扑捉飞行中的蝴蝶。布鲁斯挥动手臂，然后突然放下。他打了个嗝，嘴里满是血。他吐在雪地上，用手背擦擦嘴。事故在他头脑中慢镜重放。历历在目。他还能感觉到那种打滑然后脱离控制的感觉。

他继续在厚厚的积雪中跋行，不时朝手心呵气取暖。他的肋骨和腿都很疼。碰撞并不是很猛烈，当时开得很慢。为了给自己打气，他吹起口哨，欢快有名的曲子，《从不说我告诉过你》，或者《梅丽莎杀了我》。路上经过的房屋，外墙似乎都充满了敌意。冷杉是黑色的，星星出现在空旷的天空。没有人听见他或看到他，他一度喊出声：“上帝，上帝，求求你。”

很快，他看到了自己的车。不管怎样都是个慰藉。车栽进沟里，驱动轮悬空。翻车之后它们空转了一番。引擎一下就熄火了。他厌倦了。他已经很谨慎了，希望她也老实待着。他看向车里。女孩不在了。又消失了。

“妈的妈的妈的……”

布鲁斯不明白。她连衣服都没穿，除了离开房子时他给她裹的雨衣。他环顾四周，很快在雪地上找到了脚印。当然，他可以去追，但他开始腻了。他太累了。再说，她独自冻死在森林的想法让他感到高兴。那才是活该。那一刻，他在车窗上看到自己的倒影。他立刻转过身去，颤抖着。那只眼睛就像一个剥了壳的荔枝粘在他脸上。他犹豫了，为了向自己证明不是那么糟糕，他又看了一眼。上帝。他决定不找了。太晚了，太冷了。他的眼睛保不住了，完了，毫无疑问。他坐在方向盘后面，吸上最后一道可卡因。毕竟，现在没什么好在乎的了。

乔丹·罗卡戴利

乔丹和莉迪盘腿坐在床后的地上。他们很自在，累是不假，不过还挺舒服的。莉迪的大麻刚刚让俩人逍遥过。沉重的感觉正慢慢消散。他们说了好多话。莉迪向他倾诉。时机合适。像她这样的女孩也会不自信，多有趣。其他女生，说真的，都是婊子。

电视是房间里唯一的光源。说唱音乐短片，身材火辣的女子与流里流气的胖子或腹肌发达的家伙热舞。屏幕的底部显示“静音”。

乔丹喋喋不休好一阵子了。他害怕沉默，怕她说：“停下吧，睡觉。”他不知道是否应该吻她或者什么。他首先讲了非常私人的事情，展示自己多么敏感心细。莉迪似乎不以为意。当乔丹开始编派里顿时，她来了兴致。乔丹赶紧抓住机会，里顿、校长、贾斯汀·比伯、警察、开大排量车（包括雷诺 Clio）的家伙们，又是里顿、萨科齐，然后是他爸爸，所有的父亲都是白痴，特别是他自己的，证明：他永远在说所有人的坏话。

例如，简单点说吧，他爸爸无差别地抱怨左派和右派，移民和中产阶级，美国人，犹太人，阿拉伯人，老板，懒汉，物价飞涨，工资下降，不再有味道的蔬菜，太贵的有机食品，柴油税，环保税，爱说教的布波族，恶习不改的吃救济者，什么都据为己有却口口声声要均富的人，什么都不肯放手的精致利己主义者，华尔街，基地组织，法国的衰落，过高的股指，股市，住宅税，社保窟窿，有线电视费，国债。

莉迪一直耐心听着，但也不能滥用她的好心。乔丹意识到，如果谈论他的R8，对方肯定会在地毯上睡着。此外，虽然他设法避免了尴尬的沉默和无聊，可是距离看到她裸体的那一刻还远着呢。

“我爸觉得什么都不对，”乔丹总结道，“事实上，他需要的是一台时光机好让他回到过去。”

“对头。我外公一样的。”

“哦，是吗?”

“是的，他们从前在阿尔及利亚。他从不谈起，但心思一刻也没离。”

“嗯，我懂。”

“最糟糕的是，他甚至无法想象我们是可以好好生活的。他实际上剥夺了我们的机会。”

“对。”

乔丹完全同意，只是词穷不知该如何表达。

“到头来最惨的是我妈。”

莉迪突然冷了。她拿过一件搭在椅子上的运动衫披在肩上。

“你爸呢?”乔丹问道。

莉迪没有回答，揪着地毯的毛。

“我妈死了，”乔丹说，“差不多一年了。”

脱口而出。“我妈死了”这四个字他还从来没一口气大声说出来过。听着多么愚蠢。

“真的?”

“嗯。”

“唉，一定很糟。”

她似乎没有过多可怜他。她的语调更像好奇，也有点担心。

“是的，”乔丹承认，“这就是为什么，我爸再胡闹他也只有我能依靠了。”

“是的，和我妈一样”。

现在最好打住。因为下周一要回到学校和朋友们身边，说出的隐私可能会让自己尴尬。前车之鉴太多了。喝醉了自曝其短的男生，某个晚上在帐篷里说了太多的女生。不幸的人第二天醒来，等待他们的是在两个学期里成为大家的笑料。就像那个在烧烤派对上喝多了的手球队员，被人叫“单卵”，还有个男生电脑上存了大量人妖视频被同伴发现，搞得课间都不敢出教室。

乔丹和莉迪沉默片刻。毕竟困了。可是他们不想睡觉。大麻也不能再抽了，不然什么事也干不了。更不用说嘴里一股黏味。刚才抽过之后，为了去除那味道他们已经嚼了很多口香糖。俩人不知该说什么，就耗着。莉迪以奇怪的表情看了他许久，突然起身。裤子的面料清晰地透出内裤的痕迹。乔丹激动起来。她到衣柜底部摸索了一下，带回一个铁质蛋糕盒。

“你的样子让我想起一个人。我确信我们上的同一个幼儿园。”

“当然啊，”乔丹说，有点恼火，“你不记得了吗？”

“一点儿不记得。这太奇怪了。”

她开始翻盒子里的照片。毕业合影，与女同学在大头贴照相亭的自拍，褪色的家庭照，上面有古老的石头、绿色的棕榈树、黄色的尘埃。

“这是什么？”

“没什么。我妈在阿尔及利亚的旧东西。”

“我能看吗？”

“没什么可看的。等下……瞧！”

“哦，天呐。”

俩人笑了。照片上小孩子坐成两排，像摩比世界的塑料小人，上世纪九十年代的服装，浅色牛仔裤、五颜六色的毛衣、大运动鞋。莉迪戴着风雪帽。

“太搞笑了吧？风雪帽？”

“好了，我妈非要我穿的。我们家人都特别怕冷。”

“是吗，可当时很热啊。”

他们开始辨认照片上的同学。他们彼此挨近，触碰。不久就打闹起来。也许是她先捏了他一下，搞不清了。乔丹一度把她袜子抓住拉了下来。莉迪的赤脚。乔丹情不自禁摸了一下。电视灭了。乔丹感到莉迪的热气就在身边。脸颊。头发。她的嘴好软，让他没想到。就像躺在床上，像奶油和桃子酸奶。出乎意料，好棒。

她突然挣脱，他听到她手脚并用地在地板上爬开。房间里很热，越来越热。

“嘿。你在干嘛？”

一点一点地，从窗户进来的泛白的光勾勒出轮廓。乔丹开始看到物品和家具的相对位置，还有莉迪的剪影。

“嘘。”莉迪说。

他爬向她，可她不在，而是已经站在窗前，不知怎么过去的。他看着窗框上的剪影。她拉上窗帘。房间里一下黑了。

“等等，我什么也看不见了。”

乔丹开始感到高兴，简直心花怒放。他听到她在格格笑，他全速爬行，试图抓住她，但眼前一片漆黑，一头撞上床角。

“嘘，”莉迪嘲弄地说，“你会弄醒整个房子。”

“该死的，别让我抓住你！”

他竖耳倾听，然后冲了过去。他以为会逮着她，可是又扑了空。她在他大腿上掐了一把。

“哎哟！”

“嘘！”

他们发疯般大笑，满屋乱窜，两个人的身体密集接触，触碰对方，感觉对方。有一次，他的手指落在一边乳房上，然后立刻被拍了一记。还好她没说什么，他们继续打闹。她大呼小叫，她的气味遍布四周。他伸出手，意识到她已脱去裤子。她仍然说着“嘘”，他的手指伸进她的大腿内侧。他们拥吻，她摸了他的生殖器。

莉迪挣扎了一会儿，在他身上嬉戏，咬他，捏他。乔丹不再担心，每次在地上抓住她都要加倍奉还。终于，她爬上床，用手拉着他。他想先把袜子脱掉。他们十指紧扣。他们狂吻，他们几乎想让一切变得肮脏，甚至有点疼，出格。然后房子又发出响动。乔丹一哆嗦，放开莉迪。

“等等，”她说，“别动。”

他在她身上，被她夹在腿间。

又是一声。似乎来自楼梯。

“发生了什么事？”

“外公从不到楼上来。房子自己在响。”

乔丹感到莉迪的舌头在舔自己的脖子。他肘部支撑弓起身来，和莉迪的下身贴在一起。她开始扭动。他的脸靠上去，她的舌头滑进他的嘴，滚烫，柔软。他硬起来，下身蠕动，直起身脱下运动衫、T恤衫，她给他解开腰带。

“来吧。”

她拉上被子给俩人盖身上。她摸着他的胸口，他抚着她的头发、脖子、肋骨，抱住她的臀部。她摸上他的生殖器，两个人的嘴巴不再分开。

“莉迪的手放在我的老二上。她在摇晃它。”乔丹不敢相信。他整个人的存在，自己竟然在这里，在呼吸，都变成不可思议的事情。

他撩起她的吊带背心，脸在她乳房上蹭。它们浑圆，紧实，硬邦邦的，让他有些惊讶。他以为会比这软。没想到这么有弹性。他看不到。

“我想看看你的胸。”

“闭嘴。”

他们在舔对方。乔丹的脸贴到莉迪的内裤上。她身子弓起。他的嘴感觉到棉布，下面的毛发。他开始用鼻子、嘴巴和手指慢慢摩擦。莉迪呼吸急促。第一次，乔丹不觉得她可以对自己予取予求，不觉得她属于一个优等物种，就像统治着蚂蚁的蚁后。他正在驾驭她，扒开布料把舌头伸进去。她的阴部复杂，灼热，里面的味道令人着迷。他还是舔了舔。她肌肉紧张，一度揪得他头发生疼，眼泪涌上来。他再次去舔，直到觉得应该可以了。他在床单上擦擦嘴和鼻子，爬到她身上，她扭动着褪下内裤，手伸过来抓住他的生殖器，攥在手里快速摇动，拉向自己。他们脸对脸，但不再亲吻。要发生了。终于，他不再是……很奇怪，他想到了母亲。他的阴茎进入莉迪的性器中。这是不可能的，怎么可能。他在干莉迪。

“来，干我。”她说，就像电影里那样。

他开始快速地来回抽动。很难说清那种感受。他想好好表现。他开始出汗。汗水从他额头上掉下来滴到莉迪的乳房上。有声音从外面或下面传来。也许一把椅子倒了，或者外公出现了。

“别管。”莉迪咕哝道。

她气喘吁吁。

“慢一点。”她又说。

她在呻吟，她说的话令人惊讶。乔丹从未料到女孩子也喜欢这样。他以为她们只是没办法，这种肮脏的勾当是男生专属的需要，女孩只是好意配合。但莉迪出汗了，她喘声连连，她说你的生殖器，她不驯，潮湿。他感觉到她的双手摁着他的腰以掌握节奏。她是一台贪婪的性爱机器，拥有神秘的零件，发动起来就收不住了。正好，他一直希望见到她这个样子。他抱着她的臀部，凑近她的乳房，咬她的乳头。过了片刻，她挣脱了。

“应该戴套的。”乔丹喃喃道。

“你有吗？”

“没有。”

她下床，打开电视，房间里投出蓝光。他终于看到她圆润的裸体，蹲跪在衣柜前的地板上。她在底部抽屉里找出避孕套，回到床上。她的肚子有点凸出。他躺下等着，她扶着他的生殖器套上。她很灵巧，很漂亮。他目不转睛。当她弯腰时，她的乳房朝床垫垂下来。她让生殖器保持垂直，跨到他身上往下坐，让他慢慢进入自己体内，她的脸被头发遮着。

他们这样交合了一会儿。她没出声，直到让他从后面进去。她的头枕着胳膊，开始大声呻吟，叫床。他的骨盆撞击着莉迪丰腴的臀部，发出令人难以置信的冲击波。他抱着她的臀部，有一会儿，他大胆地扯着她的头发，一边加快动作一边把脸凑上去。要来了。此时的他开始感到疲惫，甚至孤独。他的生殖器在莉迪体内的景象不那么新鲜了。她一只手抚摸着自己，脸埋在肘部。

“来，来。”

她的声音几乎有些许敌意。他觉得她身上有什么在加速，她再次掌握了主动。他让自己继续沉浸在她体内。然后，她倒向一边，头发凌乱，皮肤上满是汗水。她的乳房、肋骨、腹部、阴毛在光线之下呈现非凡的轮廓。他看着她，不知怎么好。

几秒钟后，她呼吸正常了，坐起来取下避孕套。她手上沾了唾液涂在他的阴茎上，舔了一会儿，然后慢慢地从上往下摇晃它。她坐在床上，背对着墙，双腿分开，闪闪发光，身形健美。她的眼睛勾着他。他觉得自己快来了。她继续摇，几乎有点疼。精液喷出，落在他们之间。她双手捧住阴茎，两个拇指摩挲。他觉得自己要死了。真这么死了也挺好的。

然后，他们去浴室洗澡，坐在地上吃了蛋糕。然后在似乎无尽的夜里，躺在地毯上互相舔吸，尽管那玩意儿的旧尘土味令人窒息。她灵巧而专横，乔丹先入睡了。他很满足。与此同时，他又渴望早点离开，看看做过所有这些之后，活在外面的世界是什么感觉。

真的，一切都很美妙。

除了对娜嘉来说糟透了。

马特尔

瑞典车口碑好。意大利车名声欠佳。法国车毁誉参半。不过瑞典车真没的说。

现在大概凌晨四点半，马特尔庆幸自己开的是沃尔沃而不是菲亚特或者别的什么。风已经减弱，雪停了，勉强可以通行，但路依然难走。他的客货两用车艰难前行，马特尔有时觉得自己仿佛静止着，是有人在展示外面的景致，墨色的天空，蓬松悬浮的大地。

从停车场开出来，他用左手挂二挡，没再换过。右手放在膝盖上，张开着，蓝紫色。有时，他在砂纸般干燥的嘴唇之间放进一根香烟任其燃烧，很久才吐一次烟圈。因为要集中精力，他的眼睛眯得快看不见了。

尽管寒冷，他还是半开窗户让自己保持清醒。他背痛，颈椎痛，感觉疲倦和老迈。脑海中回想过去几周的事情。绑架，摔下楼，快车道上的班巴莱克，与监察员的共饮。似乎是几个小时之前的事。世界末日之前。

布鲁斯说他“搞定了”，什么意思？马特尔的电话在副驾驶座上，没动静。没有信号，布鲁斯不会打来。

过红绿灯路口，马特尔并不停，只是踩住离合器，缓慢而沉重地开过。如果他的大车在雪地里停住，可能真的就重新发动不起来了。他这么慢慢开了至少一个小时了。穿越黑夜。

有一件事是肯定的，不必担心警察。这种天气他们不会出门。雪把执法部门也吓退了。雪一落下，整个社会便运转失灵。滋养着城市这座巨型机器的动脉拥堵住，高速公路就像血块阻塞的血管，省长惊慌失措，记者们进入战时状态，电视新闻里，他们裹着大围脖，身后是绕城公路，架势却仿佛置身越南和贝鲁特。两百公里的堵车，城区在瘫痪的边缘，五千年的文明陷入泥淖，而政府在做什么？

在孚日山区，人们对这种情形习以为常。当然也谈不上欢迎。当专门用于抢修的橙色工程车都选择留在机库中，警车更不会到路上去冒险。

马特尔大腿夹住方向盘，把广播调到新闻台。记者宣布道路堵塞，第二天才会改善。他听上去很兴奋，雪景毕竟是美丽的。很遗憾，圣诞节就没这么好。不过法国气象台还是建议听众老实留在家里。马特尔离丹奥泽不远，他选择了一个当地电台，里面说风暴很快会卷土重来。他瞥了一眼燃油表。还剩四分之一，足够往返。当然，除非路上堵住。反正现在回头也不可能了。他搜索音乐，找遍调频电台，直到克里斯·艾塞克的《蓝色旅馆》

响起。

“不要担心，我搞定了。”布鲁斯原话是这么说的。

当马特尔看到沟里露出的布鲁斯的车时，他立即刹住沃尔沃，停在路中间。开门之前，他将受伤的手放进脖子上套着的绷带。他熄了火，但让车头灯亮着。外面，雪在脚下噼啪作响，自己的影子投在他面前，好像案发现场的尸体轮廓。马特尔察看事故留在雪地上的轨迹。布鲁斯算幸运。路的另一边，枞树林覆盖的山沟深达五十米。

他踮起脚尖再次走近，好像怕将人吵醒。他立即认出了方向盘后面的布鲁斯。为了防止摔下去，马特尔坐着滑进沟里，来到汽车旁边。牛仔裤立刻湿了，寒气上蹿到骨盆、腰部、脖子。驾驶舱里，布鲁斯似乎很困，头后仰。车后部撞散了，车轴破碎。窗户倒没破。马特尔轻敲副驾驶一侧的车窗。一层薄薄的雾气遮住了布鲁斯的面孔。

“嘿!”马特尔说着按动门把手，但是已经坏了。

他用拳头猛烈地敲打。里面有动静了。布鲁斯抹去水汽。马特尔吓得一个趔趄。

“妈的！这是怎么了?”

布鲁斯的脸贴在窗户上，笑了。马特尔一阵反胃。那微笑，那眼睛，卵形，乳状，离自己如此近，真的很恶心。

布鲁斯拿肩膀顶，试图打开门。马特尔帮忙。半天毫无进展。马特尔示意他摇下窗户。

“嗨。”布鲁斯打招呼。

“妈的，你怎么了?”

布鲁斯想把手放在眼睛上，半路又停了。可怜地微笑着。

“那老女人，够狠。”

“监察员?”

“是的，把我害苦了。”

“发生了什么事？她在哪儿?”

“上面。”布鲁斯抬头指向路的前方。

“得把你弄出来。”

“我抓住那个女孩了。”

“她在哪里?”

“我做了调查，我找到了她。”

“在哪里？发生了什么?”

布鲁斯示意想吸烟。马特尔给了他一支。打火机的火焰反射在他的瓷色眼睛里。

“该死的，你这模样太吓人了。监察员呢?”

“我知道不该给你打电话。我办得很顺，可是后来，不知怎么的，搞砸了。”

“集中注意力。看着我。”

布鲁斯的头轻轻晃动。

“我累死了，”他低声说，“累得不行。”

香烟从他嘴里落下，滚到膝盖上，掉到地板上。布鲁斯没有试着接住。他咳嗽得很厉害。马特尔发现他的运动衫上满是血。

“布鲁斯，继续，不要睡。喂!”

马特尔掐住他的脖子，他咕噜一声。

“女孩，女孩怎么了?”

“对不起，我不知道，我……”

布鲁斯挣扎着睁开眼睛，不停地向后仰头，以免朝前扑倒。

“我想我哪儿伤到了。”他捂着肚子呻吟。

“那女孩，布鲁斯。”

“我想我会死的。”

“不会，”马特尔不耐烦地说道，“你必须集中注意力。”

就在那一刻，他感到有雪花落在右手心。他抬头看天。从黑暗的深处，雪已再度落下。

“你必须集中精力，好好想。我们得赶快了。你只需要告诉我女孩在哪里。”

“我不知道，我保证。”

广阔的、棉絮般的沉寂持续了几秒。布鲁斯的下巴耷拉在胸前。他的头从右到左懒洋洋地摇晃。

马特尔叹口气，权衡可能性，再次想到监察员。他把手伸进驾驶舱，在布鲁斯身上翻找。找到了他的苹果手机，查看通话和搜索记录，他认出了丽塔的地址。布鲁斯手机没信号，马特尔有，他是奥朗日公司的网络。他用自己的电话拨。无人应答。然后他联系了消防部门，说自己在离丹奥泽不远的地方出了车祸。对方问他是否严重。

“我不知道。”

“又开始下雪了，我们赶到您那儿可能有点问题。我需要知道有多紧急，”电话那头又说，“您吐了吗？哪里痛吗？”

马特尔看看已经睡着的布鲁斯。放眼环顾四周，到处白茫茫。厚重的雪花一片一片，在黄色的灯束中翻卷。他只能耐着性子。

“没关系。我可以等。”

“好，”对方似乎很高兴，“这种天气事故太多了。我们必须排序处理。”

“我需要报警吗？”

“可以。但无论如何，他们那边一样忙。”

“好的。”

“尽量保暖，避免入睡。我们会尽快派人过去。一个小时可以吗？”

“好，谢谢。”

马特尔挂断电话，把苹果手机也放回布鲁斯的口袋，用手帕擦了擦他嘴唇上的血。这时他在副驾驶座位上看到了手枪。他再次试图打开门，可它就像焊住了一样。他伸出手臂，头探进打开的窗户，竭力扭动身体，总算够到了。过程中尽量不去看布鲁斯，但他猜到了他的眼睛，这让他后背发凉。

离开布鲁斯之前，马特尔打开收音机，尽可能高地升起车窗。雪片仍在轻柔地落下。可能是他的想象，但从沟里爬上来的时候马特尔感觉布鲁斯一直看着他。车里传来接吻乐队[①]的一首

① Kiss，美国摇滚乐队，组建于 1973 年。

老歌。

到达丽塔家时，他第一眼看到的是邻居家的灯光。然而已经凌晨五点了。被人看见会很麻烦。他不得不迅速采取行动，他想知道丽塔怎样了。他记起几周前她的老萨博坏了，自己送她回来的那个晚上。这次他把车停在很远的地方，再跑回房子。雪下得很密，马特尔认出了那种气味。很快要起风了，能见度不会超过三米。

进入丽塔家之前，他估测了与邻居家的距离。他举着枪。已经很久没摸这种口径的武器了。他伸直手臂，重新体味旧日那种愉悦感，金属的坚硬，肩膀上的呼啸。尽管情势险恶，他还是忍不住微笑。这玩意儿和他的防暴枪不可同日而语。不必再担心邻居了。

丽塔家屋门大开，漆黑一片，穿堂风呼呼吹着。他找到开关按下。灯倒在地板上，客厅的桌子翻着，沙发有灼烧的痕迹，或许是从远处射击的步枪造成的。一条大狗走过来，一瘸一拐。马特尔一边查看现场，一边不经意地抚摸着它的头。狗几乎立刻跑回螺旋楼梯下的黑暗角落。马特尔跟着它，发现了丽塔，面朝下趴在地板上，已没有知觉，下身只着内裤，T恤衫翻到胳膊下。他立即跪在台阶下，把两根手指放在她的颈静脉上。脉搏正常。他把她的T恤衫拉下来。他颤抖着，嘴唇无声地嚅动，他自己并没有意识到。他抓住她的肩膀，靠在她耳边低语："丽塔？您能听到吗？"

他凑得更近些，离她的耳朵几厘米，反复问。她没动。

他轻轻把她转过来，让她仰面躺着。

“天啊。”他倒吸一口凉气。

丽塔的嘴唇撕裂了，眼睑膨胀，鼻梁似乎歪了，鼻子下面的血已经凝固。他几乎认不出她的脸。前额鼓起一个大包，一条瘀伤——又黄又紫又绿——从右脸颊一直延伸到脖子后面。

“垃圾。”他说着，不知自己想到的是谁。

他把她抱在怀里，拉向自己。她已经冻僵了。他摇晃她，亲吻她的额头、脸颊、嘴唇、肿胀发紫的眼睑。她做了个痛苦的表情。紫色、光滑的眼睑让她的眼睛像活在永不见光的深海的某种丑陋的史前鱼类。眼皮太肿，根本睁不开。

“别担心，”马特尔咬牙说，“现在一切都好了，我会带您离开的。”

她听出了他的声音，想把脸别过去。

“听我的。没什么大不了的。我带您去医院。”

她想说什么，嘴巴刚张开又立刻拿手捂起来，眼泪从睫毛中溢出。马特尔明白，他已经看到了她嘴唇之间的黑洞。那个混球把她整排牙齿都打掉了。

“嘘，”他轻声说道，在额头上吻一下，“让我来。别担心，会好的。有人会好好照顾您。”

她轻得像羽毛，他抱起她朝门口走去。她竭力将她脸转向阴影，埋在马特尔脖子里。

外面，风已经刮起来了。马特尔走向沃尔沃，尽可能不让她冻着。狗跟在后面。他把丽塔放在后座上，盖上皮夹克，把狗安置在副驾驶座。

开车经过房子时，他发现他忘了关门。狂风在门口盘旋，客厅温暖的灯光映照下，雪片如可怕的漩涡一般。马特尔缓慢驶过，注视着这奇特的景象。他感觉抛弃了丽塔的房子，开启了逃亡之旅。即将远离光明很长一段时间。

在他旁边，狗伸着舌头看他，交替关注着前面的道路和后面的女主人。现在很难把握方向。车外的景观成了无差别的白色平板。马特尔寻找参照物以界定道路的边界，任何的地形突起，枞树。

他鼻子贴在挡风玻璃上，刚开出一刻钟天地就混沌了。他不得不停了一会儿，让发动机慢速空转。狗转了两圈，停下等待。从他离开布鲁斯以来，燃油表几乎没动。他希望油还够，正常情况下应该没问题。后面，丽塔不动了。他看着她，确保她盖严实了，然后把口袋里的枪拿出来。马特尔和狗看着前方的虚空。暴雪击打车身，砸在车窗上，声音沉闷，力道很大。硕大如沃尔沃也左摇右晃。广播里放着《我忘了忘记他》。

突然，马特尔打了个哆嗦，狗叫了起来。

他们都看到了同样的事情。一个轮廓，一个阴影经过他们的视野。在雪幕后面某个地方。

犹豫了一秒之后，马特尔下车确认。他往前走，前臂吊着绷带，枪握在手中。他只穿了一件衬衫，很快就浑身发抖。他往前跑了几步，嘴里呼唤着。他感觉看到了什么，一种存在，也许是那女孩，但又无法确定。他几乎睁不开眼睛，对着空气喊。

“喂！喂！”

但暴风雪把一切都带走了。他什么也看不见，只听到风声。他现在很冷，感觉不到自己的四肢。他转身去看车。头灯看上去像远处的光晕，像刚刚熄灭的电视屏幕发出的光。犹豫之后，他又向前走了一段，在地上发现了已经被雪覆盖的脚印。赤脚的足迹。

他飞快折返。

第三部分

然而我们不那么听话，我们相信书籍，相信孩子，我们尽情生活，仿佛世界末日并不存在。

保罗·尼赞

《阴谋》

工厂

初春的阳光洒在工厂的院子里。他们并肩站立着，眼睛被清早的光线灼刺。他们惊慌、不安，仿佛突击行动中落网的人。巨浪将他们卷起，摔到岸上，事情还没完，接下来才是最糟的。

机器已经售出。过去的几周里，只剩下员工代表来帮忙搬家，并讨论裁员安置的最后细节。在此之前，他们组织了罢工，阻挠原材料的运离，怠工破坏生产，甚至差点把经理软禁在办公室里。随着时间的推移，马特尔已经远离了这些，对其他人来说未尝不是好事：人们开始怕他了。

现在，事情已经完结，压力小了。解雇标准、遣散待遇都制定好了。组建了工作组部署改叙，少数老工人赶上了最后一拨提前退休。年轻人选择了自愿离职，可领取三千欧元，外加每年一千欧元的工龄补助。很快，第一批解雇通知书就会寄出。尽管早有准备，真的收到仍将是一个打击。这些日子，人们打开信箱的时候呼吸都不顺畅了。临时工不用担心，他们会被派到其他岗位，学习新东西，结交新朋友。他们拿不到补偿，所有人都认为这很正常。即便如此，在这行将结束的四月，他们还是被邀请了。

去院子集合之前，人们在厂子里绕了最后一圈。空到说话有回音，从未如此干净。他们三三两两，目光忧伤。这种时候总是不好受的。老居南又开始回忆。这是他现在唯一做的事情。这一次，人们耐着性子听了一会儿。总是那些故事，压碎的手，切下的指头，疲惫不堪的工人，白花力气只挣得最低工资。工人的史诗，在奋起的大众面前颤抖的老板。老居南是老党员了。他最近不如从前爱吹嘘那段历史了，尽管他仍然声称为之自豪。年轻人不再信那一套。在电视上，他们看了太多的苏联人被百战天龙马盖先或兰博横扫。不过这次的安置斗争改变了一些人的想法，包括临时工，因为大家看到集体的团结让每个人都赢得了一些时间，在被扫地出门之前多拿到几个子儿。资本最终获胜，老居南并不惊讶。让他难过的是抗争远远不够。马特尔没有信念，其他人一盘散沙，战斗就这样收场了。

从建筑物外墙角落鼓起的碎石堆里，竟开出柔弱的花朵。没有足够的安全泵来清除，现在轮到它们恣意生长了。清理维罗西亚的污染要花费超过五十万。人们在那里工作了一百年，土地不只浸透了他们的汗水。工人们很高兴，因为老板要付出代价，他们也留下了印记，他们没有那么容易被抹去。

人力资源部的梅耶夫人看着他们在车间踱步。有矮壮的，有啤酒肚的，有看起来病恹恹却不知疲倦的小个子阿拉伯人，红脸的基层管理者，永远穿着工作服的忧虑不安的人，世界上最后的工会工人。她偷偷看着他们，变故使他们胆怯，他们不知道该说什么、做什么。机器没了，工作没了，一切必须重新开始。权力平衡，习惯，行为方式。境况的改变能摧毁二十年的友谊，也能消除从父亲传到儿子的仇恨。这些家伙仿佛被剥夺得赤条条，像被第一场霜冻惊到的鸭子，面对冰封的池塘，一下子笨拙得可怜。

院子中间是木块和胶合板的平台，相当蹩脚，一看就是临时搭的。在一边，一排凳子上放着几瓶葡萄酒、果汁、可乐、薯条、面包和花生。酒精供应有限，以防喝多了控制不住情绪。两个妻子在帮忙，但大多数人都没有带家属，毕竟不是圣诞晚会。或许他们也希望出点事才好。当然可能性很小，厂方这次偷偷摸摸，让大家猝不及防，告别会安排在前后不靠的周二。

“那个监察员呢？后来再没见过她？”

罗卡戴利走到马特尔身边。后者态度颇为冷漠。

“她出车祸了。暴风雪那晚。”

“太糟了。她看起来人很好。”

“她没死，事故。”

“是的，是的，当然。”

苏博卡的奥迪到了，人力资源总监立即去迎。在几乎空无一人的停车场上，俩人交谈了几句，有些灰头土脸，毕竟等待他们的将是所有人的目光。不过这事儿总得了结。他们下了决心。五十米之外，小型告别会的人群看着他们略显犹豫地走来。应该微笑还是严肃？最终，俩人分工，女的唱白脸，男的唱红脸。这决定并不明智，因为苏博卡微笑的脸看起来像条鳐鱼。

“他们发现他时，他人在车里都干了。”

“谁？”

“那个傻大个儿啊。”

“哦，是吗？”

“你不知道？”

“不知道。”

“你不是和他很熟嘛。你知道，练健美的，大块头。”

“是的，是的，知道了。”马特尔说，越来越不快。

经理和总监绕场与众人打招呼。一些死硬分子，如斗牛犬般的德尼·德芒日，拒绝回应。行政人员大都是三十来岁的中年妇女，还有管理层，与他们行了贴面礼，带着懊悔和体谅的表情，似乎在说：“没有人开心得起来，生活就是这么无奈。”

“是哦，据说他是个毒贩子。”

“怎么知道的？”

“报纸上这么说。那天晚上有记者专门跑去现场。我姐夫在南锡和沙尔姆之间的路上被困了五个小时。”

“他们真能添油加醋。”

“还用说，工程车都出动了，那班家伙不是吃素的。”罗卡戴利笑了。

苏博卡首先上台，只穿着衬衫，看着有点心虚。他开玩笑说平台晃晃悠悠。他脸上挂着没有明确对象的那种微笑，几次屈着短腿确认台子不会被他压塌，然后邀请梅耶夫人加入他。她穿着一件日式印花无袖上衣、灰色紧身长裤，几乎看不见的耳环，皮表带在手腕上缠了两圈。

“大家好。”

苏博卡看上去信心十足，似乎在说“伙计们我们没有回头路可走”。

“我很高兴来到这里，见到你们所有人。你们不一定信，但我说的是真心话。”

梅耶夫人盯着自己芭蕾舞单鞋的鞋尖。有时她抬起头，跟熟人打招呼，“是的，我们需要碰个头，有文件让你签名”。她光彩照人，没有谁的老婆比得上。手臂纤细，装扮考究，不知什么牌子的香水，香味若隐若现却很持久，全年保持不变的发型。看着她的人会说，文明世界到底还是存在的，只是成为其中一员就没那么容易了。

苏博卡完全是另一种类型。他的双手对机油毫不陌生，“脏活累活我都干过，全靠自己努力闯出来的”。事实差不多如此。穿五十欧元的鞋、伊夫·道赛短袖衫他不觉得掉价，手机别在腰带上也不觉得不妥。几杯啤酒下肚不会太失态，《大头》节目让他开怀大笑。话虽这么说，但没有人不知道他的厉害。这家伙脑子比电脑还快，每逢假期就去苏格兰钓鱼、打高尔夫、喝二十五年的陈酿，同行的都是他工程师学院的老朋友。

“我一直把你们的问题当作我自己的问题，反之亦然。老人们很清楚我们在一九九五年遇到的困难，我们是如何挺过来的。我们从来没有只图短期利益，盯着股市的升降，做一锤子买卖。我在这里待得足够长了，你们知道我是什么人。”

罗卡戴利压低声调，站在马特尔身后一步。他继续骂骂咧咧。马特尔闻到灼烧的酒精味儿从他嘴里呼出。但是他充耳不闻。经理的讲话也没听进去。两天前，他去看过监察员，就在她出院之前。从那以后他再也受不了了。罗卡戴利把一只手放在他的肩膀上，将他从思绪中拉出来：

“这个价便宜得很了。”

“什么？你在说什么？”

“雷诺 Gordini，五千块实在划算。”

“我要你的破车做什么？”

“那你认识什么人可能感兴趣吗？”

“和员工代表一起，我们尽一切努力为每个人寻找解决方案。我理解有些人的愤怒和沮丧。但你们也和我一样看报纸。过去四个月，集团销售额下降了百分之四十。企业就像一个活的机体，出生，成长，最终死亡。”

他望向下面的听众，希望有人赞同。他们中的大多数任他自说自话。剩下的点头称是。事实上，考虑到所有因素，在这样的客观条件下，现在的结果已经不错了。马特尔隔着夹克感觉到里面的手枪。这些事情他不再关心了。他已经做出了决定。现在他的战场转移了。

“无论如何，我想让你们知道梅耶夫人和我将一直守到最后。我每个月过来一次，检视人员安置的进度。梅耶夫人每周三都在。我想大家已经知道了各自的赔偿数额。互助基金和互助银行方面的信息大家应该也了解了。”

“我的手机号码给大家，”梅耶夫人说，“方便与我联系。”

她低着头的样子使她看起来像怀抱耶稣的圣母马利亚。很明显，工厂的事让她也非常悲伤。

“我们有责任，我们会负责到底，”苏博卡坚定地点点头，“你们知道可以信赖我们。”

一阵沉默。经理以例行的语调结束，通常会收到程式化的掌声，至少是赞许的低语。然而此刻现场只有沉默，令人尴尬的空白。工人们并不觉得这有什么大不了。他们不再有“必须怎样”的义务。

“大家有什么想问、想说的？”梅耶夫人发话。

“你们怎么安置？”一个声音斗胆问道。

经理和总监对视一眼，后者稍作犹豫：“我们还不太清楚。”

“我们听集团的安排。”苏博卡表示。

“那就是继续干喽。”

“我们和你们一样。作为员工，我们遵照要求行事。”

没人接话。这件事情持续三个月以来，人们把心里的话都说完了。争吵和指责的阶段已经过去。现在是春天。空气，鸟儿，日光，明亮而充满生机。

“好吧，”经理最后说，“我们还有件值得庆祝的事情。他来了没有？”

马特尔感觉手机在牛仔裤口袋里振动，开始了。他拿到耳边，穿过人群走到一边。经过的时候几个家伙赞许地拍着他的后背。他去了最大的一车间，就在平台对面。

“他在哪儿？”经理又问。

“还不好意思呢。”有人笑着说。

“来吧。”另有人鼓励道。

“来啊，猪头！”

“赫希先生？”

梅耶夫人的召唤终于让他走出来，站上平台，底下有人恶作剧地哼起《最后的倒计时》。气氛立刻完全改变了，欢快起来。两位负责人和他热情握手，让他站在他们之间，面向以前的同事。是时候了。

“如大家所知，赫希先生要退休了。罗兰，你在我们这儿多久了？”

“四十四年。”他说。

“一直在这里？”经理也吃了一惊。

那人把手放在耳边，苏博卡又问了一遍："您在这里工作了四十四年?"

"之前我父亲也是。"老工人答道。

"看起来这份工作对您效果还不赖。"苏博卡说道，用指尖在老赫希肩膀上敲敲，佯装听诊。

老工人的红脸显出不太相信的表情，台下工友们笑了起来。

"无论如何，我看您硬朗得很。"

"工作就是健康。"后者赞同道，像在讲冷笑话。

"喂?"

从他站的地方，马特尔可以看到这位年轻的退休者。头发稀疏，眼神狡黠，年龄虽至，腿脚却还灵便，还能享受生活。十三岁被父亲带到工厂，在那个年代是很平常的事。他做过清扫，后来去装配，干过一阵焊接，最后成了小主管。他和妻子在一幢较新高层的三楼买了套公寓。楼下的空地是孩子们放学玩后空翻的地方。老赫希熬过来也不容易。他的父母像牲口一样工作，经历过战争。他的女儿们勉强高中毕业，经历了失业，打着一个又一个短期工。罗兰·赫希的一生就这样度过了，不聪明，不坏，历程平凡而普通。他相信进步，相信和自己一样，每个人只要努力就能有更好的命运。

"钱，马特尔，"电话里的声音说道，"该还了。"

"我知道。"马特尔回答。

他似乎比平时更高大。近来瘦了的缘故。一些朋友现在叫他

“金刚”，因为他走起路来双臂生风，头向前伸，粗野寡言。在他背后，棚子响着回声，空荡荡的，任穿堂风吹过。很快，孩子们会用石子打碎所有的窗玻璃。雨水会和灰尘混在一起。然后有一天，市政厅的推土机轰隆隆开来。原地会建起独栋居所或服装卖场。也许是一个全新的商圈，出售中国服装、劣质家具、素食汉堡。

“我们会见面的，”马特尔说，“钱我有，我们会见面的，稍安勿躁。”

梅耶夫人接着说下去，她口吻坚定，试图抓住人群开始涣散的注意力：“无论如何，我们发现可怜的赫希先生在工作奖章的分配中被遗忘了。我们决定弥补这个失误，不是吗，赫希先生?”

老工人点点头，拇指和食指搓在一起，表示他希望获得的好处，就像《粉丝训练营》里那样。

“啊，确实，有一张支票，”梅耶笑着说，“不过如果您没意见，我们将从头开始。”

一个蓝色的天鹅绒盒子被捧上台，她从中取出一枚奖章，给赫希挂在脖子上，然后搂住他的肩膀，拥吻。

“轮到您了，赫希先生，说句话吧。”她说着带动众人鼓掌。

“我们在朗贝维莱的锯木厂仓库后面碰头。你们两个人来。三点钟。”

“你真的认为我们会去那破地方，就为了让你高兴?”

“我会把钱带来。请准时。”

“你让我们发笑，马特尔。”

“哦，我没什么可说的。”老赫希说。显然心口不一。他从不错过机会表达自己的观点，而且总是慷慨激昂。他是《热点》的忠实观众，《玛丽安娜》的读者。他想法多着呢。

工友们起哄鼓励他，有几位开始有节奏地喊：“演讲！演讲！”

他走到台前，清清嗓子。他穿着一成不变的蓝色工作服，橡胶鞋底的软皮鞋能缓冲冲击，并使他免于慢性头痛的折磨。

“好了，好了，”他试图平复工友们过度的热情，“既然大伙儿让我发言，我就说说。我已经感谢过管理层了。对他们来说也算惊喜吧。”

这话带来笑声和尴尬，看听众是哪边的人了。

“我工作了四十多年，我想说还是顺顺当当地过来了。今天，相当多的年轻人不干脏活。他们认为自己是明星，宁愿骑着摩托车捣蛋。”

明白老赫希所指的人们又笑了起来。

“我不打算谈论政治，但我认为首先必须干活，之后再提这要求那要求。工作造就人。好了，开酒！”

“老滑头。”一个临时工叹息。

“他说的没错。”苏博卡被感动了。

“喝酒喽！”已经有人吆喝着往平台走去。

马特尔从自己所在的地方什么也没有听到。老头矮小矫健的身影，近半个世纪的连续工作，让他心中涌起些许尊敬和许多忧郁。最后一只渡渡鸟鞠躬谢幕，对自己很满意，似乎并未意识到自己几乎是同类中的最后一个。

管理层小里小气，工人可不一样。他们从汽车后备厢拿出烧烤架、排骨、各式香肠，还有克伦堡啤酒。木炭烧红了，人们开始喝酒，踢足球。一支球队穿球衣，另一支光着膀子以作区分。

吃饭的时候，小团体形成了，年轻人凑一堆，老人一堆，行政人员在一个角落，管理层不得不离开。苏博卡和梅耶在人群间走动，表达关心和鼓励。他们理解，他们知道，他们有信心。大家感觉得到他们的尴尬，甚至开始从他们的角度看问题。

在酒精的帮助下，人群开始混合。

“来根肠吗?”阿特曼说。

“呃，我吃得够多了。”老莱昂·米歇尔回答道。

“很明显，我们都在同一条船上。”

“要不来点排骨。”

“好的，不吃倒是不合群了。”

“你看，说到团结一致，阿拉伯人就是不行。”

“就像合同工和临时工一样，我们在同一条船上，但在分配救生衣时，就争得你死我活了。”

“我认为已经做到最好了。”

“无论如何，领导层几乎是最糟的。什么也不领导了，只是服从。”

“对。”

“对。”

“是美国人在控制。”

“或者中国人。”

“反正法国没人能控制局面了。”

“不谈政治，妈的。”

“来，吃香肠。”阿特曼重复道。

很长一段时间，他们都知道，电视上说了：他们不会全部完蛋，但所有人都会被波及。轮到他们了。尽管如此，还是说不上来的滋味。一切就这么结束了？怎么可能？他们喝得半醉，在工厂的院子里一脸茫然。工作没了。在其他地方，其他人取代了他们的位置，中国人、印度人、罗马尼亚人、突尼斯人，无数鸠占鹊巢的外国佬。在中学里，在塞纳-圣但尼，在电视上，看看那帮人的行为，再清楚不过了。不可理喻。但是那些晒得黝黑、眼角上斜的波兰管道工有个好处：便宜。

或者是其他人的错，组织者。平时很难见到他们，顶多在选举前夕，有些人屈尊俯就地前来。这是向他们诉说烦恼的机会，最常见的问题，公共交通、社区、表妹的学业、祖母的养老金。这次他们不吝给你赞同之词。一旦投票结果公布，就是另一码事了。他们突然消失，返回他们组织所在的宫殿，用概率算法估测宏观经济。在街角小酒馆，人们聊天复盘，却发现经济越来越微观。

总有一天，有必要明确这一点。也许，最后的结果只能是战争。

在那之前，激动归激动，日子还得过。继续在家乐福精打细算，推迟购买许诺的等离子屏电视，忘记圣马洛的假期，再次向孩子们解释品牌都是骗人的。等着头疼吧。

“你怎么了，不喝点儿?”

“不，”马特尔说，“我约了人。”

“哦，在哪里?”

“工作的事?”有人问。

“不，家事。”

“啊。”

“什么时候再见你?”

“结束了。”

“什么?”

“看看周围。一切都结束了，老伙计。”

金色的光线泼洒在生机勃发的四月，四个人转身回望，马特尔在中心，一动不动，显得高大、迟缓。他们难以置信地环顾四周，所有的酒都突然醒了。他们的世界一片真空。其中一人骂了一句。

苏博卡和梅耶看着这一小群人，让他们焦头烂额的死硬分子。管理层一度真的怕了。马特尔和他的伙伴们不是精英。在学校里，他们从不出色。他们被命运带到工厂，就像他们本来也有可能会去其他糟糕的地方。领份工资糊口，毫无乐趣地工作，不停地抱怨。而现在工作没了，他们发现自己一无所有，没了主人，没了敌人。暴力变得可能。

找到新的开始之前，他们要蜗居在简陋的一室一厅，苟且在郊区。他们是穷人，他们的孩子会更穷。他们可能会变成自己先前鄙视的那些坏蛋，吉卜赛人、懒虫、瘾君子、不法牟利者、阿拉伯人、黑鬼。整个底层，形形色色的假法国人，地下室在召唤他们。

工人阶级曾经存在过。他们可以作证。如果有人问起的话。

“好的，那么再见。”

“嗯。”

“再见。”

干巴巴、有节制的握手告别，没有目光交流。管理层熬过最后一道程序。

“我认为我们尽力了。”

“我相信你们会找到出路。还年轻着呢。”

“瞧您说的。”

工友们互相拥抱，动作很快。

“行了，别娘里娘气的。”

“嘿嘿。”

“很好。”

“下次聚再聊。”

“肯定的。”

“可还是有点……妈的。”

“是的，不是滋味。”

“想到我们在这儿的付出。”

“看，谁来了。”

“您要离开吗，马特尔先生？”

“我得走了。”

“我觉得我们合作得很好。”

马特尔的大手握上梅耶夫人的小手。他们盯着对方看了一会儿，表情淡然，两个人都知道他们今后再不会有任何交集。尼安德特人祝智人一帆风顺。

“您捍卫了同事的利益。我想您可以为取得的成就感到自豪。”

“如果您这么说的话。”

梅耶展示了她完美的笑容。不客气的话对她来说像防水衣上的雨滴一样滑落，伤不到她。这些家伙还是得志了。集团没必要非这么做，但还是给他们开了大额支票。在过去的五六年里，这个厂子只带来债务。显然，必须考虑到人道的一面。省长、大区主席和市长也联手施加了压力。总算结束了。她可以开始着手处理真正感兴趣的问题：内部流动、培训计划、职业道路规划、技能升级、职位管理、招聘策略、需求预测、预见性外包、周边产品协调、优秀实践分享。她将优化，分级，激励，下放权力，执行，外包，核准。目前，仍然需要耐着性子把戏演完。

“我相信你们都会触底反弹。现在人们一生要从事四到五个职业。”

“这正是问题所在。”

“您不能这么说。”

“怎么就不能?”

“马特尔去哪了?”

“我不知道。”

“他好像走了。”

帕特里克·罗卡戴利跑向厂门，工人们已在那里悬挂了死亡的皇冠和横幅。他发现自己在街上。前方不远处，一个身影渐渐远去。横幅上写着“维罗希亚＝掘墓人”。

马特尔连打三个喷嚏。

他在街上稳稳地走向他的车。

他吸吸鼻子。该死的春天。

他很快会去见班巴莱克。对方要收钱了。

这之后，什么都不重要了。

说到底，全都是班巴莱克的错。

细想起来，全都是阿拉伯佬的错。

丽塔

天刚蒙蒙亮，萨博车停在“灯笼”门口。这是家常客咖啡馆，几个建筑工人在喝上班前的咖啡。丽塔在吧台坐下，要了一杯黑咖啡。其他人一言不发地看着她。几米外她就闻得到他们头天晚上的提神浴液和脏衣服的气味。

为她服务的老板娘脸上挂着大大的眼袋。尽管发福和疲惫，仍然可以猜到她年轻时的模样。

“您点的。”她带着善意的笑容说。

然后她回到电视前。威廉·雷迈吉今天早上看起来不那么精神。老板娘搅动着一大杯橙汁中的冰块。漂亮的双手保养得很好，领口低得意味深长。除此之外，整个人看起来就像一个没烤好的粗面粉蛋糕。

丽塔默默地喝着咖啡，看着老板娘、电视、昏昏欲睡的顾客。有些人已经在开玩笑，有些则没有反应。年轻的那些最平静，似乎刚听到什么坏消息还没回过神来。一个小个子点了苹果烧酒，他的伙伴们笑着摇动他，然后都往出口走去。老板娘眼睛不离电视，说着“明天见”。丽塔付掉咖啡钱，老板娘说：“您看着不大好。”

丽塔承认。

“夜里没睡好？”

丽塔说是。她从口袋里摸出一张小纸片放在柜台上。上面画着一个女孩的脸。有些像某位女演员，叫什么来着，《巴黎最后的探戈》里面那个。

“您见过她吗？”

胖女人凑近细看，嘴唇间发出噗的一声。不，没见过。

“您没有照片吗？”

丽塔笑笑，摇了摇头。

“这些女孩子模样都差不多。”

“你认识什么人可能会知道吗？”

“您转着打听一下吧。您属于那种组织，试图解救她们，对吧？”

“是的，差不多。”

丽塔把画像收好，喝完咖啡，听着老板娘唠叨一切都如何跟以前大不一样，但与此同时一切又是如何一成不变。她年轻的时候，看不到多少外国女人。好吧，有几个，黑人，波兰人，但哪像现在这么多。她怀疑这个国家是不是要完蛋了。电视上开始播新闻了：西装和领带，战争，小学，奶牛和中国人。老板娘说：“来来回回就是这些东西。”她并不是那么生气，毕竟这还不是最糟的。

丽塔没有与她争辩，说声谢谢就出去了。外面太阳已经升高，暖和多了。她脱掉外套，伸展一下，现在她得回家了。她进到车里。出来吸烟的老板娘朝她挥手告别。

人行道仍然空无一人，收音机里金·怀尔德唱着《柬埔寨》。一有时间丽塔就来斯特拉斯堡转悠，四处打听。有时她穿上迷你裙。起初，女孩们要她走开，否则就拿剃刀划她。她给她们展示那张皱巴巴的画，其实不怎么像。人们认为她有点疯疯癫癫。有时看到一个让她想起维多莉亚的女孩子，丽塔会请对方喝一杯。有一次，一个人建议和她上楼。她跟着去看了看。他既不帅也不丑。她记得他的舌头上有一根头发，这让他看起来无害。不过最后她仍然不得不告诉他滚蛋。

绿灯亮了，她慢慢启动。萨博的轮廓在黑漆漆的沿街橱窗上变成了一条黑带。也是这样的一个早晨，黎明时分，她以为她看到了马特尔。当然不可能。她回家了，睡觉去，明天是周一，大日子。一家文具厂发生意外，差点死了个人。大家都很难过。她调大声音。她并不沮丧。她坚持不懈。

Nicolas Mathieu
Aux animaux la guerre

图字：09-2019-184 号

图书在版编目（CIP）数据

动物战争/（法）尼古拉·马修著；孟玉秋译. —上海：上海译文出版社，2021.8
ISBN 978-7-5327-8694-7

Ⅰ.①动… Ⅱ.①尼…②孟… Ⅲ.①推理小说—法国—现代 Ⅳ.①I565.45

中国版本图书馆 CIP 数据核字(2021)第 134486 号

动物战争
Aux animaux la guerre

Nicolas Mathieu
［法］尼古拉·马修 著
孟玉秋 译

出版统筹 赵武平
责任编辑 张 鑫
装帧设计 尚燕平

上海译文出版社有限公司出版、发行
网址：www.yiwen.com.cn
201101 上海市闵行区号景路 159 弄 B 座
江阴市机关印刷服务有限公司印刷

开本 890×1240 1/32 印张 12.5 插页 6 字数 166,000
2022 年 1 月第 1 版 2022 年 1 月第 1 次印刷

ISBN 978-7-5327-8694-7/I·5365
定价：78.00 元